だれも死なない日

AS INTERMITÊNCIAS DA MORTE

José Saramago　雨沢泰＝訳

ジョゼ・サラマーゴ

河出書房新社

だれも死なない日

わたしの家、ピラールに

わたしたちは人間とは何かが次第にわからなくなるだろう。

——予言の書

たとえば死についてもっと考えてみよう……そこで新しい表現や、
新たな言語の領域に出会わなければ、じつに奇妙なことである。

——ヴィトゲンシュタイン

翌日、人はだれも死ななかった。人生の規則に絶対的に反するこの事実は、さまざまな状況のもとで、人びとの心にとてつもなく大きな、完全に正当化できる不安を引き起こした。なぜなら、全四十巻からなる地球の歴史をひもといてみても、いまこうして起こりつつある現象が、ただのひとつも、ひとつたりとも、書かれていないことを思い出すだけでよかったのだ。たっぷり二十四時間ある丸一日のあいだ、昼も、夜も、朝も、夕方も、病気による、致命的な墜落による、あるいは成功確実な自殺による死というものが、ただのひとつも生じなかったことが。祝祭の場でよく起こる交通事故でも人は死ななかった。ぐでんぐでんに酔ったドライバーが、無責任にも陽気に浮かれて、真っ先に死ぬ者を決めるように道路をとりあって起こす事故が多発したにもかかわらず。ときは一年最後の大晦日（おおみそか）、この日、いつもながらの悲劇的な死者数は轍（わだち）を残すのに失敗したのだ。まるでむきだしの歯をもつ古（いにしえ）の死の神アトロポス〔ギリシャ神話より、運命をつかさどる」が運命の糸を断ち切るハサミを、一日のあいだ横に置くと決めたかのようだった。といっても、血が不足したわけではない。救急隊員たちは、まごつき、混乱し、錯乱して、胸のむかつきをどうにか抑えこみながら、入り組んだ車の残骸から悲惨な人体を引っぱりだした。衝突の数学的論理によれば、まさしく十二分に息絶えたはずの人体は、受けた物理的損壊と皮膚の損傷の深刻さにもかかわらず死んでおらず、救急車のけたたましいサイレンとともに病院へと搬送されていった。その道中でも負傷者は絶命することなく、医療のきわめて悲観的な診断が間違っていたことを証明した。かわいそうだがこの男は手のほどこしようがないよ、手術する価値もない、まったく時間の無駄だ、と外科医は彼のマスクを直している看護師に言った。たぶん前日なら、この患者に救済の道はなかっただろう。だが、今日はひとつはっきりしていた。患者が死ぬのを拒んでいたのだ。そして、この病院で起きていることが、国中で起きていた。元日の午前零時までは、約束事を忠実に守るように、きちんと人が死んでいた。問題の核心、すなわち生命の終わり、に関連する人びとと、この核心に幾通りにもかかわる人びとが、種々さまざまな荘厳さや厳粛さとともに、運命の瞬間を迎えていたのに。当事者に関心が惹かれるという意味でひとつ特別に興味深い事例をあげると、皇太后陛下がとても高齢で衰弱していた。十二月三十一日の午後十二時五十九分には、どんなに無邪気な人でも、やんごとなき王室のレディの命がもつほうに消えたマッチ一本すら賭けなかったろう。すべての希望は消え、まぎれもない医学的証拠を前にした無力な医師団と王室の家族が、位の順にベッドのまわりに並んでいた。だれもが女家長の臨終は避けられないと観念して、もしかしたら最期の言葉を発するかもしれないと、たぶん多くはないとしても、愛する皇太子や孫へ、つねに恩知らずな将来の臣下たちに向けた、たぶん道徳的で美しい巧みな言いまわしの金言を待っていた。だが、そのあとは、まるで時間が静止したかのように何も起こらなかった。皇太后の容体は、改善するでも、悪化するでもなく、宙ぶらりんのままとどまって、弱々しい体は生死の境でゆらゆらと揺れていた。いつ反対側へ落ちるかわからない危うい恰好だが、それでもこの世の側にかぼそく繋がれているとしたら、それは死が奇妙な気まぐれから、しっかりと命を保持しつづけているせいだった。なぜならできるのは死しかありえないのだから。時刻はすでに年をまたぎ、物語の冒頭でのべたように、その日はだれもが死ななかった。

　噂が広まりはじめたのは、午後も遅くなってからだった。新年が始まって以来、あるいはより正確に言えば、一月一日の午前零時以降、全国で死者が出た記録がないそうだ。となると、たとえば、その噂は皇太后が残り少ない命に驚異の抵抗力でしがみついている事実に端を発したのだと考える人がいるかもしれない。だが、じつのところ、王宮の報道官はメディアに発表する定例医療報告で、王室の患者が夜のあいだに著しい容体の改善を見せたとのべたばかりか、きわめて慎重に言葉を選びながらも、皇太后陛下が全快する可能性までほのめかしたのである。というわけで、噂は、始まりとしてはごく自然に、やはり葬儀社から発したようだった。新年の最初の日は、だれもが死にたくなったらしいぞと。病院からはこんなふうに。二十七番ベッドの男はどっちつかずで、自分でもケリがつけられずにいるね。交通警察の広報担当からは、とても奇妙です、事故はあるのに人への警告となる死亡事故はゼロなんです。噂の発端がだれなのか特定できなかったが、にもかかわらず、もちろんその後の状況に照らせばそんなものは取るに足らないことで、やがて新聞、ラジオ、テレビといったメディアの知るところとなった。ディレクター、アシスタント・ディレクター、編集長といった人びとが、すぐさま耳をそばだてた。彼らは歴史的大事件を遠くから嗅ぎわけるのが得意なだけではなく、これと目星をつけたら、実際の出来事よりも重大なものに仕立てる能力に磨きをかけている。何分もしないうちに、取材記者たちが街に出て、手当たり次第に人をつかまえて話を聞き、そのあいだ、どこの編集部でも列をなす電話が揺れたり震えたり、大騒ぎの調査が進行していた。電話をかける先は、あちこちの病院、赤十字、死体安置所、葬儀社、警察など、そう、あらゆる相手であり、当然ながら存在する秘密の部署を除いてなのだが、先方の返事は同じ簡潔な言葉に要約できた。死亡者は一人もいません。ある若いテレビ・リポーターは幸運に恵まれ、通行人から話を聞いたところ、その男はかわるがわる彼女とカメラを見ながら、皇太后の身に起きたのとそっくりの個人的体験を話してくれた。午前零時に教会の大時計が時報を鳴らしたとき、いまわの際にあった祖父が、ちょうど最後の息を引きとりかけていたのに、まるで考えなおしたかのように踏みだしかけた一歩をとりやめ、突然目を開いて死ななかったんです。リポーターはそれを聞いてひどく興奮し、男の願いも抵抗も無視した。いやいや、だめですよ、いま薬局に行くところでね、祖父が処方薬を待ってますから。リポーターは彼を報道車両に押しこみ、いっしょに来てもらっていいですよね、だっておじい様はもうお薬を飲まなくてもいいんだから、と叫んで、運転手にスタジオまで直行するように命じた。スタジオではまさにそのとき、超常現象の専門家三人による討論会の準備がととのっていた。この面々は、傑出した才能をもつ魔術師が二人、残る一人は高名な予知能力者で、何に対しても敬意を持たないおどけ者どもだが、すでに死のストライキと呼ばれだした事象を分析してもらい、それぞれの見解を聞こうと急ぎ呼び集められたのだった。とはいえ、大胆なリポーターは深刻な錯覚にとらわれていた。なぜなら局へもどるにあたり、インタビューした男の言葉を、死にかけていた老人が文字どおり考えなおして、踏みだしかけた一歩すなわち死ぬのを、首吊り台のバケツを蹴るのを、やめたのだと解釈していたのである。さて、幸せな孫が口にした、まるで考えなおしたかのように、という言葉は、考えなおす、という肯定そのものではなかった。文法の初歩的な知識と、融通のきく微妙な時制の言いまわしに通じていれば、こんな失態も避けられたはずなのだが、その後直属の上司から叱責を受けたリポーターの彼女は、羞恥と屈辱でみじめに頬を染めることとなった。とはいえ彼にしても彼女にしても、まさかこうした言葉が、夜のニュース番組でインタビューされた男の口から再び飛びだし、またビデオ録画として放送されて、何百万という視聴者がそっくり同じ思い違いをすることまでは、想像できなかっただろう。さらに、結果としてたちまち混乱が生じ、この事例を単純に適用して、人間は意志の力で死が克服できるとか、以前あまりにたくさんの人が身にふさわしくない消失を遂げたことを、たんに前の世代の嘆かわしい意志薄弱のせいだと固く信ずる一団が出てくることまでは。だが、事態はそんなものでは収まらなかった。人はあまり努力をしなくても生き続けており、より野心的な未来への展望が与えられた大衆のなかに、また別の動きが現れた。つまり、地上に永遠の生命があるという幸せな楽しみは、原初以来となる人類最大の夢であり、この世に毎日昇る太陽や息をする空気があるといった、人間すべてが手にできる贈り物だと宣言する動きである。二つの動きは両立しないものだったが、いわば同じ有権者として、ある一点において同意できることがあった。人生の最期に死に逆らい、死を打ち負かした勇気ある古参の強者を、先駆者にふさわしいすぐれた地位として名誉総裁に推薦したのだ。だれもが知っているように、そのおじいさんが深い昏睡状態にある事実は、とくに重要だとも見なされず、あらゆることが元に戻らないことを示していた。

危機という言葉は、こうした異様な事件をあらわす表現として、あきらかにふさわしいとは言えない。というのも、死の不在によって人が特権を与えられたこの状況下で危機について話すのは、ばかばかしく不適当であり、一般的な論理に反するからなのだが、真実を知る権利を強く求める一部の市民が、これまでのところ生命の気配をまったく感じさせない政府に対して、いったい何をしているのかと自問し、彼ら同士たがいに疑問を口にするのは当然のことだった。二つの会議の合間に、ぶらさがり取材で質疑に応じた厚生大臣は、記者団に向かって説明した。

大臣は、記者側も十分な情報を得ておらず、判断がつかないこと、いかなる公式見解を出すにも時期尚早であることが頭にはいっていた。現在、国中から送られてくるデータを精査中です。そして、つけくわえた。たしかに死亡者の報告は一件もありませんが、ご想像のように、今回の事案についてはわれわれもみなさん同様驚いており、この現象の原因、もしくは、当面または将来の意味合いにおいて、最初の仮説を立てるには至っておりません。大臣はその場しのぎで立ち去ることもできただろう。というのも、困難な数々の状況を考えれば、そのほうが感謝されたはずだから。しかし、何によらず人びとを冷静にさせ、何が起ころうとも集団を静かにさせようとする周知の衝動から、言うなればこの指向性は政権内にいる場合とくに政治家の第二の天性となっており、自動的あるいは機械的とは言わないまでも、つい最悪きわまりない言葉で答弁をしめくくったのだった。厚生大臣と致しまして、わたしはお聞きのみなさん全員に、ぜんぜん警戒することはないと請け合えますよ。いまの言葉を正しく理解するなら、とある記者が皮肉っぽく聞こえないようにわざと厳しい口調で言った。だれもが死なないという事実について、大臣のお考えでは、まったく警戒しないでいいということですね。そうです、わたしの言葉通りではなかったですが、ええ、基本的に、それがわたしの言わんとするところです。大臣、昨日は人が死んでいました、だれもがそれを心配しませんでしたが、そうですよね。もちろんです、死ぬのは正常なことですよ、死が不安を引き起こすのは、たとえば戦争や伝染病などで、人がたくさん死ぬ場合だけです。つまり正常じゃないときですね。おお、そうも言えますな。でも、現在の状況はあきらかに、だれもが死のうとしていないのです、あなたは警戒しないでいいとおっしゃいますが、大臣、そのような主張はどう低く見積もっても、矛盾があるとお思いになりませんか。いや、たんなる口ぐせでして、警戒という言葉を現在の状況に使うべきではありませんでした。では、大臣、どんな言葉を使われますか、おたずねする理由は、わたしも誠実な記者でありたいと願い、自分自身できるだけ正確な用語を使おうとしておりますので。記者のしつこさに少しばかり苛立った大臣は、唐突に答えた。一語でなく、短い一文で言いましょう。それはどういうものですか、大臣。むなしい希望を抱かないように、です。これはおいしい言葉だった。間違いなく翌日の新聞の一面を飾るにふさわしい、正直な一文だ。だが、新聞社の編集主幹は編集次長と相談し、熱狂的な歓迎ムードに凍りつく冷水をバケツで浴びせるようなもので、売れ行きの観点から得策ではないと思った。ありふれた見出しにしよう。新しい年、新しい命、と彼は言った。

　深夜になって、公式声明が報じられた。首相は新年の始まり以来、国内ではどこであろうと一人も死者が出ていないことを明言し、この奇妙な事実の評価と解釈について、節度を保ち、責任感を持っておこなうように求めた。そして国民に、これがたんなる偶然の、けっして永続しない奇想天外な宇宙的変化や、時空の均衡に影響をおよぼす例外的な偶発的事象の可能性があることは除外できないが、政府としては念のため、必要となれば効果的かつ組織的な行動がとれるよう、すでに関連する国際機関との協議を始めているとのべた。首相はこのように、国を襲った混乱を鎮めることを意図した、じつに不可解な疑似科学的でたらめを口にしながら、結びとして、政府が人間的見地から想像できるすべての不測の事態について準備していること、さらに、まさしく見かけどおりの確証がとれたなら、最終的な死の消滅によってかならず引き起こされる複雑な、社会的、経済的、政治的、倫理的諸問題に、勇気と、国民の支援をもって立ち向かう決意であるとした。最後に首相は喜びの声をはりあげた。わたしたちは神の道具として選ばれた善良な国民であることに日々感謝して祈っており、不滅の命を持つのが神の御意思であるならば、その課題を受け入れましょう。首相は声明文を読みおえて思った。つまり、われわれは喉元まで苦境に陥っているのだ、と。ただし喉がどれほどきつく締まるかまでは、ほとんど想像していなかった。それから三十分もしないうちに、帰宅の途についた公用車のなかで、首相は枢機卿からの電話を受けた。もしもしこんばんは、首相でいらっしゃいますか。こんばんは、猊下、じきじきに恐縮です。お電話したのは他でもありません、心底ショックを受けましてね。ああ、それはわたしも同じですよ、猊下、きわめて深刻な事態です、国が直面するかつてない深刻な状況といえるでしょう。わたしのショックは別のことです。どういうことです、猊下。いましがたあなたの声明を聞いて、まったく遺憾に思いました、というのは、われわれの神聖な信仰の土台であり、主梁であり、礎石であり、要石でもあるものが何か、あなたがお忘れになっていたからなのです。おゆるしください、猊下、おっしゃることが飲みこめないのですが。死というものが存在しなければですよ、首相、死がなければ復活もありません、復活がなければ、教会もありません。なんてこった（オ・ジアーボ）（悪魔の意）。すみませんが、いまなんと。いや、いいえ、なにも言ってません、猊下、おそらく電話が混線したのでしょう、大気のなかの電気か、電波の雑音か、それとも受信機に問題があるか、たまに衛星電波が途切れることもあってですね、猊下、お話は聞こえております。そうですか、わたしが言うのは、どんなカトリック信者も心得ているべきで、あなたも例外ではない、ということですよ、復活がなければ教会はありません、それ以上にあなたはどうして、神がみずからの消滅を願うという発想ができるのか、そんな考えを持つのは神を汚す行為です、考えうる最悪の冒瀆（ぼうとく）です。猊下、わたしは神がみずからの消滅を願っているなど、ひとことも言っておりません。そういう表現ではないですが、あなたは不滅の命を持つ人体が神の御心かもしれないという可能性を示唆されました、それが冒瀆と同じだと気づくのに、卓越した論理学の博士号など必要としませんよ。猊下、信じてください、わたしはただ印象づけるため、効果をあげるために、ああいう言い方をしたのです、いわゆる演説を仕上げる方法のひとつとして、それだけです、おわかりのように政治の世界ではそこが重要なのでして。それは教会でも重要なところです、首相、ただわたしたちは口を開く前に深く考えます、たんに話術を使って話せばよいというものではなく、長期にわたる効果を計算しますし、こんなふうに言わせてもらえればお役に立つと思いますが、わたしたちの得意分野は弾道学なのです。大変申しわけありません、猊下。わたしがあなたの立場にあったら、わたしもあやまるでしょう。そこで枢機卿は、手投げ弾が落ちるまでにかかる時間を推定するかのように黙りこみ、そのあと、より穏やかで親しげな声色で続けた。あの声明文をメディアに公表する前に、国王陛下にお見せしたかどうかたずねてもかまいませんか。当然です、猊下、これは声明にもありましたが、きわめて慎重になされるべき性質の問題ですから。それで、もちろん国家機密ではないでしょうが、陛下はなんとおっしゃいましたか。陛下は上出来だと思われました。読んだあと、何かお言葉をおのべになりましたか。大変結構、と。大変結構とは、どういう意味でしょう。陛下がおっしゃったお言葉どおりです、大変結構と。陛下も神を冒瀆したというのですか。猊下、それを判定するのはわたしの任ではありません、自分の過ちだけでも背負うのに精一杯でして。それではわたしが国王陛下に話さなければなりますまい、このような混迷した、細心の注意を要する状況のもとでは、われらが聖母教会の実績ある政策のもととなる、信頼のおける揺るぎない規則のみが、まさにわたしたちを呑みこまんとする恐ろしい混沌から、わが国を救えるのだということを。それこそが、猊下、あなたのお役目かと。そのとおり、陛下におたずねしましょう、皇太后陛下のこの世の肉体が恥ずかしくも魂にしがみつき、けっして復活しないとばかりにベッドへ横たわったまま永遠に死んでいるのを見るのと、死に勝利して死ぬことにより、天国の壮麗な栄光のなかで永遠に輝くところを見るのと、果たしてどちらをお望みですかと。たしかに、そう聞かれたらだれも返事に迷いません。おそらくそうでしょう、ですが首相、あなたがお考えになるのとは違って、わたしは質問ほどにも返事に興味はないのですよ、わたしたちがたずねるとき、その質問に明らかな目的と隠された意図があることにお気づきになるでしょう、質問を受けた人がただ答えをのべるだけでなく、同時にその人に自分の声を聞いてもらう必要もあるのです、それはまた、この先の将来のさまざまな答えを準備するためでもあります。少しばかり政治と似ていますね、猊下。そのとおりです、ただし、そうは見えないようですが、教会の利点は高きものを管理することによって、低きものを支配することにあるのです。また沈黙が置かれたが、ここでそれを破ったのは首相のほうだった。もう家に着くところです、猊下、お許しくださるなら、ひとつ質問があるのですが。どうぞ、なんなりと。もしも人がこのまま死ななくなったら、教会は何をするのでしょうか。たとえ死を扱うとしても、首相、けっして長い時間ではないでしょうね。猊下、まだわたしの質問に答えていないように感じます。では、質問をお返ししましょうか、もし人がこのまま死ななくなったら、国はどうするのでしょう。国家は生き延びようと手を尽くします、できるかどうか大いに疑問ですが、でも教会は。教会はですね、首相、ずっと永劫不変の答えを習慣にしてきたので、別の種類の答えなど想像もつかないのです。現実がそれと食い違っていても、ですか。わたしたちは発端から現実と違ったことをしてきましたし、いまもこうして存続しておりますよ。教皇はなんとおっしゃるでしょう。こんな想像をするという愚かなうぬぼれを神がお赦（ゆる）しになるならですが、かりにわたしが教皇ならば、すぐに新しい主題として、死は延期されたのだと発表するでしょう。くわしい説明を省いて、ですね。何事であれ教会が説明を求められたことは一度もありません、わたしたちの得意分野は、弾道学とともに、信仰における行きすぎた好奇心を無力化することでもあるのですから。おやすみなさい、猊下、それではまた明日。神の思し召し（おぼしめ）です、首相、神の思し召しです。現状を考えますと、神にもそれほど選択肢はなさそうですね。お忘れなきように、首相、わが国の国境の外側では、人が当たり前に死につづけておりますし、それは良い兆候です。あなたのお立場からはそうですが、猊下、向こうから見ればこちらはオアシスであり、楽園であり、新たな天国にも見えるでしょう。あるいは新たな地獄ですかな、あちらの方々が正気をお持ちなら。おやすみなさい、猊下、今夜はぜひとも安眠されるよう願っております。おやすみなさい、首相、もしも今夜死（モルト）が舞いもどってきたら、あなたのもとを訪ねないように願っております。正義が空っぽの言葉以上のものならば、わたしより先に皇太后陛下が逝（い）かれるでしょうが。ま、明日は陛下の前であなたを非難するようなことは致しませんよ。どうもご親切に、猊下。おやすみなさい。おやすみなさい。

　枢機卿が激しい痛みをともなう急性虫垂炎により、緊急手術をおこなうため病院に大急ぎで運びこまれたのは、明け方三時のことだった。麻酔のトンネルに吸いこまれる前、完全に失神する手前で意識が薄れたとき、彼は多くの人びとが思うことを思った。手術中に死ぬかもしれない。それから、いや、それは可能性にすぎない。そして最後の一瞬の明晰さをもって、何はともあれ自分が死んだら、逆説的にだとしても、自分は死を打ち負かすことになるのだと考えた。抗いがたい犠牲への欲望でみたされ、神に命を奪ってくださいと頼みかけたが、もう言葉を説明する時間がなかった。枢機卿は麻酔のおかげで、生命を与える存在として知られる神に、死をもたらす力を乞い願うという究極の冒瀆を犯さずにすんだのである。

ライバルの新聞各紙はすぐにあの見出しを嘲笑(ちょうしょう)したにもかかわらず、自分たちもそれぞれのスター記者のインスピレーションを刺激して、至極(しごく)おいしい見出しをさまざまに引っぱりだしていた。あるものはドラマチックに、あるものは詩的に、あるいは哲学的、もしくは超常的にするなどして、感動するほど冴えてはいないとしても、たとえば人気のある朝刊紙はこんなもので問題に対応していた。いまから、われわれはどうなるのか。語尾にはデザイン化した巨大な？マークがつけてあった。前にのべた、新しい年、新しい命、という見出しは、目ざわりで陳腐なフレーズとはいいながら、一部の人びとの心の琴線に響くものがあった。というのも、たんなる空しい錯覚かもしれないという疑いがあったにしても、先天的あるいは後天的な性格のどちらかから、彼らは多かれ少なかれ現実的楽天主義の堅実性をより好んだからである。この大騒ぎの今日まで、人びとはあらゆる可能性が実現しそうな素晴らしい世界を夢見て生きてきたのだが、たったいま起こっていることが、絶対的に最高なのだと気づいて大喜びしたのだ。日常の恐怖である死の女神（パルカ）のキーキー鳴る大バサミのない、比類なき驚異の人生がここにあった。これでもう、だれもがいまわの際に受けとる死の宣告書の封を切ることもなく、気まずい想像からも解放される。これからはあの十字路で浮世の道連れと、あなたは天国、おまえは煉獄（れんごく）、きさまは地獄などと、つぎの世界への行き先をむりやり分けられる恐れもない。その結果、より控えめで、より思慮深い新聞も、同じ志向のラジオやテレビの放送局とともに、恐怖の心を一新しながら、この国の北から南、東から西まで広がった、死神（タナトス）の長い影から遠く離れていく共通の歓喜の高波に加わらないわけにはいかなかった。来る日も来る日もやはり人は死ななかった。それを見ると、悲観主義者も懐疑主義者も、最初は少しずつだったが、のちには機会があれば大挙して、街に出て、いまや人生はほんとうに素晴らしいと大声でたたえる市民の巨大な潮流に身を投じていた。

ある日、最近未亡人になったばかりの婦人が、自分が死なずにすむという、あふれる喜びを表現するすべを他に思いつかずに、惜しまれて亡くなった夫に二度と会えないことを、ちらりと悲しまないわけではないのだが、花で飾られたダイニングルームのバルコニーから国旗を下げてみた。それはいわゆる我流の習慣だった。二日もしないうちに、国中で国旗が下げられ、風景は国旗の色と紋章模様に乗っ取られた。もちろんそれが顕著だったのはバルコニーや窓のたくさんある都市部のことだ。こうした熱烈な愛国心は、脅し文句とまでは言わなくとも、だれもが知らないところから発した、ある種の強迫観念から抗いがたく生まれたものである。たとえば、家の窓から国の不滅の旗を下げない者に生きる資格はないぞ、国旗を掲げない者は死の手に渡るのさ、さあ一緒に愛国者になって旗を買うんだ、もう一枚買いなさい、もう一枚買え、生命の敵はくたばれ、やつらがもう死なないのは幸運だよ、といったような。街の通りは、はためく国旗のせいで正真正銘のお祭り状態になった。風が吹けばばたばたと音をたて、風がやめば注意深く置かれた電気扇風機が代わりをはたした。こうすれば、鞭打つようなはためきを生む扇風機の風が標準的な強さに及ばなくとも、とにかく勇猛な心を高めてやまない愛国の色が立派に波打つさまだけは保証することになるわけだ。小さな口をしたごく少数の人びとがひそかにつぶやいた。これは完全に限度を超えている、遅かれ早かれ旗を撤去するしかないだろうし、それも早ければ早いほどいい、ようするに砂糖を入れすぎれば味覚をだめにし、消化作用に害をもたらすのだ、もしもわれわれが愛国心を、レインコートの露出狂さながらに忌まわしい死の記憶をさらけだし、この慎み深さへの連綿とした侮辱に貶めるなら、愛国の象徴に向けるわれわれのごく普通で当然の敬意はまがいものになってしまうよ。それに、と彼らは言った。死がもはや人を殺さないことを祝うために国旗を掲げるなら、人は二つのうちどちらかを選ぶことになる、つまり我が国の象徴に嫌悪するほど飽きてから旗を降ろすか、残る人生のあいだ、つまりは永遠だよな、そう、永遠に、雨で腐り、風で千切れ、太陽に焼かれて色褪せるたびに旗を取り替えつづけるかだ。ごくわずかながら、なかには勇気をもって問題を公然と指摘する人びともおり、ある哀れな男は愛国心のない言動を爆発させて報いを受け、この国で年初から死（モルト）が活動を停止していなければ、すぐにその場でみじめな人生が終わったほどのリンチに処された。

とはいえ、何事も完全なものはない。笑う人がいる一方で、つねに涙に暮れる人がいるものだ。ときには、現在お話ししているケースのように、同じ理由から。さまざまな分野で重要な職務につく人びとが、この状況を深く憂慮し、すでに権力者に不満を知らせていた。ご想像がつくだろうが、最初の正式な泣き言は葬儀ビジネスの業界からやってきた。葬儀社の社長たちが突然乱暴に商売の原材料を奪われ、頭を両手で押さえるという古典的な身ぶりで、われわれはこれからどうしたらいいんですか、と涙ながらに声を合わせたのだ。そして、葬儀業界のだれもが免れられない壊滅的な倒産の危機を予測して、業者の臨時総会を招集した。会議では熱い議論が闘わされたが、最後にそのすべてが非生産的なものとなったのは、すべての議論が例外なく、協力を拒絶する死そのものの、破壊不可能な壁にぶつかったからである。死は彼らが自然の当然なものとして、両親から子どもたちまで長年慣れ親しんできたものだった。結局、最終的には議論するあいだに提案された、建設的な、そして前向きな提案だけをまとめ、文書にして政府に陳情しようということになった。政府には笑われるでしょうが、と議長は予防線を張った。でも、われわれには他に打つ手がなく、座して待っていれば葬儀ビジネスが崩壊するだけですから。陳情書には、国内に死者がいないことで生じた深刻な危機を検証するために招集されたこの異例の業界臨時総会で、国家の至高の利益がつねに最重要であることに敬意を払いつつ、真剣かつオープンな議論が交わされたあと、葬儀社の経営者による代表委員たちが以下の結論に達したとあった。すなわち、歴史をひもとけば疑いなく業界における建国以来最悪の災厄として、今後の悲惨な成りゆきを、まだ避けられるとするならば、政府が自然死にせよ事故死にせよあらゆる家庭における動物の埋葬、もしくは火葬をする義務を課し、管理された墓地、もしくは火葬場を葬儀業界が運営するようにしていただきたい、なんとなれば、われわれは過去に幾世代ものあいだ、連綿として深い意味合いでの公共サービスを、つねに立派に遂行することを心がけて運営してきたのだからと。陳情書はさらに続けて、ビジネスの延命をはかる転換にあたっては、かなりの設備投資が不可欠だ、ネコ、カナリア、あるいはサーカスのゾウ、バスタブで飼われているワニなどに最終的な休息の場を提供することは、人を埋葬するのと同じわけにはいかず、伝統的な技術を一から見直す必要があり、これまでペット用の共同墓地が公式に許可を得て獲得してきた経験が、現代化への必須のプロセスにおいてきわめて有用であることが実証されるだろうし、言い換えれば、いまに至るまで高い利益を上げてきたわれわれの事業では副業にすぎなかったものが、今後は唯一の事業となるのであって、そうなれば死が不当に背を向けた現在、これまで死と雄々しく向かいあい日々の暮らしをいとなんできた無欲かつ勇敢な雇用者を、何千人とは言わないまでも何百人も解雇することを可能なかぎり避けられるのである、とのべていた。ですから、首相、千年紀を迎えて公益企業に分類された職業に値する保護をお願いする次第でして、迅速に有益な認可決定をいただくだけでなく、同時に、助成ローン制度などを適用していただければと、これは単純な正道とまでは言わないまでも、ケーキの上のアイシング、われわれに即して言うなら棺桶につける真鍮の取っ手ともなりましょうが、歴史上初めて存亡の危機に立たされた公益部門の迅速な再生をうながすならば、ローンよりも純然たる給付金の支給をお考えくださるよう求めるものであります、じつに先史時代も含めて、有史以前からずっと、人間の死体があれば大地がみずから穴を開けて受けいれないかぎり、遅かれ早かれ必ずだれかが始末をつけ、埋めてきたのですから。つつしんで、われわれの要求が認められることを期待しております。

　国立、私立の別を問わず、病院の院長や経営者はすぐに事業を管轄する厚生大臣のドアを何度もノックした。健康問題より、つねに後方支援問題が強調されるのは奇妙に思えるのだが、関連する公共サービスとともに懸念と不安を表明するためだった。彼らが言うのは、従来のように患者がやってきて、治癒するか死ぬかして進むという業務上の流れが悪くなっている、いわば回路のショートだが、技術系の用語を好まないなら、渋滞が起こっていると言い換えてもかまわない、ようするに、すでに死んで不在になっているはずの重病人や激しい交通事故の負傷者も含めて、かつてない数の患者が退院せずにとどまっている。ひどく深刻な状況です、と彼らは言った。われわれはすでに廊下にも患者のベッドを置きはじめていますが、そのペースは速く、一週間もしないうちにベッド数が不足するだけでなく、すべての病室と廊下が埋まり、医療をおこなうための場所を確保するのが困難になるでしょう。実際に使えるベッドがあっても、どこに置いてよいのか考えが浮かびません。問題を解決するにはひとつ方法があります、と各病院で業務にあたる人びとが結論した。たとえそれが医療（ヒポクラテス）の誓いを、ほんのわずかに破るものだとしても、もしその措置が取られるとしたら、その決断は医療や経営の場ではなく、政治でなされるべきでしょう。賢い人は一を聞けば十を知るものである。厚生大臣は首相と協議して以下のような通達を出した。すでに我が国のこれまでの優れた医療体制に厳しい打撃をもたらしている病院の過密状況を考慮すれば、それはいつ生死が決まるかわからない宙ぶらりんの状態にある患者の数が増大している直接の結果であるが、彼らは少なくとも医学研究がみずから設定する新しい目標に達しないかぎり、病気の治癒はおろか、この先容体が良くなる見込みもないことから、政府は病院の運営側に対して、個々のケースをベースに、自分の立場を把握した患者の臨床的状況について綿密な分析をおこない、病状の不可逆性が確認された患者を、個々の家庭に引きわたすことを推奨するものである、ただしその際には、患者を診る一般医の必要とする、あるいは望ましいと考える治療や検査を、患者がすべて受けられるよう病院側が全責任をもって保証するものとする。この政府の決定は、だれもが理解できる仮定にもとづいていた。すなわち、これは、たとえ意識が覚醒（かくせい）する瞬間があったとしても、自分のいる場所が気心の知れた愛する家族のもとなのか、混雑した病院の病室なのかがわからない、つまりはどこにいるかもわからず、自分が死んでしまうのか健康を回復するのかにもまったく興味がない、永遠に拒否された死の瀬戸際に、永遠にいることになった患者についてのことである、政府としてはこの際、全国民に向けて周知をしておきたい、いまもって謎である死の消滅の原因については、さまざまな調査が続行されており、これによって満足のいく理解が得られることを期待し、信じるものである、また、政府としては、各宗教団体の代表、多様な学校の多彩な哲学者からなる、専門分野の垣根を越えた有識者会議を招集し、死のない社会の未来像を考えるといった慎重さを要する任務に当たっていただく、と同時に、社会が直面するであろう新たな問題について合理的な予測を試みながら、死が人生を短くしてくれないなら、延々と生きつづけることになるすべての老人を社会はどうしたらよいのか、という残酷な疑問をとりまとめた行動規範を作成していただくものとする。

さて、鼻水をふいてやったり、くたびれた括約筋の世話をしたり、おまるを運ぶために夜中に起きたり、といったことをする時間も忍耐力もない家族の心の平和のために造られた情けぶかい前期高齢者や後期高齢者の老人ホームは、病院や葬儀社がそうだったように、ほどなく嘆きの壁にぶつかることとなった。公正を期すならば、彼らの直面したジレンマを認めるべきだろう。つまり、入居者を受け入れつづけるかどうかに悩み、公平に努力しながら人数を計画的に管理するのは、すぐれた手腕を必要とする難問なのである。なぜなら、これが真のジレンマを特徴づけるのだが、最終結果はつねに同じものだからだ。何人かが入ってきては何人かが出ていくといった、止めることのできない生と死の循環から生じるもの、それはたとえば不平たらたらの点滴担当のスタッフや紫色のリボンをつけた花輪のようなものだが、そうした確実にあるものにこれまで慣れてきた前期高齢者や後期高齢者用の老人ホームは、現在、実際的な未来など考えたくもなかった。ホームが世話をする対象はまったく顔や体を変えず、来る日も来る日も依然として嘆かわしい状態のまま、だんだんさらに衰え、悲しく、だらしなく、顔はレーズンのように皺深く着実にしぼんで、手足はわななくばかりでおぼつかなく、その様はまるで甲板から落とした羅針盤をやみくもに捜している船のようだったからだ。以前こうした日暮れのホームでは、新入りがやってくると、決まってお祝いをするきっかけになっていた。新しい名前は記憶を書きなおす動機となり、外の世界からそれぞれの特殊な習慣や奇行がもたらされた。たとえば歯ブラシの毛のあいだに歯みがきのペーストがこびりついているのが嫌で毎日ごしごし洗ってしまう退職した公務員とか、あるいは、家系図を書いているのにその枝からぶら下がる名前にけっして正しいものが見つからない老婦人とか。入所者全員に関心を向け日課のばらつきが安定するまでの二、三週間、彼らは男も女も、たとえその時間が永遠に続くとしても、人生の最後を過ごす新入り、若輩者として扱われた。ところがこの永遠の時間を太陽にたとえて言うなら、幸運な国の全員にこの光が降りそそいだのだが、だれもなぜどのようにそうなったのかは知らず、毎日沈むとしても、それを眺める人びとは生きつづけるのである。いまや新たな客は男も女も、施設の空きを埋めるのと収入を増やすのは別として、前もって運命がわかっている人間である。彼らは古き良き時代のように、ホームを去り、家や病院で死ぬわけではない。入所者たちは死（モルト）がはいってきて連れ去られることがないようにと、急いで自室の鍵をかける。だが、すでにご存じのとおり、それはもう戻らない過去のことだ。となると、政府のだれかが、人びとの、わたしたちの、こうした老人ホームの経営者の、所長の、従業員の運命を考えるにちがいない。つまり人が腕を下ろすときが来ても〔死ぬことの比喩〕、だれにも歓迎してもらえないという運命が待っている、ことを。人は、なんらかの形で自分のものだったものの、少なくとも長年働いてきた年月の、主（ぬし）でさえなくなる。これからは従業員が仕切る番だということも指摘すべきだろう。つまり、自分たちのような老人ホームの入居者を追いだせなければ、自分の居場所がなくなるのである。病院に大量の患者が溜まっている状況を議論した政府では、すでにあるアイデアが浮かんでいた。家族が再び義務を負うべきだというのである。ただ、そのためには一家に最低一人、満足な知性と、十分な身体能力と、品質保証期限内の才能を持つ人間がいなくてはならない。とはいえ、と業界の声が上がった。わたしたち自身の体験、そして世界がわたしたちに示したことと、最近始まったこの永遠に比較すれば、それはため息のような一瞬しか続きません。いずれにしても、だれかがもっとすぐれたアイデアを出さないかぎり、救済策は老人ホームを増やすこととなるでしょう。これまでのようにより良き時代を知る大邸宅を使うのではなく、ゼロベースから五角形の平面を持つ、たとえばバベルの塔やクノッソスの迷宮のような巨大建造物をいくつも建てる。最初は地区をつくり、それを市にし、つぎに大都市へと、あるいは、より大ざっぱに言えば、生きる者の墓地にするのです。そこでは死に瀕した老年が、問題の核心に至る年限に終わりがないため、いつまでなのか知らず、神が望むかぎり世話を受けることになります。そして、時間とともにこうした老人ホームで暮らす老人の数が増えるだけでなく、世話を受ける人もどんどん増える一方だから、わたしたちも関係する政府機関の注意を喚起する義務があると感じるのです。いまは紡錘（ぼうすい）形で表されている年齢別人口構成比のグラフは、たちまちニシキヘビのように若い世代を呑みこみながら、大量の老人を表す上側のいつまでも塊をふくらませていくでしょう。若い世代のほとんどが、こうした老人ホームでの介護や運営を担当するスタッフになり、さまざまな年齢のポンコツ人間を世話するという比較的ましな人生を送ったあとに、普通の老人、長命の人、大勢の親、祖父母、曾祖父母、高祖父母が、無限に、つぎつぎと、そのまた上そのまた上に積み重なっていくのです。その様はまるで前年の落ち葉に新たな落ち葉が積もるようなもので、去年の雪はいまどこに（メ・ウ・ソン・レ・ネージュ・ダンタン）〔中世フランスの詩人、ヴィヨンの詩句〕、といった具合の果てしなき群れとなり、彼らは集団で少しずつ歯や髪の毛をなくしながら人生を使い果たします。視力は衰え、耳も聞こえず、ヘルニアで腰痛があり、低体温、股関節脱臼（だっきゅう）、下半身不随、絶え間なくあごからよだれを垂らす不滅の高齢者の大群となりはてるのです。ですから、政府の紳士諸君、あなた方は信じたくないでしょうが、こうした未来は、たぶんこれまで人類が受けた攻撃としては最悪の悪夢だと言えます。すべてが恐怖と戦慄に支配された暗黒の洞穴のなかでも、そんなことは起こりませんでした。これが真っ先に老人ホームを経験したわたしたちの証言ですし、当時はたしかにすべてが小さな文字で済んでいたのです。わたしたちの想像力を軽視してはなりません。どこまでも正直に、胸に手を置いて申し上げますが、首相、このような運命より、死のほうがましなのです。

われらが業界の生命をおびやかす恐ろしい脅威である、と生命保険協会の理事長が、数千通にも及ぶ手紙についてメディアに声明を発表した。この大量の手紙はまるで一枚の下書きをコピーしたかのように、多かれ少なかれ似たような言葉で表現されたもので、この二、三日のあいだに届き、保険会社のオフィスを洪水のように埋め尽くした。そのすべてが署名された生命保険の保険証券の即時解約を求めていた。死が自然に停止したという周知の事実を考え、会社をさらに豊かにするだけのために、なんの見返りもなく法外な掛け金を支払いつづけるのは、底抜けのまぬけとは言わないまでもばかばかしいことである、と。とりわけ不機嫌なある保険契約者は、追伸として、わたしは金をドブに捨てたりはしない、と不満をのべていた。なかには、すでに支払った掛け金の返還を要求する者までいたが、そのケースはたんなる運だめしで、やみくもに言ってみただけのものだった。保険会社各社がこの突然の重火器による集中砲火をどのようにかわすのかという記者たちからの当然な疑問に、協会の理事長はこうのべた。今般、協会の法律顧問が法解釈の抜け道があるかどうか契約書の文言を細かく検討した結果、もちろん厳格に法律を順守しながらも、こうした異を唱えるご契約者様のご意向には反するものの、生きているかぎり所定の掛け金を、つまりは永遠にお支払いいただかざるをえないことが判明いたしました。よって、現状における現実的な修正案としましては、両者が紳士協定に合意するならば保険契約に短い付帯条項を設けるという選択肢を考えております。それは、と理事長は情け深くほほえみながら言い足した。もちろん純粋に仮定のお話となりますが、守るべき死亡年齢を八十歳に設定いたしますと、ご契約者様は八十歳の誕生日を祝う日まで掛け金をお支払いになり、その時点で契約上は死者として、ただちに申し込まれた契約の満期保険金を全額お受け取りになれるわけでございます。理事長はこうもつけくわえた。これだけでもかなりお得な設定になりますが、さらにもしその時点でご契約者様がお望みでしたら、つぎの八十年まで、期間を延ばして再契約するというオプションも可能でございます。そして二度目の死が達成されたあかつきには、その趣旨と目的において、前契約がまた継続して適用されまして、さらにその先もつづくわけでございます。記者たちの一部には、保険数理士の算法について知識のある者がおり、感嘆するつぶやきと短いまばらな拍手が送られ、理事長はそれに感謝して短い会釈(えしゃく)を返した。これまでの手紙が無効で役に立たないと言明した各保険会社に、ふたたび大量の新たな手紙が押し寄せてきた。すべての保険契約者が提案された紳士協定を受け入れると明言し、じつに誇張でもなく、これこそだれもが得をする滅多にない例のひとつだと言う者も出かねないほどだった。こうして保険各社は紙一重で破滅的状況をまぬがれた。生命保険協会の理事長は、鮮やかな手腕を披露したそのポストに次回の選挙でも再選されるのは間違いないだろう。

専門分野をまたいで招集された政府の諮問する有識者会議の第一回会合は、順調なすべりだし以外のあらゆる言葉を適用できる事態となった。重い言葉を使うならば、その責任は老人ホームから政府に送られてきた劇的な文書にある。とくに締めくくりの、首相、このような運命より、死のほうがましなのです、という不吉な言葉に。いつもながら眉をひそめた悲観主義者と、にこにこした楽観主義者に分かれた哲学者たちは、グラスの水が半分はいっているのか、それとも半分からっぽなのかという古代以来の論争を闘わせるべく、何千回目かの議論に備えていた。意見を求められた問題に移ったとき、それは、死んでいることと、永遠に生きていることにおける、長所、短所の単なる一覧表に行きつくだろう。一方、宗教界の代表者は最初から、議論が彼らの土俵である弁証法的二項対立でおこなわれること、すなわち神の王国の存在は死が基本であることを明白に受けいれてほしいという点で、共同戦線を張っていた。死のない未来についての議論は、不可避的に神の不在、あるいは神の消滅を意味することから、どんなものであれ神への冒瀆であるばかりか、話にならないという態度を取っていたのだ。これはなにも目新しいことではなかった。枢機卿その人がすでに首相との電話で、この無駄な努力の神学版ともいえる暗示を披露していた。枢機卿は、死がなければ復活もありえず、復活がなければ教会が存在する意味もないと、言葉をあまり費やすことなく認めていた。というわけで、いまや自分の王国へ至る道を耕すために神が持っているのは農業用の道具だけであることが明白になった。明快かつ反論できない結論、それは聖なる物語全体が行きどまりで終わるということですな。この辛辣な意見はもっとも年長の悲観主義的哲学者が口にしたもので、彼はそこで止まらず、好むと好まざるとにかかわらず、すべての宗教は死を言いわけにしています、われわれが食べるパンを必要としているように宗教には死が必要なのです、と続けた。宗教界の代表はみな抗議の声を上げなかった。むしろ、カトリック部門で高名を馳せている一人が、哲学者のお仲間がおっしゃったご意見は間違いなく正しいものです、とのべたほどだ。もちろん、それゆえわたしたちがいるのですよ、人は一生のあいだ首に恐怖を巻きつけながら過ごし、そのときが来たら、死を喜んで迎えて解放されるのですから。それが楽園ですね。楽園か、地獄か、それとも無か、ですが一般に言われるほど、わたしたちは死後どうなるかについては問題に致しません、この世の問題は信仰であって、天国とは関係がないのです。それは普段わたしたちが耳にすることと違いますな。商品は魅力的に言わなければなりませんので。それは、あなた方が永遠の命を信じていないということですか。信じるふりをしているのです。一分ほどだれもが黙りこんだ。悲観主義者の長老は皮肉な笑みを顔にひろげ、特別に難しい室内実験が成功するのを見たばかりの人のような雰囲気を漂わせた。それならば、と楽天主義に属する哲学者が声を上げた。あなたはなぜ死が終わった事実に、それほど危機感をおぼえるのですか。終わったかどうか、まだわかりませんよ、ただ人は死ぬのをやめてはいますが、それは同じことではありません。確かにそうですが、だとしても疑問は解消しません、また同じ質問を致します。なぜなら、かりに人間が死ななければ、すべてが許容されるからです。それが悪いことだとおっしゃるのですな、と長老の哲学者がたずねた。何も許容されないのと同じくらい悪いことです。ここで新たな沈黙が降りた。円いテーブルをかこんで座る八人の男たちは、現時点での情報をもとに、死のない未来がどうなるかを検討し、社会が直面する新たな問題を予測して組み立てるように求められていた。もちろんそれは、古い問題の必然的な再燃とはかけ離れたものになるはずだった。問題なのは、すでに未来がここにあるということです、と悲観主義者の一人が言った。とりわけわれわれの前には、いわゆる日暮れのホーム、病院、葬儀社の経営者、生命保険協会といった各種の施設や業界から出された声明文がありますが、つねにどんな状況で転んでもただでは起きない最後の方々は別として、未来の展望は憂鬱(ゆううつ)で、恐ろしく、壊滅的なだけでなく、さらに、どんなに想像をたくましくしても及ばないほど圧倒的に危険だと認めざるをえません。現況において皮肉屋になりたいわけではありませんが、とやはり高名なプロテスタントの代表が意見をのべた。この有識者会議は生まれる前から死んでいるように思えます。老人ホーム関係者の見方は的を射ていますよ、このような運命より死のほうがましです、とカトリックの広報担当者が言った。それでは、何を提案なさるのかな、と長老の悲観主義者がたずねた、あなたはそれをお望みのようだが、われわれがこの会議をただちに解散する以外に。わたしたちローマ・カトリック使徒教会は最悪の恐怖から、哀れな人類を救うために、できるだけ早い死の復活を願う全国キャンペーンを組織し、開始します。神は死を左右する権威を持っているのですか、と楽天主義の哲学者の一人がたずねた。それはコインの裏表なのです、片側には王があり、片側には王冠があるような。だとしたら、死に退却を命じたのは神だったとか。数珠(ロザリオ)をたぐって祈るうちに、いつかわたしたちは、なぜ神がこのような試練をお与えになったのか知るときがくるでしょう。わたしたちも同じように祈りますよ、もちろんロザリオは持ちませんけどね、とプロテスタント代表がほほえんだ。雨よ降ってくれ(アド・ペテンダム・プルヴィアム)と雨乞(あまご)いをするように、帰っておいでと死に呼びかけながら国中を行進するのです、とカトリックの代表が説明した。わたしたちはそこまでしません、行進はしない習慣ですから、とプロテスタント代表がまたほほえみながら言った。それで、すべての扉が閉じているように思える現在、われわれはいったい何をすべきでしょうか、と楽天主義の哲学者の一人が、反対派への入隊が差し迫っているような口調で告げた。まず最初に、と長老の哲学者が答えた、この会議をいったん散会にしようじゃないですか。そのあとは。われわれの存在理由として、哲学的に思索すべきことがすべて無効であったとしても哲学的思索を継続せねばならんでしょう。なんのために。目的はわたしにもわかりません。それなら、なぜ。なぜなら、宗教同様、哲学にも死が必要だからです、哲学的思索が死ぬことを悟るためにあるのだとしたら、モンテーニュ氏が言ったように、いかに死ぬかを知るために思索するのです。

　哲学者とは言えない人でも、少なくとも通常の意味での哲学者という言葉に当てはまらなくとも、一部の人びとはその道を知っていた。逆説的ではあるが、自分たちの死に方は知らなかった。彼らはまだ死期には至らず、死を助けて、他の人びとの死が楽になるようにしていたのだ。このあとすぐにおわかりになると思うが、ここで使われた方法は、人類に無尽蔵の発明力があることの現れでもあった。隣国から二、三マイルしか離れていない国境近くのある村に、貧しい田舎暮らしの一家がおり、彼らは宙ぶらりんで生きつづける親族を一人ではなく二人も抱えていた。一家の人びとが好む言い方をするなら、生きどまりである。一人はたくましい家長の祖父で、病気によって単なる影のごとくに弱っていたが、一席ぶつ力を奪われているわけではなかった。もう一人は生きるだの死ぬだのといった言葉を教える時間もない、まだ生後二、三ヵ月ほどの赤ん坊であり、実際には死（モルト）が訪ねてきていなかった。二人は生きているのでも死んでいるのでもなく、週に一度往診にやってくる村の医師によれば、快方に向かうにしろ悪化するにしろ二人にしてやれることは何もなかった。さほど昔ではない以前、こうした問題の根本的解決策は安楽死のための薬物注射だったのだが、それさえも死なせることができなかった。そうしたところで、死んだ状態に追いやるだけであり、まったくもって的はずれ、無駄としか言えないのは、彼女つまり死（モルト）がつねに一歩下がって、手の届かないところまで遠ざかるからなのだ。家族は助けを求めて司祭のもとへ出かけたが、彼は目を天に向けて、わたしたちはみな神の御手のなかにあり、神の慈悲は無限だと言うだけだった。たしかに無限かもしれないが、この世で何も悪いことをしていない哀れな幼子（おさなご）を救うほど無限でもなかった。つまり現状はそんな具合で、前にも進まず、問題の解決策はなく、見つかる希望もなかったが、そこで老人が口を開いた。ちょっとこっちに来てくれ。水がほしいの、と娘の一人がたずねた。いや、水などいらんよ、死にたいんだ。それは無理な相談だって、お医者様はおっしゃるのよ、だってほら、お父さん、もうだれも死なないんだもの。医者は自分が何を言ってるのかわかっとらんよ、天地開闢（かいびゃく）以来、死ぬ時間と場所はいつでもあったのだ。もう、ないのよ。そんなことはない。落ち着いて、お父さん、熱が上がってしまうわ。わしは熱などないし、あったとしてもかまわん、いいからよく話を聞きなさい。わかったわ、どうぞ話して。もっと近くに来てくれ、声が出なくなる前に。どういうことなの。老人は娘の耳に、二言三言（ふたことみこと）ささやいた。娘は首をふったが、老人はあきらめず何度も言いはった。でも、それでは何も解決しないわ、お父さん。彼女はびっくりし、言葉につまり、恐怖で青ざめた。解決するさ。解決しなかったら。やってみても、何も失うわけじゃない。でも、うまく行かなかったら。単純なことだ、わしを連れてまた家に戻るだけだよ。赤ん坊は。赤ん坊も連れていく、わしが向こうにいるあいだは赤ん坊も一緒だ。娘の顔にはせめぎあう感情が刻まれ、必死に考えをまとめようとし、それからたずねた。なぜ、二人とも連れ帰って埋められないの。それがどんなふうに見えるかね、どんなに頑張っても人間が死ねない国で二人も死人が出たら、それにいまの状況からすると、死（モルト）がわしたちに戻ることを許さんだろう。こんなの変よ、お父さん。そうだろうな、しかし、この状況から抜けだすには他に手がなさそうだ。みんな、お父さんに生きていてほしいの、死んじゃいや。ああ、でもいまの状態ならごめんだ、命はあるが死んでる、死んでるのに生きてるじゃないか。お父さんがどうしてもと願うなら、希望どおりにするわ。キスしておくれ。娘は父親のひたいにキスをし、泣きながら部屋を出ていった。涙で頬を濡らしながら、娘は他の家族に父親の計画を話した。それは、まさに当夜家族が病人を連れて国境を越えるというものだった。あちらでは死がまだ機能しており、父親が信じるところでは、死（モルト）も彼を受け入れるしか手がないのである。この知らせは、誇りとあきらめが複雑にからみあった気持ちで受けとめられた。誇りとは、とらえどころのない死を自分から求めるという父自身の下した決断は、毎日見られるようなものではないからだ。あきらめとは、どちらにしても彼らに失うものはなく、運命に従うしかできることはないからだ。すべてを手にする人生はない、ということわざがあるが、この老人は将来彼を思い出して讃（たた）える、貧しい正直な家族のみを残してこの世を去るのである。家族は、涙に暮れて部屋を出ていった娘と、何も落ち度のなかった赤ん坊の他に、幸い全員が元気な三人の子どもの親であるもう一人の娘とその夫、そして結婚適齢期をはるかに過ぎた未婚の叔母がいた。もう一人の義息であり、涙に暮れて部屋を出ていった娘の夫は、出稼ぎのために離れた土地で暮らしており、明日たった一人の息子と愛する岳父を失ったことを知るだろう。ある日片方の手で与えられ、もう一方の手で取りあげられる、それが人生というもの。たぶんこの先わたしたちが二度と会うことのない田舎に暮らす家族だから、こうした家族関係の話がさほど重要でないのは自明の理なのだが、この真実でもあり真実でもない死（モルト）と彼女の間欠性（かんけつ）にまつわる物語において、もっともドラマチックな挿話のひとつの主人公である人びとの成りゆきをすばやく二行程度で片づけるのは、厳密に話術の技術的観点から間違っているように思われる。というわけで彼らはここにいるのだが、未婚の叔母が疑問を持ちだしたことを、わたしたちはまだ話していなかった。死の瀬戸際にいながら死なない二人がいないことに気づいたら、近所の人たちが何と言うかしら。未婚の叔母は普段、あまりこうした気どった回りくどい言い方をしないのだが、いまに限ってそうしたのは、泣きくずれるのを防ぐためだった。この世で何も落ち度のなかった子どもの名前と、兄さんという言葉を口にできなかったのだ。三人の子どもの父親が答えた、ただ正直に話して、今後どうなるかを見守るしかないよ、当局の許可を得ず、墓地以外の場所で秘密の埋葬をしたことは告発されるだろうな、他国でのことだし。そうね、国同士が戦争にならなければいいけど、と叔母が言った。

　家族が国境に向かったのは真夜中頃だった。村人たちはベッドにはいるまでにいつもより時間がかかっていた。まるで奇妙なことが進行中だと気づいたかのように。ようやく村の通りを静けさが支配し、家々の明かりがひとつずつ消えていった。まず、荷車にロバが繋がれた。それから小さな体なのにもかかわらず、義息と二人の娘が大変難儀をしながら二階から老父を担ぎ下ろした。老人がかぼそい声で、シャベルと鍬（くわ）を持ったかと聞き、娘たちが安心させた。持ったから心配しないで。それから母親が二階に上がり、赤ん坊を抱きかかえると、さよなら、赤ちゃん、もう二度と会えないわね、と言った。だが実際にそうではなく、彼女も荷車で、姉や義兄とともに出かけるのだった。この任務を全（まっと）うするには少なくとも大人が三人必要だ。未婚の叔母は帰らない旅人たちに別れを言わないことにし、姪の子どもと寝室に閉じこもった。でこぼこした石畳の道で荷車の鉄の車輪が恐ろしい騒音を立てたりしたら、こんな時刻にどこへ行くのかと村人が窓の外をのぞく危険があるので、家族は土の迂回路（うかいろ）を使い、ようやく村はずれの街道に出てきた。国境まではそれほど遠くなかったが、その道を越えていくことはできなかった。しばらく進んだら街道を離れ、荷車がやっと通れるほどの細い脇道に逸れなければならない。最後の山越えは、どうにかして老父を背負い、下草のなかを徒歩で行くことになるだろう。幸いにも義息は狩人としてけもの道を踏み、たまには密輸で小遣い稼ぎもしていたので、辺りの地理がよくわかっていた。一行は二時間ほどで、荷車を放置する地点までたどり着いた。義息はロバの頑健な肢（あし）を信じて、老父をその背に乗せることを思いついた。彼らは荷車からロバをはずし、小さな馬具まで取り去って、どうにか老人の体を乗せようと頑張った。女たち二人は泣いていた。ああ、お父さん、かわいそうに。ああ、お父さん、かわいそうに。二人の涙は、ほとんど残っていない体力から絞りだされたものだった。哀れな老人は、すでに死の最初の敷居をまたいだように、半分しか意識がなかった。こりゃ無理だ、と絶望した義息が大声をあげたが、突然解決策が頭に浮かんだ。まず自分がまたがり、ロバの首の付け根の鬐甲（きこう）へ老人を引っぱりあげればよいのだ、と。おれがお父さんの体を抱いて落とさないようにするよ、それしか方法はない、おまえたちは下から支えてくれ。赤ん坊の母親は荷車のところへ行って、彼がまだ毛布に包まれているのを確かめた。かわいそうな赤ん坊に風邪をひかせたくなかったのだ。それから母親は姉を助けに戻った。一、二の、三。三人は声を合わせたが、何も起こらなかった。いまや老父の体は鉛のような重さであり、力を合わせても地面から持ちあげることすらできなかった。そのとき、一種の奇跡というべきか、驚異と呼ぶべきか、とんでもないことが起きた。一瞬、重力の法則が停止したかのように、あるいは逆転したかのように、体が下がらずに上がりだしたのだ。老父は娘たちの両手からそっと動き、自発的に浮揚させたおのが体を義息の両腕のなかに投じた。夜になってから空は重く崩れそうな雲に覆われていたが、突然のように晴れて、月が顔をのぞかせた。さあ、これで行ける。義息は妻に声をかけた。おまえはロバを引いてくれ。赤ん坊の母親は少し毛布をはがして息子を見た。閉じたまぶたは、二つの小さな青ざめた染みのようで、顔の輪郭はぼやけていた。すると、母親が金切り声を上げ、その音は周囲すべてに響いて、巣穴にいる獣たちを震えあがらせた。わたしはこの子を向こうに連れていかないわ、死（モルト）の手に渡すために息子を産んだんじゃないんだもの、兄さんはお父さんを連れていって、わたしはここにいるから。姉が近づいてきてたずねた。一年また一年と死んでいくのを見ることになるのよ。姉さんがそう言うのは簡単よ、だって健康な子どもが三人いるんだから。わたしだって、我が子のようにあんたの子を心配してるわ。だったら、姉さんがこの子を連れてって、わたしには無理。わたしがするべきことじゃない、この子を殺すようなものだから。どこが違うのよ。人を死なすのと、殺すのとじゃ違うわ、あんたは子どもの母親で、わたしは違う。姉さんは自分の子どもだったら連れていけるの、一人でも、全員でも。ええ、行けると思う、絶対にとは誓えないけど。やっぱり、できないじゃないの。あんたがそうしたいなら、ここでわたしたちを待ってなさい、二人でお父さんを連れていくから。姉はロバに近づき、馬勒(ばろく)をつかんで言った。行きましょう。夫が答えた。行こう、でも、ゆっくり歩くぞ、お父さんがすべり落ちないように。満月が輝いていた。前方のどこかに国境があるはずだ。地図にしか引かれていない線が。どうやって国境に着いたことがわかるの、と女が聞いた。お父さんがわかるだろう。女は納得し、それからは何も問いかけなかった。二人はまた百メートルばかり歩き、さらに十歩ほど進んだところで、突然男が言った。着いた。終わったの。ああ。二人の後ろで声が繰り返した。終わった。赤ん坊の母親が死んだ息子を左腕に抱えており、右肩には先行する二人が忘れていったシャベルと鍬をかついでいた。もう少し奥へ行こう、あのトネリコのところまで、と義息が言った。その先のさらに遠くには、小高い丘にある集落の明かりが見えていた。ロバが地面に置いた肢の様子から、そこの土がやわらかく掘りやすいと見当をつけた。ここがよさそうだ、と男が言った。二人に花を持ってくるときは、この木がいい目印になるだろう。赤ん坊の母親はシャベルと鍬を落とし、そっと息子を地面に横たえた。それから二人の姉妹は父親の遺体を落とさないように注意しながら受けとり、ロバを降りる男の手を待たずに、その体を孫の隣へ置いた。赤ん坊の母親はすすり泣き、何度も、わたしの赤ちゃん、お父さん、と繰り返した。姉がやってきて妹を抱きしめ、自分も泣きながら、これでよかったのよ、これでよかった、この哀れで不運な人たちの人生は、人生と呼べないものだったわ、と言った。二人は死をあざむくためにここへやってきた死者を悼もうと、地面にひざまずいた。男はすでに鍬をふるっており、砕いた土をシャベルで放り投げると、また穴を掘りはじめた。掘るほどに土は固くなり、目が詰まり、石のようになった。休まず三十分ほど働くと、墓穴は十分な深さに達した。棺桶も埋葬布もなく、遺体はじかに土へ置かれていた。まとっていた服そのままの姿で。男と二人の女は一組のチームになった。男が墓穴に降り立ち、二人は地上にいて、老人の遺体を少しずつ降ろし、伸ばした男の両腕に乗せ、男はそれを受けとめると重さを保持して穴の底へ安置した。女たちは泣きつづけ、男は目こそ乾いていたものの、熱病にかかったかのように、始めから終わりまで体の震えが止まらなかった。これからまだ最悪のことが待っていた。涙とすすり泣きのなかで、赤ん坊が手渡され、祖父の隣に置かれたのだ。彼はそこにいるのが間違っているように見えた。おくるみに抱かれた、ちっぽけで、取るに足らない、重要でもない命が、まるで家族の一員ではないように片側に置き去りにされている。男は屈んで赤ん坊を取りあげ、祖父の腕のなかへ抱かせてやった。小さな体がそこにおさまると、二人とも休息に備える心地よさそうな姿になった。これで土がかけられる。少しずつ、慎重に、二人がわたしたちに別れが言えるように、彼らの言葉に耳を傾けながら、さようなら娘たち、さようなら婿さん、さようなら伯父さんたち、さようならお母さん。墓が埋まると、男は人が埋まっていることが通りかかった人にわからないように、地面を足で踏み固めて均し、頭のほうには大きめの石を、足のほうには小さめの石を置いた。それから鍬を使って、先ほど取り除いた下草で墓を覆い隠した。やがてその草がしぼみ、乾き、枯れると、別の草が代わりにはびこるだろう。死んだ草はみずからが生まれた大地の自然の循環のなかへ、ゆっくりはいっていくだろう。男は木と石のあいだの歩数をかぞえた。十二歩だ。それからシャベルと鍬をかついで言った。帰ろう。空はまた雲に覆われており、月は隠れていた。ロバを荷車につないだとき、ちょうど雨が降りだした。

このドラマチックな出来事の主人公たちが意表をついて話に登場したとき、好奇心あふれる読者に事実の俯瞰的な展望を提供するのが好ましい物語にしては異例に細かく描写された彼らには、こんなふうに言ってよければ貧しい田舎の人という社会的階層が与えられていた。語り手のそそっかしい判断から生まれたこのヘマは、ひいき目にみても上っ面の評価に基づいており、真実に敬意をはらうならすぐに修正すべきだろう。田舎の貧しい家族は、本当に貧しければ、荷車はおろかロバのように大食いの家畜を飼える金など持っているはずがない。実際、この一家は小なりといえども自作農であり、つつましくもほどほど余裕のあるほうなのだ。会話をするときも文法的に正しいだけでなく、うまい言葉は言えないが、中身があるというか実があるというか、もっとくだけて言えば読みをはずさない十分な教育を受けた、いわば育ちのしっかりした人びとである。そうでなければ前にお話ししたように、死の瀬戸際にいるのに死なない二人がいないことに気づいたら、近所の人たちが何と言うかしら、という美しい文章を、未婚の叔母に思いつけるわけがない。急いでイメージの溝を埋め、真実の姿を正当な場所に戻したら、つぎに隣人たちの言葉に耳を傾けてみよう。一家があれほど用心したにもかかわらず、荷車を見て、なぜ夜更(よふ)けに三人が連れだって出かけていくのかと不思議に思う人間がいた。油断なき隣人が内心でつぶやいた正確な言葉はこうだ。こんな時間にあの三人はどこへ行くんだろう。その疑問は翌朝も、ほんの少しだけ変更され、老人の義理の息子に向かって繰り返された。義息は、仕事があって出かけたんだ、と答えたが、隣人は納得しなかった。真夜中にする仕事かね、荷車を使って、若い嫁と義理の妹も連れてね、そいつは変だな、そうじゃないか、と隣人は言った。変な話に聞こえるかもしれないが、そうなんだ。で、夜が白みだす頃に、おまえさん方はどこから戻ってきたんだ。あんたには関係ないだろう。たしかにな、悪かったよ、おれが口出すことじゃない、でも、おまえさんの親父さんのことは聞いてもかまわんだろ。それも同じさ。あと、ちっちゃな甥っこのことも。それだって同じことだ。なら、二人ともお大事にな。ありがとう。じゃあ、また。ではまた。隣人は歩きだし、ふと足をとめて振り返った。おまえさん方は、あの荷車で何かを運んでるように見えたよ、それから妹さんは赤ん坊を抱っこしてるようだった、だとしたら、たぶん毛布をかぶって寝てたのは義理の親父さんだよな、まだあるぞ。まだあるとは何だ。おまえさん方が戻ってきたとき、荷車はからっぽだったし、妹さんは何も抱っこしてなかった。ゆうべ、あんたはあまり寝てないようだね。ああ、おれは眠りが浅くて、すぐに目覚めるたちでね。あんたはおれたちが出かけるときと、帰ったときに目が覚めたわけだ、いわゆる偶然ってやつか。そのとおり。そして、あんたはおれに何があったか話してほしいと言うんだな。おまえさんが、そうしたいならね。じゃ、はいってくれ。二人は家にはいり、隣人は三人の女たちに挨拶をした。彼はきまり悪そうに、じゃまをする気はないんだ、と言い、そのまま待っていた。あんたはこの話を知る最初の人間になる、と義息が言った。それに、秘密にしておかなくても構わない、なぜならおれたちは秘密にしてくれとは頼まないから。おれに聞かせてもいいことだけ教えてくれればいいよ。義理の父さんと甥っこは昨夜死んだ、おれたちは国境を越えて、まだ死が有効なところに二人を連れていったんだ。二人を殺したのか、と隣人が大声をあげた。ある意味じゃ、そうだ、二人とも自分の力ではあっちへ行けないんだから、でも、そうじゃないとも言えるんだよ、おれたちは義理の父さんに頼まれて連れていったんだ、子どものほうは、話すこともできず、生きてる意味もない、かわいそうなものだった、二人ともトネリコの木のそばに抱きあって寝て埋められたんだよ。隣人は頭を抱えた。それで。それで、あんたは村中の人にこの話をし、おれたちは逮捕されて警察に連行される、それからたぶん裁判だ、おれたちがやってないことを罪に問われて裁かれるんだ。でも、おまえさん方はやったんだよ。国境の一歩手前では二人とも生きてたが、一歩はいったら死んでた、あんたは殺したと言うが、おれたちはどうやって、いつ二人を殺したんだ。二人をあっちに連れていかなければ。そうだよ、二人ともここにいて、来るはずのない死を待っていたのさ。穏やかな沈黙があった。三人の女は隣人を見つめていた。じゃ、帰るよ、と男が言った。何かが起こったとは思ってたが、まさかこんなことだとは思いもしなかった。ちょっと頼みたいことがあるんだが、と義息が言った。なんだい。警察へ一緒に行ってくれないか、そうすればあんたも、いちいち恐ろしい犯罪のことをあちこちの戸口で話さずに済むじゃないか、つまりさ、親殺しだの、子殺しだのって、あの家にはとんでもない鬼畜がいるんだぞとか。おれはそんなふうに言わないよ。ああ、わかってる、だから一緒に来てほしいんだ。いつ。いますぐ、鉄は熱いうちに打て、だよ。それなら行こうか。

一家は裁判も受けず、したがって判決も出なかった。このニュースは火のついた導火線のように国中を駆けめぐった。マスメディアは彼らを残忍な姉妹、ぐるになった義息と呼び、忌まわしい人びとだだと激しく非難した。まるで万人の祖父や孫であるかのように、老人と赤ん坊に何度も涙の雨を降らせ。公衆道徳のバロメーターとしてふるまうこうした良識派の新聞各紙は、社説で伝統的な家族的価値観のとめどなき崩壊を、あらゆる不幸の根源であり、原因であると名指しで攻撃したのだが、そのわずか四十八時間後には、類似の出来事が国境地方の至るところで発生したというニュースが、つぎつぎに報じられた。あれとは違う荷車、別のロバが、別の無防備な人体を運搬した。あるいは偽の救急車が、人体を降ろせる場所まで行こうと人里離れた林道を走った。そのあいだ運ばれる人体は、通常はシートベルトで座席に固定されていたが、場合によっては恥ずべきことだがトランクに毛布を掛けて詰めこまれており、あらゆる車種、型式、値段の車が、自由な比喩を許してもらえるなら、新型ギロチンの刃ともいうべき、肉眼でははっきりしない国境線の細いラインに向かって、手前までは生き続けている哀れで不運な人体を乗せて旅をしていたのだ。このようなことをしたすべての家族が、ある意味では立派な、しかしながら議論の余地のある、同じ動機で弁解できるとはかぎらなかった。われらが農家の面々は、悩みぬいたあげく、自分たちの行動がこのようなことを招くとは想像もせずに大移動を発生させたのである。ある者は、家で死に続ける親族を抱え、増えてくるそのずっしりとした重みから逃れるために、ただきれいさっぱりと効率よく、あるいはより適切な言葉を使うなら根こそぎ、父や祖父を隣国へ厄介払いするために、もっけの幸いとこの方法を使った。最初は老人と赤ん坊を埋めた姉妹と義息のみならず、未婚の叔母まで見て見ぬふりをした共犯だと毒舌をもって熱心に糾弾していたメディアも、いまやこの重大な国難の時期に本性を隠す仮面を脱ぎ捨てた、見たところ品行方正な人びとの残酷さと愛国心の欠如を非難していた。隣国三カ国と野党勢力から圧力をかけられた首相は、人命を尊重するという理由で、こうした不人情な活動を禁止するとともに、ただちに国境へ武装した軍隊を配備し、肉体的衰弱が致命的状態にある市民が、おのれの意思であろうが、親族が気まぐれに下した判断であろうが、国境を越えるのを阻止する考えを表明した。もちろん、首相はあえて口に出さなかったが、政府としての本音を言えば、この集団脱出に必ずしも反対しているわけではなかった。まだ、本気で心配する段階に達してはいないものの、最終分析によれば、この三カ月間に増してきた人口統計上の圧力が、いくらかでも緩和するのは国家の利益になるからである。また同じように首相は、まさにその日内務大臣とも隠密の会談を持ち、国中の各市町村において、警護団、あるいは情報屋（スパイ）を動かし、瀕死（ひんし）の親族を抱えた人びとに不審な動きが見られたら通報するよう指示した目的についても、口にすることはなかった。彼らを阻止するか否かの決定はケース・バイ・ケースだった。というのも、政府にはこの新種の移民衝動を完全に封じるつもりがなく、むしろある程度、少なくとも国境を接する各国政府の懸念を解消し、一時的に相手の不満の声を抑えこめればよいと考えていた。われわれがこうしているのは、彼らの要望に応えたからではないぞ、と首相は断固として言った。はい、ごく小さな集落や、広大な私有地、孤立した家々は計画から除外しましょう、と内務大臣が答えた。彼らがしたいことをできるように、道具などもそのままにな、経験から言わせてもらえば、きみ、国民全員に警官を一人ずつ張りつかせるなど無理なんだよ。

二週間は、この計画も完璧に機能した。しかし、そのあと一部の警護団員から、脅迫電話を受けるようになったという苦情が寄せられた。静かで快適な生活が送りたいなら、死にかけた人間の動向に目をつぶっているほうが身のためだ、おまえが見張っている人びとの遺体の数におまえ自身の死体が加算されたくなければ、完全に目を閉じてることだ、というような。こうした脅迫は空砲ではなかった。四人の警護団員の家族に匿名の電話がかかり、これこれの場所からおまえの愛する者を連れていけと告げられたとき、それが明らかになった。彼らは死んでもおらず、かと言って生きているわけでもなかったのだ。事態を重くみた内務大臣は、この正体不明の敵に対して権力を示すときだと考え、一方ではスパイたちに捜査を強化するよう命じながら、一方では、これは首相の戦術を適用したものだったが、これは通す、これは通さないといった五月雨式容認システムを撤回した。反応はすばやかった。さらに四人の警護団員が最初の四人と同じ運命となり、しかも今回は電話が一度しかなく、かかってきたのは内務大臣その人宛てだったのだ。つまり、それは挑発と解釈できるとともに、純粋に必然的な意思表示として、おれたちはやめないぞ、という決意の表明に他ならなかった。しかも、メッセージはそれだけではなかった。電話の向こうの声は、建設的な提案として、紳士協定を結ぼうと言った。そちらが警護団の監視行為をやめさせれば、われわれが国境へ死にかけてる人間をこっそり運ぶ世話を引き受けるよ。われわれとは、いったいだれなんです、と電話を受けた部門の責任者がたずねた。秩序と規律を気にかける集団だ、われわれ全員がこの分野では極めて有能なんだ、みんな混乱を嫌うし、いかなるときでも約束を守る、要するに正直な人間と言えばいいかな。その集団には名前があるんですか、と公務員がたずねた。なかにはマフィアでなくマーフィアと呼ぶ人もいるよ。なぜマーフィアと。いわゆるマフィアと区別するためさ。国はマフィアに類した勢力とはどんな協定も結びません。公証人が署名するような書類においては、しないがね。他の形式であっても、結びません。きみは内務省での肩書はなんだっけ。ここの部門の責任者で、局長になります。ってことは、現実を知らんやつだってことだ。でも、自分の責任の範囲はわかっています。現時点でわれわれに関心があるのは、きみが権限のある人物に先ほどの提案を持っていくことさ、首相に近づけるなら。いえ、わたしは首相と直接話せるわけではありません、ですが、この会話はすぐに上官たちに伝わります。この提案を政府が検討できる猶予は四十八時間だ、それ以上は一分たりとも超えられないが、きみの上官たちに伝えてくれ、もしもわれわれの望む回答が来なければ、意識不明の警護団員がさらに増えるだけだとな。わかりました、伝えます。では、明後日の同じ時間にまた電話するよ、どう決断したか聞くために。了解です、メモを作ります。きみと話せてよかった。わたしも同じ返事ができればと思います。ほう、警護団員が五体満足で帰宅したという知らせを聞いたら、その考えも変わるんじゃないかな、もしきみがまだ子どものときのお祈りを憶えてたら、いますぐ彼らがそうなることを祈ってろ。わかります。きみはわかると思ってたよ。たしかに。四十八時間だぞ、一分だって超過はだめだ。でも、つぎの電話の相手がわたしとは限りませんよ。いや、きみになるのは間違いない。なぜです。首相はおれと直接話したくないだろうし、もし話がうまく行かなければ、矢面に立つのはきみの役目だ、とにかく、われわれが提案するのは紳士協定なんだよ。承知しました。じゃあな。失礼します。局長はテープレコーダーからテープを取りだし、直属の上司へ報告しにいった。

三十分後、カセットテープは内務大臣の手にわたった。大臣は録音に耳をかたむけ、また聞きなおし、さらにもう一度聞いてから、たずねた。この局長は信用できる人間かね。はい、と次官は答えた、これまでほんの小さな不満の種も感じさせなかった男ですので。巨大な不満の種もだといいが。はい、大きなものも小さなものも、と次官が言った。彼は皮肉に気づく余裕がなかった。大臣はカセットテープをレコーダーから取りだし、テープをするすると抜きとった。それが終わると、大きなガラスの灰皿に入れ、ライターで火をつけた。テープは縮み、くちゃくちゃになり、一分もしないうちに黒くて脆い小さな物体になった。おそらく相手もこの局長との会話を録音しているでしょう、と次官が言った。そういう問題じゃない、電話の会話などだれでも偽物が作れるからな、二つの声とテープレコーダーがあればできてしまう、大事なのは、要するにオリジナルのテープを破棄してあれば、どんなテープが出てこようが燃やせるということだ。電話のオペレーターもあらゆる電話の録音記録を保存しておりますが。それも必ず消しておけよ、間違いなく。かしこまりました、では、お考えになるお時間が必要かと思いますので、わたしはこれで。それには及ばん、もう返事は思いついた。そう聞いても驚きません、大臣、頭の回転の速さで知られるお方ですから。事実が違っていたら、それはただのお世辞だが、まあ考えるのは速いほうだよ。提案を受けるおつもりですか。いいや、反対にこちらから別の提案を持ちだすつもりだ。それはきっと、拒否されます、もしもわれわれの望む回答が来なければ、意識不明の隊員がさらに増えるだけだ、とは相手のせりふですが、あれだけ横柄で強迫的な物言いをしてきたことを思いますと。そうでもないさ、こちらの提案はまさに相手の期待する回答と同じものだからね。すみません、大臣、ちょっとわかりかねます。きみ、そこがきみの問題なんだ、こんなことを言えば気持ちが傷つくと思うがね、大臣級の思考力がないところが問題なんだ。誠に至らぬばかりで。まあまあ、自分を責めるな、もし大臣を務めてくれと呼ばれたら、こういう椅子にすわった瞬間から脳が働きだすのがわかるだろうさ、その違いたるや想像を絶するほどだよ。はい、でもわたしはたんなる公務員ですので、そんな夢物語を描いても良いことなどありません。古いことわざに、けっしてこの水を飲まないとは言うな、というが、何事も頭から否定しないことだ。大臣、いまは大変苦い水をお飲みになっておいでです、と次官が燃えかすになったテープを指さして言った。きみも明快な戦術と問題の詳細な事実をすべて把握したら、さほど苦労せずに安全な行動計画を考えだすだろう。うかがいます、大臣。明後日、きみの配下の局長が先方と話すとなれば、他でもない彼が内閣の交渉役となり、先方の提案を試行することに同意するわけだが、と同時に警告もしてもらう、つまり世論、ならびに野党勢力が、何万という数の警護団員を、納得できる理由もなく撤退させることは承服しないだろうとね。それに、マーフィアがこのビジネスを一手に請け負うなど、あきらかに納得できる理由になるとは考えられません。そのとおり、しかしだ、たぶんきみはもう少し外交的な言い方をするほうがいいね。申し訳ありません、大臣、つい口に出てしまいました。とにかく、このタイミングで局長は対案を持ちだすんだ、あるいは別の提案、プランBと呼んでもかまわんが、警護団員は撤退せず、ただ活動を停止することにしないかとね。活動停止、ですか。そうだ、その言葉がぴったりだと思うよ。おお、おっしゃるとおりです、大臣、わたしはただ驚きを表明しただけでして。何を驚くのかな、われわれが悪党どもの脅迫に屈していないように見せるには、それしか方法はないのだ。でも、この手があるというのですね。重要なのはそれが唯一の方法に見えないことだ、体面を保ち、その裏で起きていることがわれわれの責任ではないことなんだよ。と言いますと。われわれが乗り物を停止させ、その担当者を逮捕するところを想像したまえ、親類縁者が支払うはずの請求書にはそうしたリスクが含まれているのだ。そこには請求書も領収証もありません、マーフィアは税金を納めませんから。たんなる表現だ、ここではだれにとっても利益になるウィンウィンの状況が大事なんだ、われわれは不安の種を取りのぞける、警護団員は物理的危険を嗅ぎ分けなくてすむ、家族は家にいる生ける屍がようやく死人に変形するとわかって安心できる、マーフィアは仕事をして収入が得られる、というわけさ。完璧な取り決めです、大臣。うかつに話を漏らせばだれにとっても得にならないという、鉄壁の保証付きプランだ。はい、たぶんそのとおりです。たぶん、わたしは少し冷笑的すぎると思うが。そんなことはございません、大臣、わたしはただただ感服しております、このような揺るぎない、理路整然とした、わかりやすいプランを思いつかれるとは。経験だよ、きみ、経験のなせるわざだ。そのとおりです、さっそく局長のところに参りまして、大臣のご指示を伝えます、先ほども申しましたように、これまでほんの小さな不満の種も感じさせなかった男ですから、立派に役目をこなすと思います。あるいは、巨大な不満の種もだろ。どちらも、でございます、と次官は答えた。ようやくささやかな冗談に気づいたようだった。

すべてが、あるいは正確に言うなら、ほぼすべてが大臣の予見どおりになった。早くも遅くも一分のくるいもなく予告されたその時刻に、自称マーフィアと称する犯罪組織の交渉人が、政府の回答を聞くために電話をかけてきた。局長は自分の役割を百点満点の出来ばえで果たした。彼ははっきり断固として、基本問題、すなわち警護団員は撤退せず、監視は続けるものの、活動は停止するということを粘り強く説きつけた。そして、相手がこの政府の代替案を入念に検証し、二十四時間後にもう一度電話をかけてくるという、この状況下ではもっとも望ましい、上官に報告できる満足すべき回答を引きだした。その電話はかかり、相手からは入念な検証の結果、政府の代替案を受け入れるという結論が伝えられた。ただし、ひとつ条件がついた。活動停止にする警護団員は政府に忠実な者たち、言い換えるなら、説得しても新しいボスつまりマーフィアに協力することを拒む者だけにしろというのである。犯罪者の側の視点を説明しよう。彼らは全国規模の長期にわたる複雑な事業をおこなうにあたり、愛する者を永遠に続く無意味な苦しみから逃れさせたいという感心な理由で厄介払いする家族のもとへ、経験豊かな人材を大勢雇って派遣しなければならない。だとすると、広範囲に張りめぐらされた政府の情報組織のネットワークを使えることは、マーフィアにとって大きな助けとなり、くわえて便利なことに、彼らの好む買収、賄賂（わいろ）、脅迫といった武器も使いつづけられるのだ。だしぬけに、道路のまんなかへ投げつけられたこの石は、内務大臣の戦術を頓挫（とんざ）させ、国と政府の威信を深刻に傷つけることになった。身動きが取れず、進退きわまった大臣は、この予期せぬ難題を抱えてすぐさま相談すべく首相のもとへ走った。最悪なのは、すでに引き返せないほど事態が進んでいることだった。内務大臣より政治経験の豊かな首相だったが、定員枠を設けて人員を制限する交渉をするくらいしか、難局を脱する手立ては思いつかなかった。相手側に協力させる警護団員を全体の最大二十五パーセントまでにするとか。今回も、首相と内務大臣が期待を込めて信じる折衷案を、いまやいらいらしている交渉人に伝えるのは局長の役目となった。結局、折衷案は承認されるだろうが、しかし結ばれるのは紳士協定であり、署名のない口約束だけで、辞書の説明によれば、法的になんら有効なものではない。政府はマーフィアのような者どもが、どのような邪悪でひねくれた考えを持っているか、はっきりとは想像していなかった。まず、相手はいついつまでに返事をすると告げなかった。そのため、おろおろした内務大臣は、辞表を出すことになるとまで思い詰めた。つぎに、数日後相手が実際に電話すべきだと思いついたのは、ただ折衷案が十分有効なものではないと告げるためだった。そのあとついでに、まるで全然重要ではないことのように、そう言えばいい機会だから伝えておくが、前日四人の警護団員が健康上絶望的な状態で発見されたが、この事実について自分たちにはなんら責任はない、と言い足した。さらに、ハッピーエンドか否かにかかわらず、すべてのことには終わりがあるものだが、全国的なマーフィア組織から政府に対してもたらされた返事が、局長ならびに上司の次官を通じて伝えられた。それは二つに分かれていて、ポイントAとして定員枠は二十五パーセントではなく三十五パーセント、ポイントBとして、いついかなるときも彼らの利益に合致すれば政府との事前協議なしに、承諾から程遠くとも、組織は活動停止になった警護団員をもちろんすげ替えるべく、そのポストに、彼らのために働く警護団員を配置させる権利が与えられること、この二点を要求するものだった。受け入れるも、放置するのも好きにしろ。この板ばさみ状態から抜けだす道はあるのか、と首相が内務大臣にたずねた。わたしには、あるように思えません、われわれが拒否したら、毎日四名ずつ警護団員が仕事と生命を無力化されるでしょうし、受け入れたら、政府は先を見越した連中の手中に落ちるでしょう。永遠にな、あるいは、家に抱える重荷を言い値で売り渡したがる家族がいなくなるまで。うかがううちに、ひとつアイデアが浮かびました。それを聞いても喜ぶべきかどうか、わからんね。首相、わたしはこれまでベストを尽くしてきました、もし新たな重荷になるなら、そうおっしゃってください。まあ、そんなにカリカリするなよ、そのアイデアとは何だね。そのですね、首相、いまわれわれが直面しているのは、あきらかに需要と供給の問題なんです。それがどうした、ここで話しているのは、死ぬのに片道切符しかないということだが。にわとりが先か卵が先かという古典的な設問のようなもので、需要が供給の前にあるとは必ずしも言えませんし、反対に供給が需要を作りだすともかぎりません。たぶんきみは内務省から金融部門に異動したほうがよさそうだ。その二つはさほど違っておりません、首相、内務省には金融局があり、経済省には内政局があって、両者はそれぞれのいわゆる連通管〔複数の容器の下部を管で連結して液体が通るようにしたもの」になっております。話を戻そう、きみのアイデアを話してくれ。かりに最初の家族が国境の向こうに問題の解答が待っていると思いつかなければ、今日われわれが置かれた状況はおそらく違ったものになっていたでしょうし、多くの家族がその先例を真似なければマーフィアも現れなかったはずです、単純にそんな事業が存在しないならやりたがりもしません。論理的にはそのとおりだが、やつらは石から水を絞りだして売り、利益をあげるような輩だぞ、きみのアイデアとやらの想像がつかん。単純なことです、首相。そうであればいいがね。手短に言いますと、われわれが供給を止めるのですよ。どのようにするんだ。家族を説得します、人間性のもっとも敬うべきモラルの名のもとに、病の終末期にある愛する者を家に置いておくため、隣人を愛し、団結しようと訴えるのです。そんな奇跡を起こすには、どういう手段をとるのかな。新聞、テレビ、ラジオなど、メディアを総動員して、大々的な広報キャンペーンを打ちます、街頭パレード、意識を高揚させる集団の活動、パンフレットやステッカーの配布、街頭演劇、舞台、映画、とくに力を入れるのはメロドラマ、漫画も使います、ぐっと心に響く泣かせるキャンペーン、義務や責任から脱線した親類縁者、人の気持ちに団結心、犠牲的精神、慈悲の心をめばえさせるキャンペーンです、そうすれば、ほどなく罪深き家族も自分たちの行為の赦しがたい残酷さに気づき、さほど遠い昔でない頃に形づくられた、並はずれた価値ある彼らの基盤へと戻ることでしょう。聞いてるあいだに、どんどん疑わしくなってきたよ、きみを文化庁か宗教庁へ異動させるべきではないかと考え中だ、どうやらきみには天職があるようだとね。さもなければ、首相、ひとつの省に三つの大臣職をお置きください。金融庁にもかね。まあ、そうです、それが実際に連通管ならば。きみに全然適してないものがあるとしたら、それは宣伝活動だよ、広報キャンペーンで家族たちを思いやりのある人びとに戻すなんて、ばかも休み休み言いたまえ。なぜです、首相。そんなキャンペーンを打っても、得をするのはそれを請け負って金を稼ぐ人間だけだ。われわれは以前から、そういうキャンペーンを山ほど打ってますが。そうだよ、きみはその結果も見てるだろう、それに、当面の懸念に話を戻せば、かりにきみのキャンペーンが実ったとしても、今日明日どうなるというものでもない、わたしはいま決断しなければならないんだ。おっしゃるとおりです、首相。首相は絶望的な笑みを浮かべ、あらゆることがばかげてるな、と言った、どんな提案をしようが事態を悪化させるものにしかならんことは自明の理だ。となると。となると、毎日四人の警護団員の命が紙一重で残るところまで痛めつけられ、死の一歩手前で置き去りにされることを気に病みたくないなら、相手の言い分を丸呑みするしかない。警察に急襲させることは可能です、意表をついてマーフィアの一味を何十人か一斉逮捕すれば、やつらも一歩退くでしょう。竜を殺すには首を刎ねなければだめだ、爪を切るくらいじゃなんの足しにもならん。一定の効果はあります。一日四人だ、内務大臣、それを忘れるな、一日四人、肝心なのはわれわれが手足を縛られてることを受け入れることだ。野党がここぞとばかりに攻撃してきますよ、政府は国をマーフィアに売ったと言って。あいつらは国とは言わない、国家と言うさ。さらに悪いです。教会が加勢してくれることを期待しようじゃないか、あちらには役立つ死がいくつか提供されるし、われわれが命を救うためにこの決断を下したのだという論拠を受け入れる姿も目に浮かぶ。命を救うとはもう言えませんよ、首相、それは昔の話です。そうだな、別の言い方を考えださなくては。沈黙が落ちた。それから首相が言った。もう十分だ、必要な指示を局長に与えて、活動停止計画を始めさせよう、やつらがどうやって二十五パーセントの定員枠の警護団員を動かすのか、それを知っておく必要がある。三十五パーセントです、首相。われわれの敗北の程度が当初の認識より悪いことを思い出させないでくれよ。悲しい日です。つぎの候補になってる四人の警護団員の家族がこの協議を知ったら、そうは思わんだろうがね。その四人の警護団員が明日マーフィアの手先になると思うと。それが人生さ、連通管の大臣君。内務省の大臣です、首相、内務省の。管でつないだ中央のタンクってことだよ。

結局のところ、政府とマーフィアによる山あり谷ありの交渉によって屈辱の降伏文書が作られたあと、つましく正直な公僕が犯罪組織のために一日中働きだした。となると、道徳的に言えば、これ以上沈みようがないほど堕落(だらく)したとみなさんは思われるかもしれない。残念ながら、人が現実的政策のドロ沼を当てずっぽうで進むとき、つまり現実主義が楽譜に書かれているものも見ずに指揮棒を手にとり、オーケストラを指揮するとき、不名誉な威圧的理屈がまかりとおって、結局、さらに下りていく階段がいくつか前方にまだあることを思い知らされるのである。問題の処理にあたる国防省は、より正直な時代には陸軍省として知られた役所だが、とくに隣国に通じる幹線道路の国境にこそ兵士を配備する命令をだしたものの、より細い街道や地方道などはのんびりした田園風景のなかに放置し、当然ながらわかりやすい理由により、さらに辺鄙(へんぴ)な地域の複雑にからみあった道、小道、けもの道、抜け道などには手をつけなかった。

必然的に、ほとんどの兵士は兵舎に帰ることとなり、伍長や補給係将校を含めて、昼夜の警備と巡回にうんざりしている兵卒たちは喜んだが、その一方で、軍曹たちのあいだでは非常な不満が高まっていた。彼らはあきらかに他の者たちよりも、軍事的名誉と国家への貢献の価値に敏感だ。かりにこの不満の毛細管現象が少尉のところまで達し、中尉のところで推進力がかなり削がれたとしても、実際、大尉の位に達したとき力は二倍になっていた。当然ながら、彼らはだれ一人としてマーフィアという危険な言葉を敢えて公然とは口にしなかった。が、内々でその話をするときは、兵舎に戻る前の日々に、死に瀕した病人を輸送する大量のパネルバンを止めた際のことを思い出さないわけにはいかなかった。運転手の隣には正式に任命された警護団員がすわっており、彼らは求められないのに、スタンプとサインとシールの貼られた書類を一枚差しだし、病んだミスター&ミセスなにがしを、特定されない目的地まで輸送する承認を国家の利益のために受けていること、そして軍が、それぞれのパネルバンの乗員の安全かつ無事な旅を保証する、あらゆる援助を提供することになっているとのべたのである。奇妙な偶然の一致がなければ、立派な軍曹たちの心にはいささかの疑いも浮かばなかったはずだ。少なくとも七件の事例で、警護団員が兵士にわけ知り顔のウインクをしながら、確認書類を差しだしたのだ。こうした田舎の生活じみたエピソードが起こった場所の地理的距離から考えて、軍曹たちはそのしぐさを、異性間で使われる意味はほぼ問題外としても、男同士に見られるあいまいな仕草や、女遊びの仲間内で使われるいくぶん昔ながらの頑張れよではないか、などの仮説をすぐさま却下した。とはいえ、鋭い目をした軍曹の集団がピンときたのは、警護団員の一部があからさまに緊張していたからである。また、あたかもＳＯＳのメッセージを瓶に入れて海に放りこむかのような態度もその全員に見受けられた。つまり、このパネルバンの内部にはこっそりネコが隠してあり、見つけてもらいたい場合はいつも、どこかにシッポの先っちょを出すすべを編みだすものなのだ。そのあと、兵舎へ引き揚げろという不可解な命令があり、さらに、いつどこで発生したかわからない噂話がいくつか流れ、しかも、一部の噂を広める者が、出所は内務大臣その人かもしれないと自信たっぷりにほのめかした。野党系の日刊紙は兵舎内の空気が不健康だと書きたて、一方で政府に近い新聞はそのような毒気は陸軍軍部の士気を奪うものだと熱を込めて否定した。だが、実際には軍事クーデターがあるかもしれないという噂が至るところに広がり、クーデターの動機をだれもが説明できないにもかかわらず、さしあたって、大衆は死ぬに死ねない重病人の問題への関心を後回しにせざるをえなくなった。ただ、この問題が忘れられていなかったのは、このとき流通していた、とくにカフェの住民のあいだで交わされた言葉が証明していた。軍事クーデターがあるにしても、これだけは確かだぞ、どれだけたがいに撃ち合ったって一人も殺せないのさ、と。だれもが、すぐにもさまざまな行動が起こされるのではないかと予想した。国王による国民の結束を呼びかけるドラマチックな演説や、政府が発表する緊急対策、陸軍や空軍の最高司令部からの声明、ここで海軍が欠けているのは海に面していない国には不要だからなのだが、こうした合法的に構成された権限が求める絶対的な忠誠心に抗議して、作家たちの宣言、芸術家による立場の表明、連帯をアピールするコンサート、革命のポスターの掲示、二つの主要な労働組合が呼びかけるゼネスト、祈りと絶食をうながす司教たちののどかな書簡、悔悟の行進、黄、青、緑、赤、白といった色とりどりのパンフレットの大量配布、あるいは死を差し止められた状態にある人びとの何万人という大規模なデモの噂も流れ、だとすれば首都の街路を歩くその参加者は、ストレッチャーに乗せられ、車椅子に乗り、救急車で運ばれ、屈強な息子の背中におぶわれ、デモ行進の前面には、死ねないわれわれは、通行させてくれる人すべてを待ち望む、という字幕が張られている、といった具合だ。ところが、結局こうしたものは一切不必要だということがわかった。マーフィアが死にかけた人びとの輸送に直接関与しているという疑惑はなくならず、さらに後に続く出来事が明るみに出て、さらにまた強まったのだった。実際わずか一時間しかかからずに、外部の敵の脅威によって、われもわれもと親族殺しにたなびく風潮は鎮静化し、教会、貴族、人民は、渋々ながらなのはもっともだとしても、国王のもとへ、政府のもとへと結集することになったのだ。国の進歩的な方針にもかかわらず、この三つの社会的地位はいまだに存在していた。こうした場合にありがちなように、事実はほとんど語られないのだが。

隣接する怒った三ヵ国の政府は踏みきった。だれもが死なない異常な国から、マーフィアに雇われたか、家族自身の決断によるものか、どちらかが送りこむゲリラ墓掘り部隊の領土侵犯がやまないため、外交上さまざまな抗議を無駄打ちしたあげく、三国いっせいに国境を守るべく軍隊を展開し、三度目の警告後に発砲せよと厳命したのである。普通職業上の危険と呼ばれるものだが、何人かのマーフィア構成員が国境の線を越えたあと至近距離から射殺され、この死が従業員の安全と業務運営リスクの名のもとに、組織が提供するサービス一覧の価格を値上げする口実に使われたことは言っておいてよいだろう。このマーフィア経営の仕組みに脇からあてられた興味深い小さな光にふれたあとは、ほんとうに重要な問題へと話を移していこう。ここでもまた、政府の優柔不断と軍最高司令部の疑惑をかわそうと、申し分ない戦略が巧妙に使われた。つまり軍曹たちが主導権を握り、ただちに最前線へ兵を戻せと抗議する大衆的抗議運動のデモの、だれが見ても中心的役割をになうとともに、結果的にヒーローとなったのである。人びとは大挙して、広場や、大通り、街路を行進した。国境のこちら側の国が、人口統計上の、社会上の、政治上の、経済上の、四倍の危機に直面して苦闘するあいだ、こうした恐ろしい問題にも無関心で、心を動かされない国境の向こう側の国々は、ついに仮面を捨てて、厳しい征服者(コンキスタドール)の顔、無慈悲な帝国主義者の素顔を白日のもとにさらけだしたのだ。店、家庭、ラジオ、テレビ、新聞では、彼らはわれわれを嫉妬(しっと)している、こちら側ではだれも死なないという事実を羨(うらや)ましがっている、だから彼らはわれわれの領土に侵入し、死なないようにわれわれの領地を占領したいのだ、という言説が聞かれたり、読まれたりした。二日後、行進は徐々におさまり、旗がひるがえり、愛国歌が歌われた。たとえば「ラ・マルセイエーズ」であり、革命歌「サ・イラ」であり、十九世紀ポルトガルの英雄賛歌で第二国歌の「マリア・ダ・フォンテ」、王国時代のポルトガル国歌「イーノ・ダ・カルタ」、「赤旗の歌」、共和政のポルトガル国歌「ポルトゥゲーザ」、イギリス国歌「ゴッド・セイヴ・ザ・キング」、「インターナショナル」、ドイツ連邦共和国国歌「ドイツの歌」、流刑囚の歌「マレの歌」、アメリカ公式行進曲「星条旗よ永遠なれ」といったものだった。兵士たちはいったん離れたポストに戻った。彼らは寸分の隙（すき）もなく武装し、さしせまった攻撃に対し、そして栄光のために、断固として待機した。だが、両方ともなかった。栄光も、攻撃も。占領する動きもなければ、さらに帝国の建設などの気配すらなかった。どの隣国もただ、正式な許可もなく埋められる強制移民というべき新種の人びとを阻止したいだけだった。埋められるだけならまだしも、彼らは殺され、消され、始末され、処分されるために運ばれてくるのだ。まさに国境線を越える運命の瞬間、不運な瀕死の人びとは足が着くと、その頭で残る肉体に何が起こるか気づくのだが、同時に意識をうしない、最後の息をつくのである。二つの勇猛な野営部隊が対峙していたが、これ以上川に赤い血が流されることはないだろう。それは国境のこちら側の男たちにはまるで関係ないことで、たとえマシンガンの銃撃により体を二つに裂かれても、自分たちは死なないとわかっていた。とはいえ、純然たる論理的な科学的関心から、わたしたちは自問するのだが、まっぷたつに裂けた体が、たとえば胃袋と腸が別々の半分にあるとしたら、どのように生命が維持されるのか。真実はどうあれ、最初に発砲するのは、どこまでも完全に頭の変な男しかいないはずだが、ありがたいことに、そうした者はいなかった。向こう側の兵士数名が、だれも死なない黄金郷（エルドラド）へ脱走すると決めたあと、元の場所に戻されて軍法会議にかけられた事件があっただけだ。この事実は、いま語られている複雑な物語にはまったく無関係であり、二度と話すこともないだろうが、ただインク入れの闇のなかにそれを追いやりたくはない。たぶん軍法会議は、兵士たちが人間の心につねにある永遠の命への無邪気な欲望を慎重に検討したことなど、裁きの前提として少しも考慮しないだろう。検察側は一番わかりやすいレトリックに頼って、われわれ全員が永遠に生きたとしたら何が起こるのか、どこでそれが終わるのかと、問うはずだ。言うまでもなく、弁護側はどこで終わるかなど想像もできず、機知に富んだうまい答弁が思いつけない。ただわたしたちは、不憫な悪人たちが撃たれないことを期待する。実際そのあと彼らは羊毛を刈られに連行され、丸刈りにされて帰ってくるとは言えるだろうが。

話を変えよう。軍曹たちのあいだで、そして彼らの支持者である少尉や大尉のあいだで、疑惑が生まれたところまで戻すと、死にかけた人を国境に運ぶ事業に直接マーフィアが関与しているという疑惑が、後続の出来事によって深まったという話だった。それがどういうことか、なぜそうなったかを明かすときが来た。マーフィアがしたのは、あの先駆けとなった自作農の家族にならい、たんに国境を越えて、死者を埋め、その代価にささやかな財産を請求するビジネスである。違うのは埋める場所の美に無関心なこと、そして地理的な、あるいは地形学的な場所の記録を残さないことだ。記録があれば、将来この悪魔の所業を悔いて、死者に赦しを乞おうとする悲しみに暮れた家族たちを助けられるかもしれないのだが。向こう側の三ヵ国では国境線に沿って陸軍が展開し、それまでは何ひとつ邪魔されずにおこなわれていた葬儀を本気で阻止するべく対策がとられはじめており、それを理解するのに格別鋭い戦術的な注意力は必要としなかった。この問題の解決策をひねりだせないようでは、マーフィアの名がすたる。ちょっとした脱線を赦してもらえるなら、こうした犯罪組織を率いる聡明な知性は、法律に敬意を表して困難な狭い道から出発したり、額に汗して日々のパンを稼げと促す賢明な聖書の教訓に従うはずもないのだが、事実は事実であり、ああ、物語りをするのは気がめいる、という伝説の海の巨人アダマストールの悲しい言葉を繰り返しながら、わたしたちはここで、マーフィアがどこから見ても解決できない難題を回避するために展開した策略の悩ましいニュースを書き留めることにする。ただしその前に、気がめいる(ノジョ)という世紀の詩人〔カモンイスのこと〕が不幸せな巨人アダマストールに言わせた言葉の意味を説明しておくべきかもしれない。深く悲しい、悲嘆に暮れた、打ちひしがれたという本来の意味とともに、数年のあいだ普通の人びとが、この卓越した言葉をきわめて正当に、不快感、嫌悪、憎しみを表明するためにも使えると思っている。おわかりのように、ここで描かれる感情とはなんの関係もない。人は言葉に慎重になりすぎることはなく、また言葉も気が変わることがあるのである。あきらかにその策略は、ソーセージを作るように、詰めて、紐で縛って、燻煙室(くんえんしつ)に入れて、といった単純なものではなかった。彼らは時間をかけ、付け髭(ひげ)をつけ、つばを目深(まぶか)に下げて帽子をかぶった使者の立ち会いのもと、符丁による電報を打ち、秘密の電話番号で深夜赤電話を使って話し、真夜中の交差点で打ち合わせをし、石の下に隠した伝言メモで連絡をとったりしたのだが、それらすべては以前お話しした政府との交渉の際に、あの警備を担当した警護団員の命を、いわばサイコロのように投げたときにも使われた手法だったのだ。こうした取引には、以前もそうだったように、純粋に二面性があると人は考えないだろうか。人が死なないこの国のマーフィア同様、隣国のマーフィアたちもこの話し合いに参加していた。というのも、活動する国の体制下での各犯罪組織の独立性と、それぞれの政府の独立性の両方を守るには、それしか手がなかったからだ。ある国のマーフィアが直接他国の政府と交渉するというのは、絶対的に受け入れがたい、非難されるべき行為である。しかし、状況はまだそこまで煮詰まっておらず、まるで慎み深さの最後の痕跡によって、そして国家の統治権のきわめて神聖な原則、政府同様マーフィアにとっても重要な原則によってそうしているかのように、いまに至るまで避けて通ってきたのだ。これは各国の政府については完璧に理解できることだが、犯罪組織でも、となると皆さんは疑いを持つかもしれない。しかし、プロフェッショナルな仲間同士による覇権争いの野望から縄張りを守るときの嫉妬深い残忍性を思い出せば、納得されるに違いない。一般的なものと特殊なもの、ある者の利益と別の者の利益などのバランスをとり、すべてを丸くおさめるのは簡単な課題ではなく、それで退屈なまま待機する二週間が過ぎた説明がつくだろう。兵士は拡声器でたがいを侮辱して暇をつぶしながら、とくにカッとなりやすい中佐あたりが頭にきて攻撃が始まり、すべてが手のつけられない地獄と化すことのないように、けっして一線を踏み越えず、また無礼になりすぎずにやっていた。交渉を複雑化して長引かせたのは、他の国々のマーフィアたちが従順な警護団というチームを持たないことが原因だった。つまり、そうなると満足のゆく結果を生むべく政府に対して圧倒的な圧力をかける方策が取れないのだ。交渉におけるこうした闇の部分は、よくある噂という形以外では、けっして表面化せず、隣国の陸軍で中ほどの地位にある将校の面々が、上官たちの甘い承認とともに、問題の解決策として地元のマーフィアの主張に説得され、その値段がどれほどかは神のみぞ知るとしても、避けがたい行き来や前進と退却に目をつぶることを許す結果となったのだ。どんな子どもでもそのアイデアを思いついたはずだが、それを実行するには、物事の道理がわかる年齢でマーフィアの採用募集部のドアをノックし、天職だと思って参りました、わたしに何でもやらせてください、と言わなければならないだろう。

　経済的な言葉、つまりは簡潔さを愛する人なら、疑いなくここで質問するに決まっている。そのアイデアがそんなに単純ならば、なぜ臨界点に達するのにこれほど説明が必要だったのかと。答えは同様に単純だ。わたしたちはそれに流行の、いまどきのトレンドである言葉を当てて、まるで黴（かび）とともにまき散らしてきた古臭い数々の言葉の埋め合わせになればと期待する。つまり事情である。さて、だれもが事情という言葉の意味をご存じだが、わたしたちがなんとなくやたらと使っている古臭い背景（バックグラウンド）という恐ろしい言葉には、怪しさがつきまとっているはずだ。さらに言うなら、背景は完全に真実を表しているとは言えない。背景に含まれるのは背後の景色のみならず、問題と地平線のあいだにある無数のさまざまな立場なのだ。そう、物事の枠組みと呼ぶほうがよいかもしれない。そうだ、枠組みだ。いま、ようやくうまく組み立てられ、マーフィアが彼らの利益に損をもたらしかねない争いを絶対に避けようと考えついた秘策を、暴露するときが来た。先ほど書いたように子どもでも思いつくアイデアだが、それは苦しむ人を連れて国境を越え、彼もしくは彼女が死ぬと、母国へ持ち帰って母なる大地へ埋めるというものである。これは言葉の厳格で正確な意味において、完璧な王手詰みと言えるだろう。これまで見てきたように、懸案はどの勢力にとっても面目が立つように解決された。四カ国の陸軍はこれで戦時体制をとって国境にとどまる必要がなくなり、平和裡に引き揚げることが可能になった。マーフィアはただ侵入して引き返すだけ。繰り返しになるが、死にかけた人は隣国にはいったとたん息をひきとり、そうなると一分でもぐずぐずする理由はなかった。かかる時間は死ぬときだけ、つねに最短時間であり、ため息をつくくらいのもの。吹かなくてもひとりでに消えるロウソクの炎を想像してもらえば事足りよう。どんなに優しい安楽死も及ばないほど、簡単で甘美だ。この新たな状況のもっとも興味深い点は、人が死なない国の司法制度が埋葬人に何らかの措置を講じようとしても、法的根拠が見つからないことである。どうにかしたいと思っても、それはマーフィアとむりやり結ばされた紳士協定のせいばかりではない。厳密に言って殺人を犯していない以上、殺人罪には問えず、非難に値する行為だとしても、もっとうまい表現があれば直してもらいたいのだが、それは外国で起きたものであり、国内で死人を埋めたことを告発するわけにもいかない。なぜなら、埋められるのは死者の自然な運命であり、肉体的に心理的に痛ましく見えたとしても、この仕事をする人がいることに感謝すべきくらいのものだから。せいぜい死亡確認をする医師の立ち会いがないとか、埋葬が法規にのっとって正しくおこなわれず基準を満たしていないとか、こんな前例はないかのように、墓石に印がないだけでなく、ひとたび激しく雨が降れば、肥沃な土のなかから植物が楽しげにぐんぐん伸びて場所が特定できなくなるとか、そんなことを主張するしかない。あらゆる困難を考慮し、常習的な策士であるマーフィアの有能な弁護士たちが容赦なく溺れさせにかかる上訴のドロ沼を懸念して、警察や検察は辛抱強く事態の推移を見守ることにした。これは、一点の疑惑も生じない、まったくもって堅実な態度といえた。国は前代未聞の混乱状態にあった。権力者はとまどうばかり、官庁は弱体化し、倫理観はたちまちひっくり返り、社会のあらゆる分野でどんな感覚であれ市民の敬意は失われ、おそらく神でさえ人をどこへ連れていってよいのか考えつかなかった。マーフィアが自分たちの取り組みを合理化し、仕事の負荷を分散しようとして、葬儀業界と新たな紳士協定を交渉中だという噂があった。それは普通の日常語で言えば、彼らが死者を供給し、葬儀社がそれを埋める方法と専門的知識を提供するというものだ。また、マーフィアの提案は葬儀社に両手を広げて歓迎された。彼らは知識、経験、専門技能を持つ職業葬儀人として、聖歌隊、犬、猫、カナリア、場合によってはオウム、強硬症のカメ、飼い慣らされたリス、持ち主が肩に乗せて歩くペットのトカゲといった生き物の葬式の手配など、古代からの伝統が無駄になっていたことにうんざりしていた。こんなに暇だったことなんかないですよ、と彼らは言ったものだ。これで未来は明るく楽しげになり、希望が花壇の花のように咲きだした。実際あきらかな矛盾を犯して、こんなことまで言う人もいたのだ。葬儀産業は生まれ変わった、と。そのすべてが、マーフィアのすてきなオフィスと無尽蔵の金庫室のおかげだった。首都をはじめ、国中の都市に支店を設けるにあたって各葬儀社に資金が供給され、マーフィアは、もちろん国境近くの地方で正当な報酬を得た。死者が国境の向こう側から帰ってくるときには医者が立ち会い、死亡を宣告する者がいるようにお膳立てがととのえられた。そしてマーフィアと地方自治体は、彼らの運営する埋葬が、昼夜のいずれの時間でも、やると決めたとおり絶対的に優先されることで合意した。当然ながら、こうしたことには巨額のコストがかかったが、請求書の大半を余分の追加サービスが占めており、引き続いて儲かるビジネスになっていた。そのあと、前ぶれもなく、蛇口からたっぷり供給されていた死にかけた人びとの流れが止まった。あたかも良心の呵責（かしゃく）に家族たちが耐えかねて、もう愛する者を死なせるために遠くへ送りださないという言葉が、巷間（こうかん）、人びとのあいだに伝わっていたかのようだった。こんなふうに。たとえ話だが、わたしたちがその肉を食べてたのだとしたら、いまは骨をかじってるようなものだ、これは愛する人が強く、完全に健康だったよい時代ではなく、まるで洗う意味のない臭いボロ布にすぎなくなった悪い時代、最悪の時代なんだからね、と。葬儀社は有頂天から絶望へと沈み、カナリアや猫、犬、そして持ち主が肩に乗せて運ぶ一匹しかいないトカゲの亡骸は例外として、見世物にするようなカメ、オウム、リスといった動物を埋葬する屈辱と、落ちぶれた境遇へと放りなげられた。マーフィアは静かなまま落ち着きはらって、すぐに何が起こっているのかと調査を開始した。原因はとても単純だった。家族たちはつねに多弁とはかぎらないのだが、話によれば秘密の行為という部分に原因があった。愛する者が深夜に連れ出されたら、近隣の人びとはその人がまだ苦しんでベッドに寝ているのか、それとも単純に消え失せたのか、知りようがない。嘘をつくのも、悲しげに言うのも簡単だ。まだここにいるんですよ、気の毒ですが。アパートの踊り場で隣人と出会ったとき、彼女に聞かれる、最近おじいさんの具合はいかがですか、と。だが、いまやすべてが違ってしまった。死亡証明書があり、姓名が刻まれた銘板入りの墓が墓地にあれば、人を妬(ねた)み、中傷してやまない隣人は、数時間のうちに、おじいさんがただひとつの方法で死んだことを知るだろう。つまり、じつに単純に、残酷で恩知らずな家族が老人を国境へ送りだしたのだと。それが屈辱なんだよ、と彼らは告白した。マーフィアは話に耳をかたむけ、またじっくりと聞き、考えてみようと言った。二十四時間もかからなかった。40ページにある老人のように死者が死を望んだ例にならい、その死は、すなわち死亡証明書に自殺と書かれることになった。蛇口からは、また水が流れはじめた。

だれもが死なないこの国では、これまで話してきたようにすべてが下劣だとは限らなかった。貪欲なマーフィアが、永遠に生きる希望と絶対に死ねない恐怖とのはざまで、腐敗した魂と意のままにできる死体によって、社会のあらゆる部分へ鉤爪を食いこませることに成功したわけではなかったのだ。彼らが少し汚したとはいえ、古の立派な行動規範の名残があれば、賄賂の匂いのするものがはいった封筒に対しては、すぐさま送り手側へ、この金で子どもに何か買ってやりなさいとか、宛先が違っています、などのメモとともに、はっきりとした明快な返事が送られた。品格は、すべての社会的階層の人が手に入れられる自尊心の形だった。偽の自殺、国境での不正な取引といったものにもかかわらず、何をさしおいても、その精神は水の上で宙に浮かびつづけた。水上といってもそれは他の遠い国々の陸地を浸す大海ではなく、湖水や、川、渓流、小川、雨が残した水たまり、空の高さが一番よくわかる明るく深い井戸、そしてとりわけ特別といえるのは水族館の静かな水の上だった。息を吸おうと水面に浮かびあがる金魚を、まさに彼がぼんやりと見つめているときだった。ちょっとだけ正気に戻りかけながら考えたのは、最後に水を換えてからどれだけ時間が経ったのかということだ。というのも金魚が、水と空気が出会うところにできるレンズを何度も何度も壊すので、魚の言いたいことを悟ったのであり、ちょうどそのとき、だれもが死なないこの国の歴史上、もっとも情熱的で白熱した議論を引き起こす、はっきりとした裸の問いが、天からの啓示のようにこの見習い哲学者へ提示されたのだった。水族館の水の上空に浮かぶ精神が、見習い哲学者にたずねた、生きとし生けるものすべてにおいて、人類も含めた動物と、あるいは、きみが踏んで歩く草から高さ百メートルにもなるセコイアデンドロン・ギガンテウムに至るまで種々ある植物の死が同じものかどうか、きみは考えたことがあるのか、死ぬとわかっている人間を殺す死と、わからずに死ぬ馬の死は同じだろうか、と。さらに精神からの問いは続いた。カイコが繭玉（まゆだま）に身を閉じこめ、扉にかんぬきを掛けたあとどの瞬間に死んだのか、カイコの死から出てきた蛾（が）の生命、どうしてこの二つは同じものなのに違っているのか、どうしたら他のものの死から生まれた生命がありうるのか、あるいは、蛾のなかで生きているからカイコは死ななかったのか。見習い哲学者は答えた。カイコは死にませんが、蛾は卵を産むと死にます。水族館の水の上空に浮かぶ精神が言った、そうだ、きみが生まれる前からわたしはそれを知っていた、カイコは死なないのだ、蛾が去ったあと繭のなかに死骸はない、しかし、きみが言うように、一方が死ぬから生命は誕生するのだよ。あれは変態と呼ばれるもので、だれもが知っています、と見習い哲学者が見下すように言った。それはとても心地よく響く言葉だね、明るい兆しと確実性に満ちている、きみは変態と言って切りをつけるが、どうやら言葉というものが、ものに貼るラベルにすぎないとは理解していないようだ、言葉はそのもの自体ではないのだ、きみはそれがどんなものであるかも、真の名前が何であるかさえ知ることはないだろう、なぜなら、きみがそれに与える名前は、ただ、きみが与える名前にすぎないからだ。いったいどちらが哲学者なんです。きみもわたしも、どちらも違う、きみはたんなる見習いだし、わたしは水族館の水の上空に浮かぶただの精神だ。わたしたちが話していたのは死についてですよね。いいや、たんなる死ではなく、複数の死についてなんだ、わたしがたずねたのは、他の動物が死んでいるのに、人間が死なないのはなぜなのか、なぜある生き物は死なないのに、他の生き物は死なないことにならないのか、金魚の命が終わるとき、この水を取り替えなければ遠からずそうなるのだと、きみに警告すべきだったが、きみはそのとき、わけもわからずきみが当面免れているように見えるもうひとつの死を、金魚の死と識別できるのか、ということだよ。以前人が死んでいたとき、亡くなった人の前にいたことが何度かありましたが、いつの日か死ぬ自分の死と、それが同じ死だとは想像もしませんでした。それはきみたちが、男であれ女であれ、それぞれ自分の死を持っているからだ、生まれた瞬間から秘密の場所に持って運んでいるのだ、死はきみのものであり、きみは死のものというわけだ。では、動物や植物はどうなんです。そうだね、彼らも同じだと思うよ。それぞれが自分の死を持っていると。そのとおり。ならば、死はたくさんあるのですか、生きているものの数だけ、過去に存在し、いま存在し、未来に存在するだけ。ある意味ではそうだ。あなたの言うことは矛盾してますよ、と見習い哲学者は叫んだ。個々を監視する死は、いわば限られた命の長さのある死であって、下位の死であり、彼らが殺すものとともに死ぬものだが、その上にあるのが、より大きな死なのだ、人類が種の始まり以来対処してきた死のことだ。つまり、階層があると。そう、そうだと思うね。では、もっとも初歩的な原生動物からシロナガスクジラまで種々ある動物にも。彼らにもそうだ。植物なら珪藻（けいそう）からジャイアントセコイアまで、あなたが先ほどラテン語名で口にした大きな植物にも。わたしの知るかぎり、すべてがそうだ。ということは、それぞれが個人的な、伝染性のない死を持っているわけですね。そうだね。そして、さらに二つの上位の死も、それぞれの自然界でひとつずつ。まさに、そのとおり。死神（タナトス）に委託された責任の階層はそこで終わりなのですか、と見習い哲学者がたずねた。想像力のかぎりを尽くせば、もうひとつの死が見えてくる、最後の、至高の死が。その死とはなんですか。宇宙を破壊するものだよ、真に死と呼ぶに値するものだ、しかしそれが起こるとき、その名前を発音する者はいないだろう、それ以外の、われわれが話しているものは、ごく小さな取るに足らない細部にすぎない。では、死は一種類ではないんですね、と見習い哲学者が蛇足めいた結論を口にした。それをずっと話しているんだ。以前わたしたちの死だったものは働くのをやめたが、他の動物と植物の死は有効でありつづけている、そちらは独立していて、それぞれの区分で有効だと。これできみもわかっただろう。はい。よろしい、では行って、みんなに話してやりたまえ、と水族館の水の上空に浮かぶ精神が言った。こんな具合に、議論は始まったのである。

水族館の水の上空に浮かぶ精神から提案された大胆な命題に対する最初の反論は、広報担当がそれにふさわしい哲学者ではなく、ほとんど原生動物のような、いくつかの初歩的な教科書以上には、けっして深くならない見習い哲学者だという点だった。それればかりか、基礎的知識ときたら、あっちから、こっちから、まるで端切れのように寄せ集められたもので、縫い合わせるにも針や糸がなく、まとまってはいたものの色も形も恐ろしく美的ではない、端的に言えば、人がまだら模様とか折衷学派だと形容するような哲学にすぎなかった。けれども、実際に問題なのはそんなことではない。命題の核心が水族館の水上に浮かぶ精神の考えなのは間違いないが、たとえ見習い哲学者の役割がただの聞き手という、だれもが知っているようにソクラテスの時代からずっと欠かせない弁証法の要素でしかなかったとしても、彼にはこの興味深いアイデアの立案に一定の影響を与えたという貢献があったし、それを確認するには手前にある三ページほどの会話を読むだけで事足りるはずである。現況、少なくともひとつ否定できないのは、人間は死んでいないが、他の動物は死んでいることだ。植物に関して言うなら、植物学について何も知らなくとも、周知のように以前同様、生まれ、葉を出し、しぼみ、すっかり枯れ、腐るか腐らないかはともかく最終段階に至る。それを死と呼べないというならば、おそらくだれかが一歩進めて、より適切な定義を提供できるだろう。反論する者の一部は、ここで人間が死んでおらず、他の生物がすべて死んでいるという事実は、世界から正常性がすべては撤退していない証拠だと見なせるし、言うまでもなく正常性とは、純粋かつ単純に、そのときになったら死ぬことだ、と言った。死ぬこと、そして死が生まれたときから自分たちのものだったのか、あるいはただの通りすがりで、わたしたちに気づいただけのものなのかという議論には巻き込まれないことが。他の国では、人が死につづけていた。だからといって住人は、不幸せだとは思っていないようだった。最初は、ごく自然なことだが、羨望があり、陰謀が生まれ、どんな方法を用いてわたしたちがそうなったのかを探るべく、科学分野へのスパイ事件がいくつか発生しさえした。しかし、この国を悩ます諸問題を見たとき、わたしたちは免れてとても幸運だった、という言葉で一番よく表現できる感情が他国の人びとのあいだに生まれたのである。

教会はと言えば、つねに神が不可解な意図で動かす、いつもの軍馬にまたがって、やはり論争の競技場から駆けだしていった。つまりそれは、不信心に染まった門外漢の表現を使えば、わたしたちは中で何がどうなっているのかを天国の扉の隙間から覗(のぞ)くことができないという意味である。教会はまた、自然の原因と結果の、一時的な、そして多かれ少なかれ持続的な停止が、決して目新しいことではないと言った。二十世紀に起こった果てしない奇跡の数々を思い出せばいい、いま起きていることと違うのは、ただ出来事の純粋な規模だけだ、かつては一人の個人の願いを叶える好意のしるしとして、彼もしくは彼女の私的な信仰の恩寵として与えられたものが、個性をとりはらった、広範囲の、ひとつの国全体への贈り物、いわば永遠の命という万能薬に置き換わったのだ、それが、ただひとり信者のみならず、当然の理路ながら、無神論者、不可知論者、異端者、背教者、あらゆる種類の不信心者、他の宗教の信奉者、善人、悪人、そして極悪人、有徳の人、犯罪組織の人、死刑執行人、犠牲者、警察官、窃盗犯、殺人者、献血者、統合失調症の者、健常者、などなど例外なくすべての人間が、魂の永遠の命に永遠に結ばれた肉体の永遠の生命という、奇跡の全歴史のうちでも最大の驚異であるものの証人である、と同時に受益者である薬に。カトリック教会の司教より上の階層は、中位階層の一部の聖職者が不可思議さに惹かれてこうした超自然的な話を公表するのを喜ばなかった。彼らは神の計り知れない神秘的なやり方に避けがたく言及したあと、信徒に断固としたメッセージで知らせた。そのなかで彼らは、危機が勃発した最初の数時間後、枢機卿が首相と電話で話したときすでに即席で表明した考えをここで繰り返した。あのとき枢機卿は、問題が今日は解決できなくても、解決する明日がかならずやってくるという称賛されがちな古い知恵にもとづいて、自分が教皇であると想像し、そのような愚かな仮定をすることに神の赦しを乞いながら、死は延期されたという新たな主題を、ただちに発表するだろうとのべたのだった。ある新聞読者は、お気に入りの新聞の編集主幹に宛てた投書のなかで、死が延期すると決定したことを自分は完全に受け入れる用意があると力説したが、最大限の敬意とともに、教会がどのようにしてそれを知ったのかと問いかけ、もしも彼らがそんなに事情に明るいなら、いつまで延期が続くのかも知っているに違いないとのべた。新聞は編集後記でその読者に、それはたんなる提案にすぎず、まだ実践されているわけではないと注意をうながした。つまり、と編集主幹が結論した、教会はこの件に関してわれわれ同様何も知らないということなのだ、と。このとき、ある読者から、始まったときの問題に議論を戻すことを要求する投書があった。死は単独なのか、複数なのか、われわれが扱うべきなのは唯一の死か、それともいくつかの死なのか、と。いまわたしは、ペンを持って言いたいのだ、教会がそのようにあいまいな立場を取るのは、ただ時間稼ぎをして、自身の明言を避けているのだと。なぜかと言えば、いつものように、教会は野ウサギといっしょに駆け、猟犬（りょうけん）と狩りをしながら、せっせとカエルの肢に副え木（そぎ）をしようというのだから。まず、この俗っぽい表現が、ジャーナリストたちのあいだでかなりの当惑を引き起こした。これまでに聞いたことも読んだこともなかったからだ。そこで、この謎に直面し、健全な職業的競争意識に駆られた彼らは、記事を書くときに折りにふれて参照する辞書を棚から引っぱりだし、両生類がそこで何をしているのか発見しようと調べはじめた。だが見つからなかった。というより、カエル、肢、副え木はそれぞれ見つかったが、この三つの単語をいっしょに並べたときに生まれるはっきりとした意味に到達できなかった。彼らの一人が、何年も前に田舎からやってきた年寄りの運搬係を呼ぼうと思いついた。老人は都会暮らしが長くなったのに、いまだに炉端で孫たちにお話を語るような話し方をしており、みんなの笑いものになっていた。記者たちがこんな言いまわしを知らないかとたずねると、老人は知ってますよと答えた。意味がわかるかと聞くと、はい、わかります、と老人は答えた。では、説明してくれ、と編集主幹が言った。みなさん方、副え木は折れた骨を固定するために使われる棒のことです。そんなことは知っているよ、でも、それをカエルにするとはどういうことだね。それはすべてカエルが問題なのです、なぜならだれにもカエルの肢に副え木をできませんから。どうして。カエルはそんなに長くじっとしていられないので。それではあの言いまわしの意味はどうなる。努力して試しても無駄だってことです、カエルがさせてくれませんから。でも、あの読者はそう言おうとしたんじゃないな。なるほど、それはまた人が明らかに時間稼ぎをするときにも使われまして、わたしどもはそう言うんですよ、あいつらカエルの肢に副え木をしようとしてるぞって。それが教会のしてることというわけか。そうでございますとも。この読者の言うことはもっともだな。はい、わたしもそう思いますが、ただしわたしの仕事は、だれが出入りするかを見張ることですのでね。いや、あんたには大助かりだよ。もうひとつの表現を説明してほしくはございませんか。どれのことだね。野ウサギと猟犬の。いいや、あれはわかってる、われわれも毎日してるから。

水族館の水の上空に浮かぶ精神と見習い哲学者が始めた単独の死か複数の死かという議論は、経済学者の記事が出なければ、喜劇か、茶番で終わるはずだった。経済学者自身、広く認められた学者として、保険数理計算は専門外ではあるものの、その問題について公表したり対策を立てる場合の知識は十分に持っていると考えていた。それによれば一、二年の誤差はあっても約二十年のあいだ、国は永続的な障害者年金を適用される何百万という人びとに支給できるが、未来永劫にわたってそんなふうに続き、執念深くさらに何百万もの人が加わるとなると、いま等差数列や等比数列を適用するかどうかに関係なく、最悪の事態となることは避けられなかった。それはつまり、大混乱、無秩序、国家破産、とにかく逃げろ（ソーヴ・キ・プ）、ただしだれも救われない、ということだ。この恐ろしい展望を突きつけられると、形而上学者は口を閉ざすしかなく、教会はうんざりする数珠の効き目にもどり、終わりのときを待つしかなくなった。そのときになれば、彼らの終末論的展望に沿ってすべてが決定的に解決するのである。経済学者の気がかりな論説にもどると、実際のところ計算はとても簡単だった。労働力人口の一定数が国民保険を支払い、老齢か障害か理由はともかく一定数が引退して非労働力人口となる場合、彼らの年金には労働力人口を活用するとしても、頼みの労働力人口は休みなく減りつづけ、非労働力人口は休みなく増えつづける。なぜだれも、死の消滅が明らかに頂点ではなく、絶頂でもなく、至福ではない、よいものではないと、すぐにわからないのか理解しづらいことだ。哲学者や他の抽象主義者たちは、常識が手にした紙とペンで、率直に、もっと緊急に考えることが確かにあるという初歩的発想を示す前に、ほとんどとゼロに関する、平易に言えば存在と無に関する、みずからの論文の森で迷子になったに違いなかった。人間性のより暗い側面を知る者には予測できたことだが、経済学者の警告する論文が報道されると、人口分布のなかで末期的に死へと向かっている健康な人びとの区域に対して、人びとの態度が悪いほうへと変わりはじめた。それまで、人はだれしも老人と病人がかなりの苛立ちと諸問題の原因だとみていたが、それでもなお、敬意を持って彼らを扱うことが上品な社会に不可欠の義務だと感じていた。その結果、ときには相当な努力がかたむけられ、彼らに必要な介護がかならず与えられて、数少ない例ではあるものの、明かりが消される前にはスプーンひと匙（さじ）ほどの思いやりと愛情さえ添えられたのである。もちろん、一部には無慈悲な家族もいた。彼らは矯正できない自身の非人間性に引きずられて、濡れた汗と自然の汚物の染みがついたシーツに包まれ、果てしなく死んだように寝ている哀れな人の残骸を厄介払いするため、ついにはマーフィアのサービスを頼みさえしたのだが、よく語られる木鉢のお話に出てくる夫婦のようなもので、わたしたちとしてはこれに賛成するわけにはいかない。とはいえ、幸いにもみなさんご存じのように、木鉢の夫婦は最後に八歳の息子のやさしい心のおかげで、決定的な呪（のろ）いをまぬがれるのだ。短いお話なので、これを知らない世代の明かりとして、無邪気だとか感傷的だなどと彼らがあざけらないことを期待しながら、ここに残しておくことにしよう。では、ひとつの教訓として聞いてください。むかしむかし、古代の寓話（ぐうわ）の国にある家族がいた。父親、母親、父親の父であるおじいさん、そして先ほど言った八歳の息子の四人家族である。おじいさんはたいそう年老いており、手がふるえるので、ときどき食卓で食べ物を落とし、それで息子と義理の娘である嫁はとても苛立っていた。夫婦は注意して食べるようにと口をすっぱくして言うのだが、おじいさんはどんなに頑張っても、手のふるえを止められない。やめろと言うと、よけいひどくなるといった具合で、いつもテーブルクロスに染みをつけ、床に食べ物を落としていた。もちろん首に巻いたナプキンも、朝食、昼食、夕食と一日三回とりかえるありさまだった。そんなことがつづき、いっこうに改善のきざしも見えないので、息子はこの不快な状態を止めようと決心した。彼は木の鉢を家に持ち帰って、父親に告げた、これからはここで食べてくれ、入口のところにすわって、そうすれば掃除も簡単だし、嫁は汚れたテーブルクロスやナプキンを洗わなくてもすむから。で、そういうことになった。朝食、昼食、夕食と、おじいさんはひとり入口の隅にすわり、食べ物を口へ持っていく途中で半分をこぼしつつ、残り半分は一部を口からしたたらせながらできるかぎり食べたものの、一般に食道と呼ばれる場所を通過するのはごくわずかにすぎなかった。孫の少年は祖父が受けている残酷な仕打ちに、まったく動じなかった。彼はおじいさんを眺め、つぎに母親と父親を見て、自分には関係ないといった様子で食べつづけた。ある日の午後、父親が仕事から帰ってくると、息子が木のかたまりを削っていた。おもちゃでも作っているのかと思ったのは、むかしは普段から見なれた光景だったからだ。しかし、翌日になると父親は息子が作っているのがおもちゃの車ではないことに気づいた。というか、少なくとも、そうであればどこに車を付けるのかわからなかった。そこでたずねた。何を作ってるんだい。少年は聞こえないふりをして、ナイフの先端で木を少しずつ削りつづけた。これは、親たちがそれほど怖がらず、おもちゃを作るのに便利な道具をさっと子どもの手から取りあげなかった時代のことである。おまえは聞こえなかったのか、その木で何を作ってるのかと聞いたんだぞ、と父親はもう一度たずねた。すると息子は目を上げずに、父さんが年寄りになって、手がふるえ、入口の隅に追いやられて食べるときに使うための鉢を彫ってるんだ、と答えた。この言葉は魔法のような効き目をもたらした。父親はハッと目をさました。真実と、そして真実の光が見え、すぐに赦しを乞うために自分の父のもとへ行った。夕食の時間になると、彼は老人を助けて食卓につかせ、スプーンで食べ物を口にいれてやり、やさしく顎にこぼれた汁をふいた。彼はまだこうしたことができるが、父親はそれができないからだ。その後の話は伝わっていない。ただ、少年が木を彫るのをやめ、木のかたまりがまだそこに残っているのは確かだと思われる。だれもそれを投げ捨てようと思わなかったのは、たぶん、その教訓を忘れたくないからか、あるいは、将来だれかが彫りあげようとするときがあると思ったからだろう。人が生き延びるため、巨大な心の容量のなかに、前にも言った人間性の暗い側面を抱えることは大いにありそうなことだ。かつてだれかが言ったように、起こりうるすべてのことが起こるだろう。それはただ時間の問題であり、わたしたちがいるあいだに見られないなら、そこまで長く生きていないからなのである。いずれにしても、わたしたちがパレットの左側の色ですべてを描いていることは非難されないように、こんなことを信じる人びともいる。テレビ用に脚色されたこの心やさしいお話は、最初はどこかの新聞が集団的記憶の埃(ほこり)っぽい棚から救いだし、クモの巣をはらいのけたものだが、現在広くいきわたっている基本的な物質主義が、人が強いと想像していた意志を手中におさめる前に、荒廃した家族の道義心を元に戻し、かつて社会ではぐくまれた高い精神性という無形の価値観を育てる助けになるかもしれない、と。だが、わたしたちが強いと思っていた意志は、実際のところ、恐ろしいほどの、そして矯正しがたい道義的弱さを持っていたのだ。とはいえ、希望は捨てないようにしよう。わたしたちは、あの少年が画面に現れたとたん、国の人口の半数が涙をふくためのハンカチを急いで探しに走り、残りの半数はたぶんもっと冷静に、黙って涙が顔を流れるままにすると確信している。悪いことをしたあと、あるいは大目に見てもらったあと、後悔する姿を見せるのはよいことであり、それは決して空虚な言葉ではない。まだ祖父母を救う時間があると期待しようではないか。

ふいに、そして情けないほど貧しいタイミング感覚で、共和主義者がこの微妙な時期に声をあげることにした。彼らの人数は多くなく、国会に送りこんだ代表さえいないのだが、政党は持っており、定期的に選挙の立候補者を立てていた。とはいうものの、彼らはとくに芸術や文学のサークルにおいて、ある程度の社会的影響力があると自慢しており、そこから、ときどき全体としてよく書かれた、つねに刺激のない、無難な声明が出されていた。ところが、死が消滅して以来、たとえば、救われない死にかけた人たちの卑しむべき運搬にマーフィアが関与しているという噂が流れたときも、彼らはまったく存在感がなかった。説明を要求するための過激な抗議をするのではないかと、大方の人は思ったのである。人びとは地球上でこの国だけがそうなったのだと知った虚栄心と、こんな国は他にないのだという深い動揺とに引き裂かれており、ここで共和主義者は社会に不安が蔓延していることを利用して、政治体制こそが問題なのだという疑問の声をあげはじめた。絶対に死なない国王を持つことは、国家として常識的な理屈が成り立たない、という主張である。なにしろ、かりに国王が年齢を理由に、もしくは心の健康が衰えたとして明日退位すると決めたとしても、国王は生きつづけ、連綿として即位と退位を繰り返す列の先頭に立つことになる。半分生き、半分死んでいる国王の流れというか、それぞれの国王がやってこない死を待つベッドに横たわり、やがては、いまや関節がはずれた骨でしかない、あるいはかび臭くミイラ化した残存物に他ならないものとなり、死すべき運命にあった祖先が受けいれられた殿堂をうずめ、最後にはあふれだすのだから。それでは、ひとつかせいぜい二つの権限を任される任期の限られた共和国の大統領だとしたら、どれほど理路が通るのだろうか。その後、彼は自分なりの個人的な生活を楽しみ、講演をしたり、本を書いたり、国会、各種会議、シンポジウムに参加し、円卓会議で議論し、世界を駆けめぐって八十種類の歓迎会に出席し、ファッションの世界に戻ればスカート丈について、空気しだいでは大気圏オゾン層の減少について見解をのべるなど、ようするに、自分の好きなことができるだろう。複数の王室診療所にいるいまだに変化のない患者たちの容体を、定例医療報告を通じて新聞で毎日読んだり、テレビとラジオで見聞きしたりするより、その方がよいかもしれない。ひとこと加えておくべきなのは、すでに二度拡張している診療所を今後また拡張するだろうということだ。診療所が単数ではないのは、病院などの通例で男と女が分けられており、王と王子は一方の側に、反対側には皇后と王女がいるからである。共和主義者たちはいま、人びとを挑発していた。未来の夜明けに向かって、新生活を公式に開始し、花の投げられた新しい小道を少しずつ前進するためには、当たり前の責任を引き受け、運命をその手でつかめというのである。今回の声明には、芸術家や作家ばかりでなく、他の社会階層も同じく心を動かされ、花の投げられた小道の幸せなイメージと未来の夜明けという訴えは、受けいれ可能であることが証明された。その結果、改革に加わろうと準備していた新たな武闘派からの支援が、けたはずれの人数となって殺到し、その運動は、すべての人が歴史的出来事になるとわかる前に、釣られる前も後も魚は魚であるように、すでに歴史となっていたのである。残念ながら、その後の日々のなかで、この先進的で予言的な共和主義の新たな支持者たちによる、市民の熱狂を映す言葉の示威運動は、礼節においても、健全な民主的共存の求めるものにおいても、必ずしも尊敬に値したわけではなかった。一部では一線を越えるほどはなはだしく下品な喧嘩腰となり、たとえば、そう、王室の人びとを指して、おれたちはああいう鼻輪をつけたロバ、あるいはばかな動物をスポンジケーキ付きで飼う気はないね、などと言ったのである。良識あるすべての人びとは、こうした言葉を、許せないどころか、絶対に許してはならないという点で一致した。たんに、増えつづける王室の家計支出プラスアルファを、国家の財源で支えつづけるのは不可能だと言えばよく、それでだれもが納得したはずである。それは真実であり、これを不快に思う者はいなかった。

共和主義者による過激な攻撃は別として、より重要なのは、例の記事の気がかりな予言だろう。状況の終わりが見えないことから、先述した国家の財源から、ごく近い将来、老齢および障害者年金が支払えなくなるという部分である。それで国王は、ざっくばらんに首相と二人きりで話し合う必要があると、首相に知らせる気になった。テープレコーダーがなく、いかなる証人もいない場所でだ。首相が時間どおりにやってきて、とくに新年の始めには瀕死の状態にあった皇太后陛下の容体を念頭に、王室の健康についてたずねた。他のとても多くの人びとと同じく、皇太后はいまも一分間に十三回息をしているが、ベッドを覆う天蓋の下で力をなくした体を横たえ、それ以外には命あるしるしを何ひとつ見せていなかった。陛下は首相に礼をのべ、皇太后はいまなお血管に流れる血の威厳をもって苦痛に耐えていると言った。そして、話を戻し、まずは議題を共和主義者の戦闘宣言にふった。ああいう者たちが何を考えているのかさっぱり理解できん、と王が言った、国が史上最悪の危機に突入しているのに、政治体制を変えようなどと話すとは。ああ、わたしは心配しておりません、陛下、彼らはいわゆる自分たちの政権プランを広めるために、この状況を利用しているにすぎませんし、とどのつまりは濁った水で魚を釣ろうとする貧しい漁師の民なのです。それに、言わせてもらえば、嘆かわしい愛国心の欠如だ。じつに、おっしゃるとおりです、陛下、共和主義者は彼らに理解できる国家観しか持ち合わせません、たとえ、それが理解できたとしてもです。彼らの考えなど、これっぽっちも興味はない、きみの口から聞きたいのは、彼らに体制転覆の可能性があるかどうかだ。

まだ、国会の代表権すら持っておりません、陛下。わたしが言うのはクーデターのことだよ、革命だ。絶対にございません、陛下、国民はしっかり王を支えておりますし、軍は正統の政府に忠実です。では、わたしは安心して休めるね。ご安心ください、陛下。国王は日記に共和主義者という文字を書き、そこに×印をつけて言った、よかろう、それから問いかけた。年金が支払えないとは、どういうことだ。政府は支払っております、陛下、ですが、見通しはひどく暗いものです。わたしが読み違えたにちがいないが、たしか以前、何と言おうか、支払いの一時停止というのがあったと思うが。いいえ、陛下、しかし申し上げたとおり将来は大変心配でございます。どの点で心配なのかね。あらゆる点です、陛下、国家はカードの館のようにぺたんと潰れてしまうかもしれません。こんな状況に巻きこまれた国は、わが国だけなのか、と国王がたずねた。いいえ、陛下、長いあいだには影響がすべてに及ぶでしょう、しかし、何が重要かと言えば、死ぬことと死なないことの違いです、わかりきったことを申し上げて恐縮なのですが、根本的な違いなのです。すまんが、わたしにはさっぱりわからん。他国では人が死ぬのは普通です、でも陛下、ここ、わが国では、だれも死にません、皇太后のことのみを考えてみましても、お亡くなりになるのは確実だと思われておりました、しかし、そうではなく、陛下はいまもご健在で、もちろんそれは、われわれにとりましても幸せなことですが、誇張はしておりませんけれども、実際、われわれの首には本物の縄が巻かれているのです。噂では、一部死んでいる人がいるというが。それは本当でございます、陛下、しかしそれは大海の一滴にすぎず、すべての家族がその段階に行けるわけではありません。どういう段階だね。死にかけた家族を、自殺請負組織に引き渡すのです。わからんな、死ねないのなら、なぜ自殺をさせる意味があるのか。ああ、それは死ねるからです、陛下。どうやってするのだ。いろいろ事情が込みいっておりまして、陛下。そう言わずに話してみたまえ、ここだけの話にしよう。国境の向こう側では人がまだ死んでおります、陛下。つまり、その組織があちらへ連れていくというわけか。まさしく。それは慈悲深い組織なのかな。わが国の死なない人の増加のスピードを遅くすることに、少しは寄与しておりますが、先ほども申し上げたように、大海の一滴でございます。どういう組織だ。首相は大きく深呼吸をしてから言った。マーフィアです、陛下。マーフィア。はい、陛下、マーフィアです、国家はときに汚い仕事をする人間を見つけるとき、他に選べないことがあるのです。これまで、きみはわたしに何も言わなかったな。はい、陛下、陛下を巻きこみたくないと思い、わたしが全責任を負う所存でありました。国境にいるわが軍の兵士は。彼らはきちんと任務を果たしております。どういう任務だね。自殺に関わる運搬の障害となるよう努めておりますが、実際は障害になっておりません。わたしは兵士たちが敵国の侵入を防ぐためにいるのだと思っておったよ。そのような危険は一切ありません、それに、周囲の国々とは協定を締結済みで、すべてはきちんとコントロールされております。年金問題は別としてだな。死の問題は別としてです、陛下。われわれがまた死に始めなければ、わが国に未来はありません。国王は年金という文字のそばに×印を書いて言った。何かが起こる必要があるな。そのとおりです、陛下、何かが起こらなければなりません。

その封筒は会長のデスクにあった。秘書がオフィスにはいってきたときのことだ。紫色をしていて、ということは普通のものではなく、紙自体に布地の手ざわりのようなエンボス加工がほどこされていた。どちらかと言えば骨董品の風合いがあり、使い古した印象もあった。宛先はどこにも見当たらなかった。差出人の住所がないのはたまにあることだが、宛先がないのはありえない。鍵のかかったオフィスにはいった直後に発見され、夜中に何者かがドアから侵入することも不可能なはずだった。裏に何か書かれてないかと封筒をひっくり返したとき、秘書は自分が考えているのを感じた。ドアの鍵穴に鍵を差しこみ、回したときに封筒はなかったと思い、そんなことを考えたことも感じたこともばかげているとぼんやり感じた。バカバカしい。彼女はつぶやいた。昨日帰るとき、ここにあるのに気づかなかっただけだわ。部屋をちらりと見まわして、とくに異常がないことを確認し、自分のデスクに戻った。秘書として、さらに腹心の秘書として、彼女はどんな封書でも開封する権限を与えられていた。これには機密情報であることを示すシールが貼られておらず、個人に属する私的な、あるいは秘密のありそうな封筒でもないのだが、それでも彼女は開封せず、自分ながらにその理由がわからなかった。秘書は二度ほど立ちあがり、オフィスのドアを細めに開けた。封筒はまだそこにあった。頭が変になりそう、色のせいだ、と彼女は思い、会長がいまここに来て、謎を解いてくれればいいのにと願った。彼女の言う上司の会長とは、テレビ局の代表取締役会長のことであり、すでに出社時刻を過ぎていた。ようやく姿を見せたのは午前十時十五分だった。会長は無口な男で、ただ、おはようと声をかけ、五分したら来てくれと命じてオフィスにはいった。仕事にとりかかる前に、一本目のタバコを吸う時間が必要だからだ。秘書が部屋にはいると、会長はまだコートを着たままで、タバコにも火がついていなかった。手には封筒と同じ色の紙を一枚持っており、両手ががたがたと震えていた。秘書がデスクに近づくと、会長はふりむいたが、彼女を認識していない様子に見えた。彼は片手をあげて、それ以上近づくなと合図をし、他人の口から出たような声で言った。すぐにここから出てくれ、それで、だれであろうと人をここに入れるんじゃない、わかるか、どんな人であってもだ。秘書は心配して、何かよくないことでも、とたずねたが、会長は怒ったようにさえぎり、聞こえないのか、出ていけと言ったんだ、と告げた。そしてほとんど怒鳴るように、すぐに出ていけ、と言いたした。あわれな女は目に涙をためて引きさがった。彼女はそのような扱われ方に慣れていなかった。だれもがそうだが、たしかに会長には欠点がある。だが、普段はとても礼儀正しく、秘書をドアマットのように扱う習慣もなかった。あの封筒のせいにちがいない、他には考えられない、と秘書は目を拭くハンカチを探しながら考えた。彼女は正しかった。いま思いきってオフィスに戻ったなら、部屋の端から端まで怒って歩く会長の姿を目にしたことだろう。その顔には、どうしていいかわからないが、一方では同時に、彼が、彼のみができるのだと悟っているような、もの狂おしい表情を浮かべている。会長は腕時計を見て、紙を眺め、かすかな声で、ほとんど自分自身に言うように、まだ時間はある、まだ時間はある、とつぶやいた。それから椅子に腰を下ろし、無意識のうちに片手で頭をなでながら謎めいた手紙を再読した。あたかも、まだそれが腹をつかむ恐怖の渦のなかに呑みこまれておらず、そこにあるのを確かめるように。会長は読むのをやめ、宙を見つめて考えた。だれかに話さなければ。それからふと、もしかしたら冗談かもしれない、最低なほど悪趣味な冗談だ、不満を持った視聴者が大勢いるなかに、死にまつわる想像力をふんだんに持ちあわせた人間もいるだろう、テレビの世界で上に立つ者なら、ここがバラの花壇じゃないことくらい承知しているものだ、という考えが浮かんだ。でも、人は普通わたしをカッとさせるためだけに手紙を書くなどしないぞ、と会長は思った。ようやく秘書に内線電話でたずねたのは、言うまでもなく、そこまで考えたからだった。この封書はだれが持ってきたんだね。存じません、いつものように出社して会長室の鍵を開けてはいったら、それが置いてあったのです。それはありえん、夜のあいだに人がはいることはないからな。おっしゃるとおりです、会長。では、どう説明する。お訊きにならないでください、どういうことか説明しようとしたら、会長がお断りになりました。そうだった、すまん、きみにはちょっと無礼なまねをした。もう気にしておりません、わたしもだいぶ取り乱すという言葉の本当の意味がわかるだろうな。会長はまたむかっ腹を立てた。手紙の中身を見たら、きみも取り乱してしまいましたが。会長は電話を切った。ふたたび腕時計を見つめ、ひとり言をつぶやいた。ひとつしか道はない、他には考えられない、決断すべきことがいくつかあるが、わたしにはできないことだ。彼は住所録を開き、ある名前を探して発見し、あったぞ、と言った。まだ手はがたがたと震えており、その番号を正しく押すのに苦労した。先方が電話に出ると、声をおさえるのに、さらに苦労した。首相の執務室につないでいただけないかな、わたしはテレビ局の会長だが。相手が代わって官房長官になった。おはようございます、会長、じきじきのお電話とは、ご用件をうかがいましょう。いや、一刻を争う緊急の事案が発生したので、首相にできるだけ早くお会いしたいのです。首相にお伝えする都合上、どういうことかお話し願えませんか。申し訳ない、それができんのです、緊急であり、極秘の事案だとしか。どんなことか、概略だけでも。いいかね、ここにわたししか読んでいない書類がある、これはいずれ大地に呑みこまれるこの目の前に置かれた、けたはずれに重要な国家的書類なんだよ、首相がどこにいようが関係ない、これだけ言ってもそこへ通さないというなら、きみの個人的かつ政治的未来は危うくなる。そんなに深刻なものですか。言えるのはただ、こうして無駄に過ぎていく時間の責任を負うのは、きみ一人だということだ。それなら、できるだけやってみますが、首相はとてもお忙しい方なので。勲章がほしいなら、首相の時間を都合したまえ。では、さっそく。それがいい、電話を切らずに待っていよう。もうひとつ、質問してもかまいませんか。ああ、何が知りたいんだね。なぜ先ほど、いずれ大地に呑みこまれるこの目、なんて表現をされたのでしょう、以前にもそんなことが。きみの前職が何かは知らんが、いまのきみがどういう人間かわかった、どうしようもないばかだ、とにかく首相を出せ、いますぐに。思いがけない会長の厳しい言葉は、どれほど彼の心が乱れているかを示すものだった。会長は自分にはわからない、ある種の混乱に支配されており、その表現においても意図においても、ごく当たり前の質問をした人に対して、どれだけひどい侮辱を与えたかが理解できていないのである。あやまらなければ、と会長は後悔して思った、いつなんどき官房長官の助けが必要になるかわからないのに。首相の声は苛立っていた。何がまずいんだね、普通テレビの問題にわたしが首をつっこむことはないのだが。テレビの問題ではありません、首相、受け取った手紙の件なのです。そうだ、手紙を受け取ったとか、そういう話だと聞いた、わたしに何をしてほしいんだ。読んでいただきたいのです、ただそれだけです、首相のお言葉を使うなら、それ以上、わたしは首をつっこみませんので。ずいぶん動揺してるようだな。はい、首相、わたしはかなり動揺しております。その手紙にはなんと書いてあるのだ。電話では申せません。これは安全な回線だよ。それでも、できません、石橋を叩いて渡らなければ。それでは送ってくれ。いいえ、わたしが持参します、人に届けさせる危険は冒せません。それではこちらから人を出そう、官房長官でもいい、側近中の側近だ。首相、お願いです、執務のお邪魔をするのはそれなりの理由があればこそ、どうしても直接お目にかかる必要があります。いつだ。いまです。わたしは忙しいんだ。首相、お願いします。わかった、そこまで言うなら、来ればいい、それだけの価値のある謎であることを期待しよう。ありがとうございます、すぐにうかがいます。テレビ局の代表取締役会長は受話器を置き、封筒に手紙を戻し、オーバーコートのポケットに入れて立ちあがった。両手の震えはおさまっていたが、顔は汗で濡れていた。ハンカチで汗をぬぐい、内線電話で秘書に、外出するから車の手配をと告げた。他の人に責任を引き渡すという事実のおかげで、少し冷静になれた。あと三十分もすれば、この件における彼の役割は終わるはずだ。秘書がドアをあけて姿を見せ、お車が待っております、と言った。ありがとう、いつ戻るかわからんが、これから首相に面会する、この件はいっさい他言無用だ。かしこまりました。ではな。行ってらっしゃいませ、何がとは申しませんが無事にお済みになるよう願っております。この状況だ、何が無事で、何がそうでないかなど、われわれのあずかり知らんことだよ。おっしゃるとおりです。ところで、きみのお父上はどうだね。まるで同じでございます、苦しんでいる様子もなく、ただ衰えていくというか、炎が消えたというか、この二カ月のあいだそんな感じで、こんな調子でこれから先を考えますと、父の隣のベッドに自分も横たわっているのが目に見えるようです。さあ、どうかな、と会長は言って、出ていった。

官房長官が代表取締役会長を玄関先で出迎え、見るからに冷淡に挨拶をして言った、首相がお待ちです。その前に、ひと言あやまっておきたい、先ほどの電話で、どうしようもないばかがいたとしたら、それはわたしだ。たぶん、われわれのどちらでもありません、と官房長官は笑顔で答えた。このポケットにある手紙を読むことができたら、わたしの心境もわかってもらえると思うよ。ご心配なく、わたしのほうはなんとも思っておりません。ありがたい、遠からず爆弾が爆発すれば、だれもが知ることになるんだ。爆発するなら、できればあまり大音響にならずに願いたいです。爆発の音は、聞いたことのないほど最大級のもので、その閃光も、見たこともないまぶしさになるよ。話を聞くうちに怖くなってきました。それはそれは、またあやまらなくては。さあどうぞ、首相がお待ちです。昔は次の間と呼ばれていた部屋を、二人は突っ切った。一分後、テレビ局の会長は笑顔で迎える首相の前にいた。で、わたしに持ってきた生きるか死ぬかの問題とはなんだね。はばかりながら、首相、いまのお言葉はじつに適切といえます。会長はポケットから封筒を取りだし、テーブルごしに差しだした。首相はとまどった。宛名はないな。それどころか差出人もありません、と会長が言った。まるで万人に宛てたかのような手紙です。匿名だ。いいえ、首相、署名がしてあります、とにかくお読みください、お願いです、お読みください。封筒はゆっくりと開けられ、折りたたんだ紙が広げられたが、最初の数行を読んだところで首相は目をあげた。悪ふざけだよ。その可能性はありますが、わたしは同意いたしません、これはわたしのデスクに現れたもので、どんな方法で届けられたのか、だれにも説明がつかないのです。だからと言って、それがこれを信じる立派な理由にはならんよ。どうか最後までお読みください。手紙の最後まで来ると、首相は唇を動かして、署名として書かれた二音節の言葉を、ゆっくりと、はっきりと発音した。首相は机に手紙を置き、会長に目をやった。冗談だと想像してみよう。そうではありません。うむ、わたしはこれが冗談じゃないと信じかけているのだが、想像しようと言ったのは、ただ真相がわかるまでに、あまり時間がないからだ。いまは正午ですから、あと十二時間しかありません。それだ、もしも手紙にあることが実際に起こるならば、われわれが国民に警告を発しないと、また大晦日のような事態が生じるのだな、あれとは正反対だが。われわれが警告してもしなくても同じです、首相、結果に変化はありません。しかし正反対だ。はい、正反対ですが、同じことです。確かにそうだ、もし警告を発したあとで空振りに終わったら、国民を不必要に心配させることになる、適切な副詞がどうのとたくさん言われるぞ。いや、そんなものは大したことじゃありません、すでに首相ご自身、冗談ではないと思うとおっしゃいました。いいや、言ってない。では、どうされます、警告するのかしないのか。それが問題だよ、会長、考えなければ、じっくりと、よくよくな。いま、問題はあなたの手に握られております、首相、決断を下す人は他におりません。そのとおりだ、この便箋を細かくちぎって、何が起こるか見守るという手もある。でも、首相がそうされるとは思いません。きみの言うとおりだ、そんなことはしない、でも決断は下さなければな、全国民に警告すると、さらに、それをどういう方法でするか。テレビ、新聞、ラジオといったマスメディアは、そのためにあるのです、首相。きみが言うのは、政府からの声明とともに、この手紙のコピーをそれらのメディアに流し、あわてるなと呼びかけ、緊急の際の対処法を伝えるということか。わたしなどより数段、うまく対策をまとめられました。お世辞をありがとう、だが、まずきみに聞きたいね、そんなことをしたら何が起こるか、想像してみてくれ。ええと、首相、ちょっとわかりかねます。テレビ局の代表取締役会長なら、もっとアイデアが出てくると思ったが。ああ、この難局に大した働きもできず恐縮です。立場上、責任の重さに圧倒されても無理はなかろう。あなたは平気のようですね、首相。いや、わたしもそうだが、圧倒されたからといって麻痺するわけじゃないんだ。国にとっては何よりなことです。またしても、うれしいことを言ってくれるね、会長、われわれはこれまであまり話したことがなかった、というのもテレビ関連の議論をするときは関係所管の大臣としてきたからだが、きみは国難にあたる人材として起用するにふさわしいと思えるよ。それは、どういうことでしょうか、首相。単純なことだ、この問題は今夜九時まで厳密にわたしときみの二人だけの秘密となる、九時のニュース番組の冒頭で、まず政府の声明が読みあげられるだろう、今日の真夜中を境に何が起こるかを予告するものだ、それと手紙の要旨も伝えられる、読みあげるのはテレビ局の代表であるきみを措いて他にいない、理由の一は手紙を受け取った本人だから、二はわたしがこの任務を託せるテレビ局の代表だからだ、いわばこの手紙に署名したレディは、それとなくこの任務にわれわれ二人を指名したのだ。ニュースキャスターのほうがうまいですよ、首相。いいや、キャスターではなく、テレビ局の代表である会長にまかせたい。それがお望みでしたら、名誉なことです。今夜、午前零時に何が起こるかを知っているのは、われわれ二人だけだ、国民がこの知らせを耳にするまでそうしておくのだ、先ほどきみが提案したようにしたら、つまり、いま様々なメディアにニュースを流したら、半日のあいだ社会に大混乱を引き起こすだろう、パニック、動揺、集団ヒステリー、名前はなんでもいいがそういうことだ、すなわち、われわれにはコントロールする力がないから、そうした反応を避けたいのだ、少なくとも三時間に限定し、そのあとはどうなるか成り行きを見るとしよう、涙、絶望、下手に見せかけの安堵、人生を考えなおす必要といった、あらゆる反応を想定してね。よいお考えだと思います。ふむ、もっとよい手があるかもしれんよ。首相はまた手紙を手にとり、読まずに眺めてから言った。妙だな、署名はふつう大文字でするものだが、これは違う。はい、わたしも妙だと思いました、小文字で始まる署名はふつうではありません。この件全体を見て、正常な点はほかにあるかね。いいえ、実際のところ、ないですね。ところで、きみはコピーのとり方を知ってるか。うまくはありませんが、何度かとったことはございます。上出来だ。首相は手紙と封筒をある書類ファイルに入れると、官房長官を呼んで告げた。コピー機のある部屋を無人にしてくれ。公務員の事務室にありますが、首相、そこでよろしいでしょうか。そう、いったん全員を退去させ、廊下で待つか、タバコでも吸いにいかせるんだ、三分あればいい、そうだな、会長。それほどかからないでしょう。あのう、もし差し支えなければですが、極秘裡にコピーをとるのでしたら、わたしがしてまいります。官房長官が言った。そう、極秘裡にとりたいのだ、しかし、今回はいわば会長の技術指導によって、わたし自身がとることにする。かしこまりました、首相、さっそくひと部屋空けるように指示してまいります。官房長官はほどなく戻ってきた。人払いが終わりました、首相、ではわたしは執務に戻ります。わざわざ指示せずに済むのはありがたい、われわれがこの極秘の事案からきみを外したことを、どうか不快に思わんでほしい、こうした予防措置を講じた理由はあとで、今日中のことだが、あえて説明しなくてもわかるだろう。もちろんです、首相のご意向に一点の曇りもあろうとは思っておりません。その意気で頼むよ。官房長官が立ち去ると、首相はファイルを手にして言った。よしと、行こうか。オフィスはからっぽだった。一分もかからずにコピーがとれ、手紙そのものが一字一句写しとられたが、その紫色の紙の不穏な存在感が欠けており、貴下におかれましては時下ますますのご清祥とお慶び申し上げます、些事わたくし事はともかく、といった文面で始まるふつうの公文書としか見えなかった。首相はコピーを会長に手渡した。これはきみに、オリジナルはわたしが保管しよう、と言った。それでは、いつ政府の声明を受け取るのでしょうか。すわってくれ、これからわたしが直接言おう、それほど時間はかからないよ、とても簡単なものだ、国民の皆様、本日届いたある手紙について、政府としてお知らせする義務があると考えます、この書面の深刻さ、重要性は、政府が真正なものかどうかを保証できる立場にないとしても、とりわけ誇張してもしすぎることはありません、この書面の内容を予想することは避けていただきたく、また、ここで告げることが現実とならない可能性があることも認めざるをえません。しかしながら、この手紙が、政府の承認を得たテレビ局の代表取締役会長によって読みあげられたとき、緊張と危機感がないはずのない状況に対して、皆様に心の準備をしてもらうために、ひとことつけくわえておきたいのは、政府から申し上げるまでもなく、また常日頃から国民の皆様に、まぎれもなく建国以来われわれが経験したことのない困難な数時間のあいだ、政府はみなさんの利益と窮状を憂慮してやまない、ということであります、だからこそ、たとえば本年の始まりから、われわれの身にふりかかった様々な試練のあいだに、皆様が実によく発揮されてきた冷静さと落ち着きを保持していただければありがたいところであり、と同時に、さらなる善意ある未来が、われわれがかつて享受した我が国にふさわしい平和と幸福を回復させることを信じているところであります、国を愛する皆様、団結して立ち向かうのがわれわれのモットーであり標語であることを、どうか思い出してください、国民が一致団結して事にあたれば、未来はわれわれのものとなるでしょう、以上だよ、ご覧のとおり、こうした公式の声明を出すのは、ごくごく簡単なものさ、なんら想像力を駆使する必要もないし、いわばすらすらとひとりでに書いているといった具合だ、そこにタイプライターがあるから、間違いなく書き写し、今日の午後九時まで安全に保管しておきたまえ、一瞬たりとも原稿から目を離すなよ。ご心配には及びません、首相、いまのいまでも自分の責任を重々承知しておりますす、ご期待にそむくことは致しません。いいだろう、それでは職務に戻ってくれ。その前に、二つばかり質問してもよろしいでしょうか。なんだね。この件のことは、今夜九時まで二人の人間しか知らないと首相はおっしゃいました。そのとおり、きみ本人とわたし、それ以外にはいない、政府にも漏らしはしない。国王はいかがでしょうか、余計な口出しだとは思われたくありませんが。もちろん、陛下も国民と同時に耳にすることになるだろうな、テレビを見ていればの話だが。事前に知らされなかったことで、不快になられるでしょうね。心配いらない、国王というものは、だれしも素晴らしい資質をお持ちだ、もちろん立憲君主国の王ならばだが、とても度量が大きいのだ。そうですか。つぎの質問は。正確には質問ではございません。というと何だね。率直に申し上げて、あなたの落ち着きには大変驚きました、首相、わたしには午前零時を過ぎると我が国は破滅的状況になるというか、類を見ない社会の大変動に直面して世界の終わりになると思えました、でも、首相にお会いしたら、あなたはたんなる行政上の一案件のように扱っておいでです、冷静に命令を出され、先ほどなど、なんだか笑みさえ浮かべておられるようでした。わたしが指一本上げなくても、この手紙がじつに多くの難題を解決してくれると知ったら、きみも顔をほころばせると思うよ、会長、さあ、それでは仕事に戻らせてくれ、まだいくつか指示を出しておかねば、内務大臣には警察に厳戒態勢を取らせるようにしよう、国民の一部に治安をかき乱す兆候が見られるとかなんとか、もっともらしい言い訳を与えてね、内務大臣はぐずぐず考えずに即行動を起こすタイプなんだ、任務を指示されて行動するのを好む、いいやつなんだよ。首相、この重大な時期にあなたとともに行動できるのは、まぎれもない特権だと申せます。そう見てくれてわたしもうれしいが、この執務室で、わたしもしくはきみの口から発せられた言葉が、一語でも四方の壁の向こう側にいる者の耳に届いたら、きみも即座に態度を豹変させるに違いない。ええ、ごもっともです。たとえば立憲君主国の国王の耳とかな。はい、首相。

　テレビ局の会長が自分のオフィスにニュースショーの担当責任者を呼んだのは、午後八時半のことだった。会長は、番組の冒頭で全国民に向けた政府からの声明を、いつものようにニュースキャスターが読み上げ、次に会長自身がこの声明を補完する形で、ある書面を読むことにする、と告げた。プロデューサーがこの指示を、妙だ、異例だ、普段のとおりではない、と思ったとしても、顔や態度には表さず、ただ二つの原稿をテレプロンプターに置く必要上、渡してもらえないかと要請しただけだった。このすぐれた装置のおかげで、話し手はいかにも直接それぞれの観客に向かって話しているかのような幻想をふりまけるのだ。会長は今回テレプロンプターを使わないと返答した。以前のように、キャスターもわたしもただ原稿を読み上げるだけだと言い、スタジオに入るのは九時五分前ちょうどであり、そのときに政府の声明文をキャスターに手渡す、そしてキャスターには声明を読む直前にならなければ、けっして原稿を開かないよう厳しく指示してくれ、とつけくわえた。プロデューサーは、いまこそこの問題に少し興味を見せる理由が生まれたと考えた。それほど重要なのですね、と彼はたずねた。三十分もしたら、きみにもどういうことかわかると思うよ。では国旗はどうしましょう、会長のお掛けになる椅子の後ろに、国旗を置いたほうがよろしいでしょうか。いいや、国旗はいらない、わたしは首相でも、大臣でもないからね。国王でもないですね、とプロデューサーは取り入るような笑顔になった。まるで会長が国王だと、テレビ界の王様だと言わんばかりに。会長は無視した。用事は済んだ、わたしは二十分後にスタジオにはいる。メイキャップをする時間がありませんが。メイキャップはいらない、わたしが読む書面はとても短く、そのときにはノーメイクだろうがなんだろうが、気にする視聴者はいないよ。結構です、会長、おっしゃるとおりに。ただし、ライトが顔に影をつくりすぎないように頼むよ、視聴者の目に墓穴から出てきたばかりのように映りたくはないんだ、とくに今夜は。九時五分前、会長はスタジオにはいって、政府の公式声明の原稿を入れたファイルをニュースキャスターに手渡し、自分用にセットされた椅子へと歩いてそこにすわった。予想されたことだが、いつもとは違った進行とセッティングに惹かれて、番組のスタジオには話を聞きつけた人びとが集まっていた。プロデューサーが静かにと告げた。午後九時ちょうど、鳴りだしたテーマ曲とともにニュース番組の緊迫感あるオープニング・タイトルがぱっと画面に現れた。以前からその神性が言われてきたように、すばやく動きつづけるさまざまなイメージは、テレビ局が一日二十四時間、広くあまねく存在し、ニュースがあらゆる場所から送られてくるのだと視聴者に信じこませるようにつくられていた。政府の公式声明をニュースキャスターが読みおえたとき、二番カメラが画面にテレビ局の代表取締役会長を映しだした。会長は見るからに緊張しており、口はからからに乾いていた。会長は短い咳ばらいをして、読みはじめた。親愛なる各位、貴殿と、貴殿に関係するすべての方々にお知らせします。今夜午前零時以降、ふたたび人は死にはじめます。時の始まりから昨年十二月三十一日まで、ほとんど抗議もなく、そうだったように。理由を説明するべきでしょう。なぜわたしが活動を中断したのか、人を死なせることを停止し、想像力豊かな画家や彫刻家がいつもわが手に持たせてくれた象徴的な大鎌をしまいこんだのかを。それはあれほどわたしを忌み嫌う人間たちへ、果てしなく永遠に生きることがどういう意味を持つのか、少しばかり味わってもらうためでした。ここだけの話、国立テレビ局代表の会長、貴殿に告白しますと、果てしなくと、永遠にという表現が、一般に信じられているようにどれだけ同義語なのかわたしにはわからないのですが、それはともかく、この耐久テスト、あるいは、たんなる延長時間と呼んでもよい数カ月間を経て、道義的すなわち哲学的観点からも、あるいは実利的すなわち社会的観点からも、実験が嘆かわしい結果に終わったことを考慮したとき、わたしは全体として、家族にとっても社会にとっても、垂直的にも水平的にも、ここで自分のあやまちを公然と認め、ただちに正常な状態に戻すと宣言することが最善であろうと感じました。それはつまり健康であるなしにかかわらず、この世に残るすべての死ぬべき人が、午前零時の最後の時報が薄れるとともに、命のロウソクの火を消されるということです。最後の時報という言葉は、たんなる象徴だと念を押しておきます。時間が止まるかもしれないと想像して、わたしの取り消せない決定にそむこうと、時計台の時計をすべて止めたり、鐘楼（しょうろう）の鐘（かね）の舌（した）をすべて取りはずしたりといった愚かな考えをだれかが思い浮かべたときのために。極度の恐怖が人びとの心臓に戻ってきた。スタジオにいた大半の者たちは姿を消しており、残った者たちもひそひそとささやきあっていた。プロデューサーは驚きのあまり口をあんぐりと開けていたが、さざめく小声に気づいて、ドラマチックな状況とは程遠いにもかかわらず、彼らを黙らせるため普段やるように無言の激しい合図をくりだした。ですから、あきらめることです。抵抗せずに死になさい。そんなことをしても何もなりません。でも、一点だけわたしが間違っていたと感じることがあります。これまでやってきたやり方は残酷で不当でした。それは事前に警告もなく、あなたの許しをいただけるならば、と告げることもなく、こっそりと人の命を奪うことです。それはまぎれもなく率直すぎたと認めます。遺言を残す時間さえ与えないことがよくありました。多くの場合、地ならしをするため病気を送りとどけるようにはしましたが、奇妙なことに、人は手遅れなときに限って、それが致命的な病気になると気づき、つねにふりはらおうと願うのです。ともかく、これからはだれもが警告を受けとり、人生の残りを整理する時間が一週間ほど与えられることになるでしょう。遺言を書き、家族に別れを告げ、あやまちを謝罪し、二十年も話していない甥と和解するように。それでは、国立テレビ局代表の会長、あなたにはただ、本日間違いなく、この国のすべての家庭にこのメッセージを届けるように頼みます。わたしはここに通例知られる名前でサインをします。死（モルト）。会長は画面から自分の姿が消えると、椅子から立ちあがり、紙をたたみ、上着の内ポケットに入れた。青ざめ、取り乱した様子のプロデューサーがやってくるのを見た。こういうことだったんですね。かろうじて聞きとれるくらいの小声で彼は言った。こういうことだと。会長は無言でうなずき、出口へ向かった。彼はニュースキャスターが口ごもりがちに話しだす言葉を聞かなかった。お聞きになったとおりです、では続きましてと、他のニュースが解説されたが、この国ではすでにだれもが興味を持たず、どれもが重要性をなくしていた。死の床についた病人を抱える家庭では、家族がまわりに集まったものの、死にゆく人にあと三時間で死ぬとは告げられなかった。遺言を書くのをいつも拒んできた人に、残された時間をそれに充(あ)てるべきだとか、甥に電話して、和解したらといったことは言えなかった。ましてや具合はよくなったかと問いかける偽善的な習慣を守ることもできず、ただベッドのそばに立って、青ざめ、痩せこけた顔を見つめ、時計の針をひそかにちらりと見ては、時間が過ぎるのを、そして世界という名の列車が元通りの鉄路に戻って、以前のような旅ができるのを待っていた。悲しい生き残りを片づけるため、すでにマーフィアに支払いをし、そしてたぶん金銭を費消(ひしょう)しても泣かなかった多くの家族は、もう少しだけ慈悲の心と忍耐力を持っていたら、無料で厄介ばらいができたことを知ったのである。街の通りでは恐ろしい光景がさまざまに見られた。どこへ向かって駆けだしてよいのかわからずに、動きをぴたりと止め、あるいは動揺し、うろたえ、なぐさめようもないほど泣きくずれ、その場で永の別れをはじめると決めたように抱きあい、これは政府か医学かローマにいる教皇の責任かと責める相手と議論し、ある懐疑主義者はそもそもこれまで死(モルト)が手紙を書いたなどという記録はないのだと抗議の声をあげた。手紙をただちに筆跡鑑定家のもとへ送るべきだと言ってる。なぜなら、その男によれば、骨だけでできた手では、完全な、本物の、生きている、血管があり、神経があり、腱があり、皮膚と肉がある手のようにはけっして書けないのだ。つまり、骨が紙に指紋を残さないのは明白であり、その方法で彼らが手紙の書き手を特定することは不可能だとしても、予期せぬ出現を果たした書簡のDNAテストでもして、かりに死という実体が存在するなら、そのときまで生涯沈黙してきた彼女に、多少の光が当てられるかもしれない、と。この時点で、首相は国王と電話で話しており、手紙のことを事前に話さないことに決めた理由を説明していた。国王は、よかろう、完全に納得したと答え、首相が、午前零時になれば衰弱している皇太后のお命が尽きるという悲しい結末について、大変無念だと申しのべた。国王は肩をすくめて、あのような命は生きているとは言えない、今日は皇太后でも明日は我が身だ、とくにいま王位の世継ぎが苛立っており、いつ自分が継承するのかと聞きたがっていてね、と漏らした。こうした率直な異例とも思える親しみ深い会話のあと、首相は内閣官房長官に緊急閣議を開くため閣僚全員を招集するように指示した。四十五分後に、ここへ来させるのだ、十時ちょうどに、と首相は言った。これから数日間に誘発される新たな状況を想定して、起こりうる混乱と騒動を最小限におさえるのに必要な弥縫策について話し合い、承認を経て決定しなければならない。おっしゃるのは、ごく短期間に処理すべき死者の数について、ということでしょうか、首相。それは山積する問題でも最小のものだよ、葬儀社があれば自然と順番に解決していくだろう、彼らにしてみれば危機が終わるわけだし、これから稼げる金のことを足し算すれば心も弾むというものさ、死人を埋めるという本来の仕事をしてもらえばいい、われわれが考えるべきなのは生きている人たちだ、たとえば、永遠に生きると信じた人の心の傷をケアする精神科医のチームを多数、組織するとか。はい、わたし自身もそう思いました、これはつらいです。時間を無駄にするんじゃないぞ、閣僚にはそれぞれの事務次官を連れてくるように言うんだ、十時には全員に集まってもらいたい、異議をとなえる者がいたら、とにかくきみらが一番必要なのだと言え、お菓子をほしがる幼児みたいなものだからな。電話が鳴った。内務大臣だった。首相、あらゆる新聞社から電話がかかってきています、死(モルト)の名のもとにテレビで読みあげられた手紙を見せてほしいと要求しています、残念ながら、これについては何も知らされていなかったので。残念に思う必要は一切無用だ、わたしが極秘の事案だと決定したんだよ、公にして十二時間もの大混乱とパニックを我慢しなくていいように。では、わたしはどうすれば。心配ない、首相官邸からすべてのメディアに向けて手紙を配布するつもりだ。さすがです、首相。十時に閣議をおこなう、きみも事務次官を連れてきてくれ。事務方も連れていきます。いや、他の者には官庁を守らせろ、よく言うじゃないか、船頭多くして舟山にのぼる、コックが多すぎるとスープがまずくなる。わかりました、首相。遅刻するなよ、閣議は十時一分に始めるから。まっ先に駆けつけます。きみは勲章をもらえるね。どういう勲章でしょうか。たんなるジョークだ、忘れてくれ。

同じ頃、墓地、火葬場、葬儀場、二十四時間サービスといった葬儀にまつわる各部門の法人代表が業界団体の本部に集まることになった。全国で発生する数万におよぶ同時多発死亡とそれに続く葬儀を処理するという、未曾有の職業的難題を前にして、彼らが思いつける唯一の現実的解決策は、理にかなった経費節減ができるのでかなりの儲けが約束されてもいるのだが、すべての人員と技術力を結集して、言いかえれば事業計画を協調的に秩序正しい方法で共有していこうというものだった。彼らの思いのままに、釣り合いのとれたケーキの分け前の割り当てを決めながら、である。理事長がそれをおどけて口にすると、集会の他のメンバーから、控えめな、しかし愉快そうな喝采が送られた。彼らが考えなければならないのは、たとえば、棺桶、墓、霊柩、安置台、棺台といったものの製造が、人が死ぬのをやめてから急停止したことだ。つまり、伝統的な考え方をする大工の工房にも、在庫はあまり残っていないと思われた。かつてバラに変化したマレルブ〔フランソワ・ド、文法に厳格な十六〜十七世紀フランスの詩人〕の小さな蕾のように、ひと朝より長くは保たないだろう。続けて発言していた理事長が口にしたこの文学的な引用が、高揚したムードに水を差したとしても、やはり聴衆からは喝采が送られた。ともかく、われわれはもう、犬や猫やペットのカナリアを埋葬する屈辱に甘んじなくともいいんだ、と後方から声があがった。そのとおり、オウムもだ、と理事長が同意した。それから熱帯魚も、と別の声がつけくわえた。水族館の水の上空に浮かんだ精神が引き起こした論争の後でだけのことですがね、と議事録をとる書記が言った。これからは猫たちに投げ棄てられるでしょう、ラヴォアジェ〔アントワーヌ＝ローラン・ド、十八世紀フランスの化学者〕が言うように、自然界では何も創造されず何も失われず、すべてが変容するのですから。わたしたちは葬儀業者の年季のはいった英知がどこまで突っ走るのか、残念ながら知りえなかった。というのも、一人の代表が時間を心配し、彼の腕時計が午前零時十五分前をさしたときに手を挙げて、棺桶の在庫がどれだけあるのか大工協会に電話で聞いたほうがよいと提案したからだ。明日から供給数がどれだけ当てにできるのか、知っておく必要がある、と彼は断言した。予想どおり提案は温かい拍手で迎えられたが、理事長は自分がその案を思いつかずに面目を失ったことをどうにか隠し、たぶんこんな時刻じゃだれも電話に出んだろう、と言い返した。恐れながら、理事長、われわれがこうして一堂に会しているように、あちらも速やかに対応しているに違いありません。提案者はまさしく正しかった。大工協会は死の手紙が読みあげられると、即座に、できるだけ早く棺桶の製造を再開するべく、個々の会員に通知しており、ただちに傘下の職人は大量の発注を受けたばかりか、すでにフル回転で作業にとりかかったという情報がつぎつぎに入ってきていた。もちろん、働くのは労働基準法に違反する時刻ですが、と大工協会の広報担当が言った、国家の緊急事態ですので、われわれの法務担当は政府も目をつぶらざるをえないと確信しております、また、さらにありがたいことに、この初期段階において供給される棺桶は、顧客が慣れ親しんだ、磨き、光沢、蓋の十字架といったものが高品質仕上げになるとは保証できないとしても、葬儀の重圧が減りはじめる第二段階になれば元通りになりますし、製造工程においては根本的な部分である責任の重さに留意して進めてまいります。葬儀業界の代表のあいだからは、さらに温かな、変わらない拍手が送られた。いまでは各部門でたがいに祝福すべき理由がいろいろとあった。これからは埋められない死体も、支払われない請求書もなくなるだろう。墓掘りは、と提案した男が聞いた、墓掘りたちは言われたことをするものだ、理事長が苛立たしげに答えた。そんなことはなかった。別の電話によって、墓掘り業者がかなりの賃上げを要求していることが明らかになった。いかなる時間外手当についても現行の三倍はほしいという。これは地方議会の問題だ、と理事長が言った、彼らにまかせればいい。われわれが墓地に行ったとき、墓掘り業者がいなかったらどうします、と書記がたずねた。議論は激しさを増した。午後十一時五十分、業界団体の理事長は心臓発作を起こした。そして午前零時ちょうどに絶命した。

それは大虐殺以上のものだった。死（モルト）の一方的な停戦が続いた七カ月間、死に瀕した六万もの人びとが順番待ちリストに並んでいた。正確に言えば、その数は六万二千五百八十人であり、すべての人が人間の非難に値する行動にしか比べるものがない致命的な力に襲われて、一瞬のうちに死のやすらぎに落ちた。ところで、わたしたちはこんなことも感じるのだ。死（モルト）が、彼女自身が、たった一人で、外的な力を借りずに殺してきた人数が、つねに人間が殺してきた数よりはるかに少ないと言っておくべきだと。好奇心の強い人なら、不思議に思うのではないだろうか。わたしたちがどのようにして、同時に永遠に目を閉ざした人が、正しくは六万二千五百八十人いたという数字を知っているのか。それはとても簡単なことだ。この一件が起こった国の人口がおおむね一千万人だと知っていれば、死亡率がだいたい一パーセントだとして、初歩的な算数とは言わないまでも、二回の単純な掛け算、割り算と、月間および年間の比率を考慮すれば、平均値だと思われる妥当な人数を狭い数値域にしぼりこめる。この妥当という言葉は、かりにあまりに突然、予期せぬ形でやってきた葬儀社の業界団体理事長の死を、不確定要素として算入するかどうかによって、六万二千五百七十九、あるいは六万二千五百八十一のどちらかを選んだかもしれない、という意味で表現されたのである。とは言いながら、翌朝から計算の始まる死者の総数によって、わたしたちの計算の確かさが証明されることには自信がある。また別の、つねに語り手につっこみを入れたがる好奇心の強い人が首をかしげるのは、どうしたら医者たちが、まぎれもなく死んでいるのに法的に死んだと見なせない人がいると察知して、義務を果たすべく家にはいっていけるのか、ということだ。言うまでもなく、死者の家族が代理人もしくは開業医を呼ぶケースはあるだろうが、それだけでは十分な説明にならない。なぜなら、完全に異常な状況において、記録的短時間で、公的に処理していかなければならないのだから。さらに、不幸は一人ではやってこない、ということわざが真実であることを再度確かめるまでもなく、この状況に当てはめるなら、家庭で突然死人が出れば、続いて急速な腐敗が起こるのである。そのとき首相というものが偶然高い地位についたわけではないことが実証された。それぞれの国で絶対的な英知が繰り返し断言しているように、人はそれぞれにふさわしい政府を手に入れるのだ。ただし、より明確にするなら、首相たちは良かれ悪しかれすべて同じとは限らず、人びともまたすべての国で同じではないと言っておくべきだろう。ひとことで言えば、場合（デペンデ）による。二語で言いたい人は、あるがままに（イ・コンフォルム）。いずれわかることだが、どんな立会人も、たとえ不公平な判定を下しがちな者でさえ、政府が状況の重さに対処できることをみずから証明したと、ためらいなく承認するはずだ。人びとが、あの最初の、おいしい、あまりに短すぎた不死を無邪気に享受した喜びの日々のさなか、未亡人となったばかりのある女性が、新しい幸せを祝おうと、花で飾られたダイニングルームのバルコニーに国旗を下げたことを、わたしたちはだれもが憶えている。それから二日たらずで、この習慣が野火のごとく、感染症のように全国へと広がったことも。絶えまない、耐えがたい、失望の七カ月のあと、こうした国旗はほとんどが姿を消し、残ったものも日光で色あせ、雨で洗われ、中央に置かれた紋章すらぼやけた図柄と化し、悲しげなボロきれ同然となっていた。そこで政府は予期せぬ死の復活による付随的な損害を緩和するべくさまざまな緊急対策を打ちだしたが、ここでも称賛に値する先見の明を発揮して、国旗を合図のしるしとして再利用させた。たとえば、アパート三階の左側の家で死人が待っているとわかるように。こうして、憎き運命の女神(バルカ)によって傷つけられてきた家族たちは、家族の一人に国旗を買いに行かせ、窓から吊りさげると、死者の顔からハエを払いのけながら死亡証明を出す医者がやってくるのを待った。そのアイデアは効果的なだけでなく、きわめて優雅でもあったと認めざるをえない。それぞれの町、村、集落の医者たちは、車で、自転車で、徒歩で、ただ国旗を探して通りを巡回し、合図が出ている家に行って、機械や道具を使わずに純粋に見た目で死亡を確認すればよかった。というのも、緊急の規模が大きすぎて、厳密な検死ができるわけはなく、葬儀社が原料の明確な性質に関して心配することがないように、サインをした一枚の紙を残したのである。すなわち、ことわざを使って言うなら、死者のいる家へ行ってもミイラ取りはミイラにならない、というわけだ。いずれお気づきになるだろうが、この国旗の賢い使用法には、もうひとつの狙いと利点があった。最初は医者への案内だったが、さらに遺体を準備しにやってくる業者への標識となったのだ。大きな都市部の場合、とりわけ首都では、比較的小さな国とはいえ大都会だから、市街地の行政区が細かく分けられており、そのためあの不運な業界団体の理事長が元気にのべたように、利益の分配の割り当てが決めやすく、時間と競争するなかで人間の積み荷を輸送する大きな助けとなった。国旗はまた別の、予想もつかない不測の行動をもたらした。それはわたしたちが、懐疑的な物の見方を組織的かつ情熱的に培養すると、いかに間違う可能性があるかを示していた。一部の市民が高潔ぶった仕草を始めたのだが、彼らは伝統に深く根ざした礼儀正しい社会的ふるまいを重視する人びとで、つば付きの帽子をかぶり、飾られた窓を通りすぎるときに帽子をひょいと持ちあげるのである。こうして、そうするのが人が死んだからなのか、あるいは国旗が国家の神聖な象徴だからなのか、立派な疑惑をあとの空気に残していった。

新聞の売り上げは、言うまでもなく、死が過去のものになったように思われたときより、さらに跳ねあがった。あきらかに多くの人びとが身に降りかかった大変動をテレビですでに聞いており、家に死んだ縁者を抱えていてバルコニーに国旗を出しながら医者の到着を待っていたが、昨夜見た小さな画面のなかの代表取締役会長の緊張した姿と、家に帰って暇つぶしに読み返そうかとポケットにつっこめる、強調して飾り立てた黙示録的見出しのある激しい扇動的な紙面との違いが、たやすく理解できたのである。そうした新聞の目立つ見出しの例を、少ないながらもいくつか紹介しておくと、天国のあとに地獄、死が踊りだす、短く終わった不死、またも死の宣告、チェックメイト、これからは予告あり、訴えもできず不服も言えず、紫色の紙の手紙、わずか一秒以内に六万二千の死、死が午前零時に襲う、運命は避けられず、夢から覚めて悪夢へ、正常に帰る、われわれは何をしてこうなった、などなどである。すべての新聞が、一紙の例外もなく、第一面に死の手紙の全文を掲載していたが、ある新聞は読みやすくするために枠で囲み、活字を十四ポと大きくして、句読点や構文を修正したり、動詞の時制をととのえたり、最後のサインも含めて適宜一部を大文字に変えるなどしていた。つまり耳で聞くかぎりではわからないが、そこでは死が小文字から大文字となっていたため、同日、書状の筆者自身から同じ紫色の紙による憤慨した抗議が届けられた。新聞の校正責任者の公式見解によれば、死（モルト）は基本的な書き方の初歩さえ習得できていないということだった。それから、と校正責任者は言った。美しくあるべき手書きの筆跡においても、ラテン語のアルファベット文字を形づくるときの、ありうる変形を、よく知られたありったけの方法を組み合わせた、まるで別の人によって書かれたかのような、奇妙な不規則が見られるが、まあそれは許してもかまわないし、めちゃくちゃな構文に比べれば小さな欠陥ともいえる、というのは、句点を用いないとか、必要不可欠な部分に括弧をいれず、偏執的に改行をせず、適当に読点を乱発し、わけても最大の罪といえるのは、故意に、ほとんど悪魔のように大文字を全廃しており、それが手紙の署名の際にも省かれて、想像できるだろうか、小文字のｍが使われているのだから。これは失礼であり、侮辱だ、と校正責任者はつづけて、過去の文学の天才たちと出会ってきた、金では買えない特権を持つ死（モルト）がこんなふうに書く以上、われわれの子どもがこのような文献学的怪物を真似でもしたらどうするというのか、死（モルト）がこの世界にいた時間の長さを考慮すれば、彼女は知識のすべての部門について知悉（ちしつ）していなくてはならないのに、として、以下のように結論した。このゾッとする手紙に満載された統語、すなわち文を構成する仕組みの、くだらない誤りのせいで、わたしはそれが恐ろしい脅威の発生した不快な現実と痛ましい証拠でないとしたら、ある種の大がかりで不器用な信用詐欺ではないかと思ってしまう、と。前述したとおり、同日の午後、一番忙しい時間帯に死（モルト）からの手紙がその新聞社に届き、彼女の名前をオリジナルの表記に直せと要求してきた。拝啓、わたしは大文字Ｍの死ではありません。小文字ｍの死です。大文字の死はあなた方には着想することすらできないものです。校正責任者さん、どうぞ注意してください。わたしはあの前置詞のある表現法を完成させてはいません。あなた方人間は日々の小さな死しか知りませんし、それがわたしなのです。こちらは最悪の災害のなかにあっても、命の持続を止めることができません。いずれあなた方は大文字のＭの死がどういうものか発見しますが、それは彼女があなた方にその時間を与えることのなさそうな出来事において、のことなのです。そのとき、仮に与えられたなら、あなた方は相対的と絶対的、満杯とからっぽ、存命と絶命の、実際の違いを理解するでしょう。ここでわたしが実際の違いと言いますが、それは相対的、絶対的、満杯、からっぽ、存命、絶命といった言葉だけではけっして表現できないものです。なぜなら、校正責任者のあなたがそれを知らないなら言っておきますが、言葉は動きます。昨日から今日へと影のように落ち着かず、変化するのです。言葉はそれ自体が影であり、現存すると同時に存在するのをやめている、石鹸(せっけん)のあぶく、ささやき声がかろうじて聞きとれる貝殻、たんなる木の切り株です。あなたにはこうした知識をただで与えますが、その一方で、あなた自身が読者に生と死がある理由を説明することにも関心を持っています。そこで、このわたし本人によって書かれた手紙のそもそもの目的に戻ると、テレビで読みあげられたものと同じページに同じポイントの活字によって、誤り、脱落も含めて一字一句そのまま正確に掲載することを報道の規定によって履行するよう求めます。もしもこの手紙の全文が掲載されなければ、校正責任者のあなたはすぐさま翌朝、わたしが数年間保存しておいた予告の手紙を受けとる危険を冒すでしょう。あなたが余命を台無しにしないように。何年とは言いませんが。他に書くこともないから、ここに名を記しておきます。死(モルト)。翌日手紙は、編集主幹の度をこえた謝罪文とともに、時間どおり、オリジナルと一字一句たがわないものが、同じ十四ポの活字により、囲みに入れられた形で掲載された。新聞が販売ルートに乗ると、編集主幹は脅迫状を読んだ瞬間に身を隠した穴ぐらからようやく姿を現した。その怯えぶりはひどく、ある重要な専門家が手ずから持ってきた筆跡学の分析報告を記事にすることさえ拒んだほどだった。死のサインを大文字のMで印刷しただけでも、どっぷり首まで泥に浸かったんだ、その筆跡鑑定はよその新聞に持ちこんでください、ともかく二度とあんな恐怖に遭わないように、これからは神がどう思し召しても不幸は分かちあいましょう。筆跡鑑定家は別の新聞社を訪ね、さらにもう一社、また一社とまわったあげく、すでに希望をなくしていたが、昼夜ぶっとおしで何時間も拡大鏡を手に労苦と精力をかたむけた迷宮のように複雑な作業の成果を、ついに四社目の新聞社で受け入れようという人物に出会った。分量のある充実した分析報告書は、筆跡鑑定が人相学の部門のひとつに端を発している、という指摘から始まっていた。他の部門である精密科学、物まね、身ぶり手ぶり、パントマイム、音相学といったものに馴染みのない人びと向けの情報のあと、彼はこの難解なテーマに一流の権威を持ちこんだ。たとえば、カミッロ・バルディ〔十六世紀イタリアの哲学者〕、ヨハン・カスパー・ラヴァーター〔十八世紀スイスの宗教家〕、エドゥアール・オーギュスト・パトリース・ホカール〔十九世紀フランスの出版者〕、アドルフ・ヘンツェ〔十九世紀ドイツの作家〕、ジョン・イポリット・ミション〔十九世紀フランスの考古学者、書記学者〕、ウィリアム・ティエリ・プレイヤー〔十九世紀ドイツの生理学者〕、チェーザレ・ロンブローゾ〔十九〜二十世紀イタリアの精神科医、犯罪人類学者〕、ジュール・クレピュー・ジャマン〔十九〜二十世紀フランスの書記学者〕、ルドルフ・ポファール〔二十世紀ドイツの神経学者、筆跡学者〕、ルートヴィヒ・クラーゲス〔十九〜二十世紀ドイツの哲学者、科学的筆跡学の創始者〕、ヴィルヘルム・H・ミュラーとアリス・エンスカット〔二十世紀ドイツの筆跡学者〕、ロバート・ヘイス〔二十世紀ドイツの筆跡学者」といった人びとだ。彼らのおかげで筆跡学は心理学的ツールのように、筆跡学的な細部とそれらを全体として扱う両面について具体的な分析をおこない、改良されてきたのである。つぎに、われらが筆跡学者は、欠くことのできない歴史的事実を並べて、主な特徴を徹底的に明確化することをはじめた。すなわち、大きさ、筆圧、空きの間隔、余白、角度、句読点、上に向かう線や下に向かう線の長さ、あるいは別の言い方をすれば、強さ、外形、傾き、方向、そして視覚的な形のなめらかさ、といったものだ。ここでようやく、彼は研究の目的が、臨床診断でも、人格の分析でも、職業的適性を検証することでもないとはっきりのべた。この専門家が焦点を当てたのは、この手紙の一行一行に露わとなった犯罪学的世界へのつながりを示す証拠だった。とは言いながら、と彼は険しく不機嫌な調子で書いている。わたしは解決する道が見えない矛盾に直面しており、その解があるとは到底思われないのである、この順序立った細かい筆跡鑑定のあらゆる方向が、手紙を書いた女性がいわゆる連続殺人者と呼ばれる存在であることを指しているのは真実である、その一方、別の同じく反論しがたい真実もまた最終的にわたしに押しつけられるのだ、それが前段の見解をかなりの部分で葬り去る、つまり手紙の書き手が死んでいるということだ、だから、死である彼女自身もこのことを確かめるすべがない。あなたの言うとおり、と彼女は博識を披瀝した分析を読んで言った。だれもが理解できないのは、かりに彼女が死んでいて、骸骨にすぎないなら、どんな方法で殺せるのか。さらに言うなら、どうやって手紙が書けるのか。これらの謎はけっして解明されないだろう。

生死が宙ぶらりんだった六万二千五百八十人に真夜中の運命の発作が起きたあとの出来事を説明するのに忙しく、わたしたちは老人ホーム、病院、生命保険会社、マーフィア、教会、なかでもこの国最大の宗教であるカトリック教会といったところに影響を及ぼした、状況の変化にともなう省くことのできない反応について、この、より適切なタイミングまで、あとまわしにしてきた。カトリック教会の場合は、われらの神イエス・キリストが、もしもわたしたちの知るかぎり最初で一度きりの世俗的人生を初めから終わりまで、繰り返すことになったとしても、他の場所では生まれたくなかっただろうと広く信じられている。で、まず老人ホームだが、雰囲気はほとんどみなさんが予測するとおりだった。憶えているだろうか、この驚くべき出来事が始まったときに説明したように、連続した入退所者の確保がこうした施設の経営には必要不可欠だから、死の復活は、各施設の運営上、確実に喜びと希望の回復をもたらした。死(モルト)から送られた有名な手紙がテレビで読みあげられて生じた最初のショックのあと、各ホームの所長はすぐに計算を始め、どの人も正しい答えを出した。真夜中になると、この思いがけない常態への復帰を祝って、かなりの数のシャンパンが飲まれた。そうした行動は、人の生命に対する不快な無関心や侮蔑を示すもののように見えたかもしれないが、じつのところ完全に自然な安堵感というか、鬱積した感情をぶちまける必要があったのである。その喜びを何かにたとえるなら、鍵を失くして外に立っている人の前で突然ドアが開き、太陽の光が差しこんできたときに味わうものと言えるだろう。実直な人びとは、さすがに騒々しく軽率にシャンパンを誇示するのはどうか、お祝いをするならコルクをぽんと抜いたり、グラスからあふれさせたりせずに、ポートワインかマデイラ酒をほどほどに、コーヒーにコニャックかブランデーをひとたらしするくらいで十分ではないかと言うだろうが、わたしたちは幸せな気分に支配されると、簡単に精神のたがいがはずれることを知っている。さらには、それを咎めるべきなのに、いつも赦してしまえるのだ。翌朝、各ホームでは所長が家族を呼んで遺体を引き取るようにと告げた。それから部屋の換気をし、シーツを替え、スタッフ全員を集めて、とにかく人生は続くのだと話すと、彼らはすわって入所希望者の予約リストを調べ、一番有望だと思われる人を選ぶ作業にとりかかった。すべてが同じだとは限らないが、利点を同じくする病院経営者や医療関係者のムードも一夜のうちに改善されていた。しかし以前ふれたように、永遠と判断された疾病の段階についてこう言ってよければ、救いようがなく、病気が末期や最終段階の大勢の患者たちは、すでにそれぞれの家や家族のもとへ送り返されていた。哀れにも不運な人びとにとって、どんな世話が望ましいのか、と彼らは善人ぶって聞いたものだ。とはいえ真実を言えば親族がわからず、老人ホームから請求される利用料を支払えない多くの人びとがおり、こうした称賛される支援施設の古い習慣がそうであるように、昨日も今日も、いつも、廊下だけでなく、物置部屋に、窪みに、隙間に、ぎゅうぎゅう詰めこまれていた。彼らはそこで一度に何日ものあいだ、ほとんど注意も払われずに放置されたのだが、それもそのはず、医者や看護師が言うようにどんなに病気が進行していようが、彼らは死ぬことができなかったのである。その人びとがいまは死んだ。そして運び去られ、埋められて、病院の空気にはエーテル、ヨード、消毒剤が香り、山で吸いこむもののように純粋で澄みきっていた。彼らはシャンパンの瓶をぽんと開けこそしなかったが、経営者と院長の幸せそうな笑顔は心のなぐさめになった。男の医者たちに関して言えば、女の看護スタッフに向ける視線が、伝統的な肉食系のまなざしに戻ったといぅだけで十分だろう。あらゆる意味での正常性が回復していた。リストの三番目である生命保険会社については、まださほど言うべきことがなかった。なぜなら、以前も細かく説明したように、変化する現在の状況のなかで、生命保険を売ることが有利になるのか、不利に働くのか、まだ結論を出せずにいたからだ。彼らは固い地面を歩いているという確信がなければ一歩も踏みださないし、最終的にそうするときには、自分たちが最高の収益を得るように立案した土台に新しい契約の根を張ることだろう。と同時に、未来が神の所有物になって以来、人はみな明日が運んでくるものを知らないがゆえに、保険会社はこれからもずっと、八十歳に達した被保険者を例外なく死者とみなすのだ。最低その鳥だけは確実に手にでき、あとはただ、明日さらに網のなかへ落ちた二羽を手にするかどうかが目撃されるだけのことである。しかし一部の者は、これまで以上に進退きわまる、両側に怪獣スキュラとカリブディスのいる狭い海峡に捕まった現在進行中の社会の混乱を最大限利用すべきだと提案し、生命表による死亡ラインを、つまり被保険者年齢を、八十五歳、いや九十歳にまで引きあげるのも悪い考えではないとするかもしれない。この変化を弁護する根拠は水のように透明だ。彼らは人びとがその年齢に達するときには、必要な世話をしてくれる親類縁者もおらず、実際にいたとしても、かなりの老齢だから全然当てにならない、と言うのである。しかも契約者の老人たちはインフレによって生活費がかさみ実質的に目減りする年金に苦しんでおり、となるとプレミアム年金の支払いも頻繁に中断されることになるので、各保険会社が個々の契約には有効性がないと主張する恰好の根拠をもたらすだろう。そんな不人情な、と抗議する人もいる。ビジネスはビジネスだ、と言う人もいる。どんな結末になるのか、いずれはわかる。

同じ時刻、マーフィアたちもやはり熱心にビジネスの話をしていた。率直に認めるなら、たぶんわたしたちが詳細に語りすぎたからだろうが、犯罪組織が葬儀屋の世界に空けた黒いトンネルの話から、一部の読者は、あれより簡単で儲かる道がないとは、どれほどマーフィアは能なしなのかと思ったかもしれない。だが、彼らが儲ける道は他にもあり、世界中に散らばっているお仲間のように、最高の利益を求める熟練した腕前でバランスをとり、戦略を用いているのである。この国のマーフィアはたんに目先の利益だけに頼るのではなく、目標をより高く掲げていた。家族たちの暗黙の了解のもと、見て見ぬふりをする政治家の承認もあり、安楽死の有用性を説いて、まさに人間の死と葬儀をまるごと独占しようと図る、すなわち彼らが見ていたのは永遠だった。と同時にそうすることによって、以前展開したイメージを使うなら、あるいはさらに厳密な専門用語を使うなら、つねに流量計を操作しながら水道の蛇口を開け閉めすることで、人口統計データを国家に役立つように一定にたもつのに一役買おうとしたのである。

少なくとも初期段階では生産スピードの上げ下げができなかったとしても、国境への旅を加速させたり遅らせたりする力を持っていたのだろう。国境といってもこの場合は地理的なものではなく、永遠の前線という意味なのだが。わたしたちが部屋にはいったまさにそのとき、議論の焦点は、死の復活以来不活発化している労働人口をどうしたら最適化して使えるか、にしぼられていた。テーブルの周囲から出てくる提案は少なくなく、なかにはかなり過激なものもあったが、彼らは昔から実績のある方法を選んだ。複雑な仕組みを必要としない、いわゆる見ヶ〆料ビジネスである。するとその翌日、北から南まで、国内の至る場所で葬儀社のドアから二人組がはいってきた。たいがい男たちだったが、なかには男女の場合もあり、ごくまれには女二人の組み合わせもあったが、礼儀正しく店長に話があると頼み、店長がやってくると同じように丁寧に、葬儀に危険が及ぶ可能性があり、場合によっては、爆弾、火災など、たとえば世界人権宣言に謳われた永遠の命の権利を受けいれろと要求する違法な市民団体の活動家による破壊行為さえ起こりうるのだと説明した。活動家たちは興奮していらいらしておりまして、こちらの葬儀社のように、遺体を最後の安住の場所へ運ぶ人びとだからという理由で、罪のない会社に怒りの矛先を向け、復讐の鉄槌を下してやろうと決意しているのですよ。二人組の片方が言った。抵抗次第では経営者や店長、ならびその家族、でなければ従業員の一人や二人などの殺害もふくめて、組織的な攻撃の火ぶたが、明日この場所か別の場所で、切られると聞いております。わたしどもで何か対策はとれませんか、と店長ががたがた震えながらたずねた。だめですね、あなたは何もできません、ただしご希望なら、わたしたちがお守りしますよ。ああ、もちろん、そうですよね。いくつか条件はありますが。どんな条件でもかまいません、どうか守ってください。第一に、この話はいっさい他言無用です、あなたの妻にも。でも、わたしは結婚しておりません。それはどうでもいいです、あなたの母にも、祖母にも、叔母にもお話しにならないように。唇に封をします。それは結構、そうでないと、永遠に封がされる危険がありますから。他にどんな条件が。あとひとつだけ、わたしたちが請求する金額を支払っていただきます。支払う。保護するには業務を立ち上げなければなりません、それには経費がかかります。ああ、わかります。仮にの話、わたしたちはそれだけの報酬をいただけるなら人類すべてを守ることだってできますが、いつも時代は別の時代に続いていきますから、まだ希望を持っていられるんです。はあ、なるほど。呑み込みの早いお方は幸運ですよ。で、お支払する額は。この紙に書いてあります。お高いですな。相場です。で、年額ですか、それとも月額。一週間分です。でも、そんなお金はどこにもないんです、葬儀屋なんてたいした稼ぎじゃないですから。ご自分の命に価値があるかどうか、こちらからあなたに聞かないのは幸運なことなんですがね。たしかに、命はひとつしかないが。それを失くすのは簡単です、だから大事にしたほうがいいと助言しているのです。いいでしょう、考えてみますよ、共同経営者に話す必要がありますので。二十四時間差し上げますが、一分たりとも超過はできません、過ぎたらわたしたちは手を引き、すべての責任はご自分一人で負うことになります、何かがあなたに起こるとしても、最初は致命傷ではないと思いますよ、そうなったらまた話し合いにやってきますが、もちろんそのときの請求額は二倍になりますし、あなたには支払う以外に手がありません、あいう市民団体が永遠の命をどれだけ執念深く要求するか、想像もつかないほどですから。わかりました、支払います。前金で四週間分お願いします。四週間分。あなたの葬儀社は緊急の事案です、先ほども言いましたが、保護業務の経費はずいぶんかさむのです。現金ですか、小切手ですか。現金です、小切手となると別の金額となり、別の取引になります。店長は奥に引っこんで金庫を開け、紙幣を数えて、彼らに手渡した。領収書をください、でなければ、保護することを保証する書類か何かを。領収書はありません、保証書もです、わたしたちの言葉が名誉をかけた契約ですから、それで満足しなければね。名誉。そうです、名誉です、わたしたちが名誉にどれほど重きを置いているか、わからないでしょうね。問題が起きたら、あんた方にはどうやって連絡するんです。ご心配なく、こちらから出向きますので。見送りましょう。いや、結構です、お店のことはわかっています、棺桶の保管室の先で左にまがり、修復室を過ぎて廊下を進むと、受付と道路に出るドアがある。じゃ、大丈夫ですね。方向感覚がよく発達してまして、絶対に迷うことはありません、たとえば五週目になったら、別の者がつぎの支払い分を受け取りにやってきます。その人で間違いないと、どうやって判断するのです。その者を一目見たら、疑問は湧きませんよ。では、これで。はい、これで、お礼の言葉は不要です。

最後に、締めくくりとなるローマ・カトリック使徒教会は、それ自体を喜ぶに足る理由がたくさんあった。彼らは最初から死の廃止は悪魔の所業であること、そして、神を助けて悪魔のしわざと闘うためには、何よりも不屈の祈りがもっとも強力だということを確信していた。それは慎みの美徳をいったん脇へ片づけ、彼らが普段から啓発している小さな努力や犠牲ではなく、最悪の恐怖から哀れな人類をできるだけ早く救えるように死の帰還を実現してくださいと神に頼むことが目的の、祈りの国民的キャンペーンを成功させて素直に祝うためである、引用終わり。こうした祈りが天国に届くまでに八カ月近くかかったわけだが、火星に到達するのに六カ月かかることを思うと、想像がつくだろうが、地球からおよそ三百億光年先にある天国は、それよりかなり遠いように思われる。つまり、教会の正当な満足には暗雲が垂れこめているのだ。神学者たちは、少なくとも、終油の秘蹟の恩寵を奪われ、それを言う暇もなく息をひきとった六万二千もの死者に与えられる最後の儀式を考慮しないまま、神が死の突然の帰還を命じた理由について議論したものの、合意には至らなかった。はたして神が死に対して影響力があるのか、あるいは反対に、死が神より上の階層にあるのか、という不安な思いが、聖なる団体の心臓や精神を静かにかじりつづけた。神と死が同じコインの表と裏であるという大胆な判断が、ひどい冒瀆と呼ぶほど大それた異端ではないと考えられるようになっていた。ともかく水面下の実際の動きはそんなふうだが、一方で、部外者にしてみると、教会の主たる関心事は、皇太后陛下の葬儀における役割分担であるようにも見える。さて、平凡な六万二千の死者は無事、最後の休息の地に着き、もう都会の交通を渋滞させることもなくなった。いよいよぴったり合った鉛の棺桶におさまる尊敬すべきレディを、王家の殿堂へ運ぶときがやってきた。新聞各紙が足並みをそろえたように、これは一時代の終わりだった。

ますます稀（まれ）になりつつある上品な教育のおかげで、さらに、おそらく書かれた言葉が多かれ少なかれ臆病な心に吹きこむ迷信的な敬意のおかげで、苛立って当然の理由が山ほどあるにもかかわらず、読者はわたしたちが語ってきた過剰な報告を妨害したり、死（モルト）が帰ってくると公表した運命の夜以来何をしてきたのか、教えてくれと迫らなかったのかもしれない。ここでは、老人ホーム、病院、保険会社、マーフィア、カトリック教会がこの異常事態のなかで演じた重要な役割を考えると、彼らがこの突然の劇的な状況の展開にどう対応したか、細かく豊富に説明するのが一番ふさわしいように思われる。だがもちろん、もしも死（モルト）があの公表のあと、予期せぬ感心な同情のそぶりを見せ、ただちに莫大な数の死体を埋めざるをえなくなることを考慮して、古い軸に戻すためにもう数日ほど生きている時間を与えようと、死の不在の延長を決断しなかったら、それ以外の新たな死者、すなわち以前の体制が回復した最初の数日間に死んだ人びとは、何カ月ものあいだこことあちらのあいだにいた不運な人びとと一緒にされただろうし、その後、そうした新しい死についても筋道として話すことになっただろう。しかし、実際には違って、死（モルト）はそれほど気前がよくなかった。その間だれもが死なず、当初は現実に何も変わっていないという幻想が生まれた一週間の休止は、たんに死と命ある人間のあいだの関係を支配する新ルールのせいで生まれたものだった。つまり、これからはいわば支払期日まで、まだあと一週間は生きられる、という予告を全員が受けとるのである。そのあいだに、人は用事を片づけ、遺言を書き、未納の税金を支払い、家族や親しい友人に別れを告げておく。理屈の上では、うまい考えのようだが、すぐにそうではないとわかる。想像していただきたいのだが、せいぜい頭痛に苦しむぐらいで優良な健康を楽しみ、主義としても、明快かつ客観的な理由からも楽天的に生きている男が、ある朝、家を出て仕事に出かける途中、顔なじみの親切な地元の郵便配達員に出会い、ちょうどよかった、なになにさん（セニョール）、手紙が来てますよ、とその手に紫色の封書が渡される。とくに注意を払わないのは、たぶんこれもよくあるダイレクトメールの一種だろうと思ったからだが、それにしては宛名の手書き文字が一風変わっており、それがあの新聞に印刷されていた有名なコピー画像の筆跡とよく似ているのだ。もしもその瞬間、男の心臓がびくっと飛びはねたなら、そして避けられない不幸の嫌な予感で頭がいっぱいになり、そんなことはできないのだが手紙を拒もうとしたなら、まるでだれかにそっと肘を支えられ、捨てられたバナナの皮で足をとられないように階段を降りるのを助けてもらうか、自分の足を踏んづけてつんのめらないように街角を曲がるかすることになるだろう。封筒を細かく千切ろうとしても無駄な話だ。というのも、だれもが知っているように、死(モルト)から届けられた手紙は定義上破壊不可能なのであって、それこそ最大火力にしたアセチレントーチでも燃やすことはできない。無邪気を装ってぽいと捨てようとしても、手紙は指に糊(のり)でくっついているかのように落ちない。つまり同じく無駄な抵抗であり、なんらかの奇跡から不可能なことが起こっても、善良な市民が拾い、気づかなかったふりをして急ぎ足で歩いていく男を追いかけて言うのである。これはあなたの手紙だと思いますよ、大事なものかもしれません。すると男は悲しげに、ああ、大事なものです、わざわざお手間をとらせて申しわけない、などと返事をせざるをえないのだ。だが、こうしたことは当初しか起こらない。死が葬送の通知の使者に公共の郵便サービスを使うことを、まだ、ごく一部の少数の人びとしか知らない時期にしか。何日かするうちに、紫色はあらゆる色のなかで黒以上に一番の嫌われ者となるだろう。黒と言えば喪を象徴するものだが、喪服を着て喪に服するのは死者ではなく生者だと考えると、いくら前者が黒をまとって埋められる傾向があるとはいえ、これは完全に理解できることである。想像していただきたい。仕事に出かける途中で、いきなり郵便配達員の姿かたちをした死が自分の小道に踏みこむのを見たときの男の当惑、恐怖と混乱を。しかもその郵便配達員は間違いなく二度ベルを鳴らさない。というのも、もし途中で受取人と出会わなければ、彼はただ関係する郵便受けに入れるか、ドアの下からすべりこませるかするだろうから。男は歩道のまんなかでその場に立ちつくしている。体はどこも悪くないし、頭の中身も詰まっている。どれほどしっかりしているかと言えば、いま恐ろしいショックの最中でも痛みがないのだ。突然世界は彼のものではなくなり、彼もまた世界のものではなくなった。両者はたがいに一週間レンタルしている状態で、仕方なく開けたばかりのこの紫色の手紙によれば一日の猶予もない。眼にはこぼれそうな涙がたまり、書かれた文面さえ読めないくらいだ。拝啓、残念ですが、あと一週間で決定的に容赦なく、命が終わることを通知します、あなたに残された時間を悔いなくお使いください、敬具。死（モルト）。サインの綴りは小文字のmで始まっている。知ってのとおり、ある意味でそれが起源を証明していた。男はためらい、郵便配達員がなになにさん（セニョール）と呼んだのは、自明のことながら性別が男だからであり、彼は家に行って家族にこの決定的な宣告について話そうか、それとも反対に、涙をぐっと呑みこんで仕事の待つ職場へ行き、残された日々を埋めようかどうしようかと考えている。それからようやく、死（モルト）よ、汝の勝利はどこにあったのか、と問いかける気になるのだが、もちろん返事がないことも心得ている。なぜなら、死（モルト）はけっして返事をしない。彼女がしたくないから、ではなく、人間の最大の悲しみに対して言うべきことを知らないからだ。

　街の通りでのこのエピソードは、だれもが顔なじみのごく小さな場所でのみ起こることだとしても、人生もしくは存在と呼ばれる一時的な契約の終端に死（モルト）が設けた、コミュニケーション・システムの不便さを雄弁に物語っている。これはわたしたちが毎日ふんだんに見ている他の事例のようなサディスティックな残酷さの表れと言えるが、なにも死（モルト）が残酷である必要はなく、人びとの命を取りあげるだけで十分すぎるのである。彼女はただ単純にそこまで熟慮していなかった。七ヵ月以上に及ぶ長い中断を終えたいま、彼女は自分の支援サービスの態勢を立て直すことに夢中になるあまり、個々に差し迫った死を警告された男女たちが発する絶望と苦悶（くもん）にみちた泣き叫びに、目も耳も貸すことがなかった。絶望と苦悶の感情は、一部に見られるように、彼女が予想したものとは正反対の効果をもたらしており、消えると宣告された人びとは、用事を片づけもせず、遺言を書きもせず、未納の税金を支払うわけでも、家族や親しい友人に別れを告げるわけでもない。彼らはそれを最後の最後までとっておき、もちろん、もっとも憂鬱な別れのときには、それでも足りないのである。死またの名を運命の深遠な性質に関する認識不足について、新聞各紙はこれまでよりさらに激しく彼女へ怒りをぶつけた。無慈悲、非情、暴君的、意地悪、残忍、不実、裏切り、吸血鬼、悪の女帝、スカートをはいたドラキュラ、人類の敵、殺人女、そしてここでも、連続殺人者（シリアル・キラー）、さらには、コピーライターから皮肉をぎゅうぎゅう絞りとるおフザケ週刊誌などは、クソムスメなる珍語までひねりだした。幸いにも、一部の新聞ではまだ良識が主権をにぎっていた。この王国でもっとも尊敬される新聞の一紙は、一番手の全国紙でもあるのだが、死（モルト）に対して、もちろんつねに彼女の居所、彼女の洞窟（どうくつ）、彼女の隠れ家、彼女の本拠地を新聞社が見つけられることを前提としたうえで、友愛精神をむねとする、胸に手を置いた隠しごとのない率直で自由な話し合いを求めた。また別の新聞社は、警察当局が文具店、製紙会社を捜査すべきだと提案した。というのも、紫色の封筒は、かりに人間の利用者がいるとしてもごく少数であり、最近の出来事を考えればその使徒書簡趣味をやめていることは確実だから、在庫を補給しようと現れた死の匂う顧客を捕まえるのは簡単だというのだ。また別の新聞社は、この新聞としのぎを削る関係にあるので、さっそくこのアイデアを愚かさの極みだとこきおろした。なぜなら、だれもが知っているように、死(モルト)は布に身を包んだ骸骨であり、彼女が手紙を投函するため舗道(ほどう)で骨のかかとをコツコツと鳴らしながら出かけるなどと考えるのは際限のない間抜けだけだ、というのである。印刷媒体に後れを取るまいと、テレビは郵便箱や円柱型郵便ポストを警察官に見張らせるよう内務大臣に助言したが、あきらかに代表取締役会長宛てに届いた最初の手紙が、二重に施錠された、窓が壊されてもいない執務室に出現したことを忘れていた。床、壁、天井には、ひびひとつ、カミソリ一枚すべりこませる小さな隙間さえなかった。実際、死を宣告された不運な人びとにもっと慈悲の心を見せろと、死(モルト)を説得することはたぶんできるだろうが、それをするには彼女を見つけなければならず、その方法も、その場所も、知る者はいなかった。

　そのとき、直接的にも間接的にも科学捜査という職業に関してあらゆる情報に通じたある法医学者が、骸骨から生前の顔を再現する高名な外国の専門家を招くというアイデアを思いついた。この専門家は、古い絵画や銅版画に描かれた死(モルト)の図柄、とくに彼女が頭蓋を見せているものを専門としており、眼窩(がんか)に目玉を入れ、ちょうどよいバランスで、髪の毛、まつげ、眉毛をくわえ、頬に色をつけて、目の前に完璧な頭部が現れるまで仕上げていくのである。そのあとこの顔を撮影した写真は千枚ほどプリントされて、大勢の捜査官が面会する女性の顔とくらべるため、財布に入れて持ち運ばれることになった。ただ具合の悪いことに外国の専門家が仕事を終えたとき、かなり未熟な目を持つ者が、選ばれた三つの頭蓋骨はそっくりだと言ったのにちがいない。おかげで捜査官は写真を一枚ではなく三枚携帯して仕事をせざるをえず、あきらかに必要以上に意欲的に命名されたこの死（モルト）の大捜査作戦がなかなか進まないことになった。疑う余地のないことが、ひとつだけ証明されていた、それはもっとも初歩的な図像学、もっとも複雑な命名法、もっとも難解な象徴学においてさえ間違いなく、死（モルト）は、顔立ち、特性、特徴から、疑いなく女性なのである。はっきり思い出せるだろう、死（モルト）の最初の手紙を分析した高名な筆跡鑑定家も書き手について、死（モルト）の性別は女性だというまったく同じ結論を出していた。ただし、純粋に習慣なのかもしれないが、書き手がなんらかの理由から、二、三の言葉遣いをのぞいて、男性的あるいは中性的な表現をするという傾向はあったのだが。すでに与えられている情報を忘れないようにしておくと、三つの顔はすべてが女性のもので、全員若く、たがいに似ていることはだれもがはっきりと見てとれるにしても、それぞれがある部分で違っていたという事実を強く主張しておきたい。たとえば、三人の異なる死（モルト）が存在して三交代制で働くというのは単純に信じられず、よって二人は除外すべきなのだが、問題をさらに複雑にするだけだとはいえ、本物かつ真正の死（モルト）の骸骨モデルが選ばれた三人のだれとも一致しなかったとしてもおかしくはない。合うかどうかは、たとえて言えば、闇に向かって発砲し、その弾道に慈悲深い人が標的を置くチャンスがあると期待するようなものである。

捜査が始まった。まずは当然ながら公共識別サービスの記録保管所に集められた全国の居住者の写真が、先住民も移民も、基本的な特徴に沿って、たとえば長頭型はこちら、短頭型はあちらといった具合に分類され、順序づけられた。結果は失望に終わった。もちろん、前にものべたように顔の再現のために選ばれたモデルが古い銅版画や絵画から採用されたので、実際にはだれもがこうしたたかだか一世紀を超えるほどの歴史しかない現代的な識別システムで、人間化した死(モルト)のイメージが見つからないとは予測されていた。しかし、一方で死(モルト)がつねに存在してきたことや、そして彼女が時代とともに顔を変えなければならない理由がなさそうなこと、そして極秘裡に暮らしながら、確実に、疑惑を招かずに仕事を遂行するのは困難に違いないことを念頭に置くなら、死(モルト)が偽名のもとに住民票を得ているという仮説を受けいれるのは完全に理にかなっている。みなさんよくご存じのように、死(モルト)にできないことは何もないのである。ともかくも事実としては、情報技術(IT)やデータ交換の才能のある人びとに助けを求めたにもかかわらず、捜査員たちは三つの死(モルト)のヴァーチャル・イメージになんらかの類似点がある女性の写真を一枚も見つけられなかった。すでに予見されていたことだが、そのあとは代替案がなく、情報の断片をつきあわせる警察官流の技能に頼った古典的な捜査法に戻るしかなかった。千人もの捜査官が駆りだされ、家から家へ、店から店へ、会社から会社へ、工場から工場へ、レストランからレストランへ、バーからバーへ、金をかけてセックスをする店さえ対象にふくめて聞き込みがおこなわれた。国中の女性が対象だとはいえ、捜査員のポケットにある三枚の写真をもとに、死（モルト）が見つかるとしたら三十六歳くらいの、たいそうな美人だとはっきりしていたので、未成年や中高年、老齢の人びとは除外されていた。捜査官が与えられたモデルに照らすと、だれもが死（モルト）の可能性があったが、だれ一人該当する者はいなかった。街路を、道路を、小道を延々と歩き、階段をのぼり、膨大な労力をついやして、その距離を端から端までつなげれば彼らそれぞれを空まで運ぶほどになったのちに、どうにか二人の女性を参考人とした。彼女たちは記録保管所の写真とは容貌が違っていたが、整形手術を受けたせいで、びっくりするような偶然の奇妙な一致により、再現されたモデルの顔との類似点が強調されていた。とはいえ、それぞれの経歴を細かく調べると、たとえ彼女たちの余暇の時間を考慮しても、プロ的にも素人的にも、これまで致命的な死（モルト）の活動に従事していた可能性は、疑う余地なくありえなかった。三人目の女性に関して言えば、家族写真から似ている参考人が浮かんだものの、昨年死亡した人間だった。単純に消去の手順を踏めば、死（モルト）の犠牲者だった人が死（モルト）であることは不可能だ。言うまでもなく、数週間にわたって捜査が続いているあいだも、紫色の封筒は選ばれた人びとの住所に届きつづけた。死（モルト）が人間との契約を変える気がないのははっきりしていた。

　ここで当然、人は問いかけるだろう。政府は一千万人の住民が暮らすこの国で毎日進行しているドラマを、ただ立ちどまって眺めているのかと。答えは二つある。片方は、そのとおり。

もう片方は、そうではない。肯定の場合、これは相対的な答えでしかないのだが、結局死ぬことは、人生でもっとも正常で普通のことであり、少なくともアダムとイヴの昔から純粋に繰り返される事実であり、親から子へと果てしなく受け継がれるひとつのエピソードだからだ。世界中の政府が、もしも哀れな老人が救貧院で死ぬたびに毎回国家をあげて三日間の喪に服すと宣言したら、国民のあやうい心の平和に多大な悪影響をもたらしただろう。否定の場合、たとえあなたが石の心臓の持ち主だとしても、一日平均三百人の不運がノックしにくる家の人びとのためばかりではなく、まさしく毎朝もっとも恐ろしい、頭上に糸で吊りさげられたダモクレスの剣の悪夢に苦しんで目覚める、あらゆる年齢の、あらゆる貧富の、あらゆる状態の、九百九十九万九千七百人の人びとにとっても、死(モルト)からやってくる一週間の待ち時間は本当の意味で共有する災難となっており、その明白な事実に無関心でいることは不可能なのである。破滅的な紫色の手紙を受け取った三百人の住民について言えば、自然なことだが、無慈悲な通告への反応はそれぞれの性格によってさまざまだ。上記の人びと同様、ジゼン・ホウキ〔事前放棄〕という造語がふさわしい歪んだ復讐心に駆りたてられた者は、遺言を書かない、未納の税金を支払わない、などと、市民および家族としての義務を果たさないことに決めた。ホラティウス〔紀元前一世紀古代ローマの詩人〕風のいまを楽しめ(カルペ・ディエム)という言葉をひどく堕落した解釈で行動する者も多かった。彼らはほんのわずかしか残されていない人生を無駄に使い、眉をひそめたくなる乱交、麻薬、酒をやり放題の乱痴気騒(らんちきさわ)ぎに身を投じるのだが、たぶんそうした過剰な狂乱に堕ちていれば、そのあいだに致命的な一撃が頭上にもたらされるか、さもなければ、神の稲妻がその場で、そのときに命を奪い、死（モルト）自身の爪にかかった身をさらってくれないか、そんなふうに彼女をあざむけば、死（モルト）がやり方を変えてくれないものかとでも考えるのだろう。また彼らと違い、冷静で、堂々とした、勇敢な人びとは、死神（タナトス）に作法を教えるものと信じて、自殺という過激な選択肢をとった。これはかつて手を使わない平手打ちと呼ばれていたものだが、当時の正直な信念によれば、肉体的努力をともなわない、倫理的、道徳的領域に起因する動きのため、いっそう痛いだろうというのである。もちろん、こうした試みはことごとく失敗した。ただし、期限の最終日まで自殺をとっておく、頑固な人びとは別として。それは死（モルト）にも応手が見つからない、そう、見事な一手である。

　名誉なことに、一般の人びとの深刻な感情をつかんだ最初の機関は、ローマ・カトリック使徒教会だった。わたしたちは私的にも公的にも、毎日のコミュニケーションで頭字語の使用が流行している時代にいるため、より簡単なicar〔igreja católica apostólica e romana の頭文字〕という略語でローマ・カトリック使徒教会を呼ぶのはよい考えかもしれない。教会が、希望の言葉、慰安、香油、痛み止め、魂の鎮静剤といったものを、ほとんどひっきりなしに求める錯乱状態の人びとで一杯になる理由に気づかなければ、まさに目が見えていないとしか言いようがない。そのときまで人は、死が避けられず、逃れることはできないものだと意識しながらも、同時に、多くの人びとが死ぬ運命にあるから、自分の順番がやってくるとすれば、ただ本当に不運な一撃なのだと考えて生きてきた。その同じ人びとがいまは、郵便配達員が来るかどうか、カーテンの陰からじっと見張りながら暮らしていた。あるいは、帰宅したとき、口を開けた血だらけの怪物よりも嫌な恐ろしい紫色の手紙が、ドアの向こうで待ち伏せて飛びだしてくるのではないかと震えていた。教会は一瞬たりとも仕事を休まなかった。深く悔いた罪人の長い列は、工場の組み立てラインのように後から後からつづいて、身廊（しんろう）を二重に取り囲んでいた。聴罪司祭の仕事もけっして終わらなかった。ときには疲れて気が散漫になり、あるいはまた突然醜聞にみちた詳細な話を聞かされて耳をそばだてるのだが、結局簡単に形式的（プロ・フォルマ）な赦しの秘蹟を与え、何度も何度もわれらが父と聖母マリアを唱えて、そそくさとした小声で罪が免じられた。一人の告白者が立ち去り、つぎの告白者がひざまずくまでのごく短い間に、聴罪司祭は昼食のチキン・サンドイッチをひと口頬ばり、その代償に夕食の楽しみをぼんやりと想像した。説教は不変のテーマである死についてだった。天上の楽園に生きてはいった者は一人もいないと言われており、そこに至るにはその道を通るしかないのだから。説教師たちは恐れおののく教区民をなぐさめるのに熱を入れ、迷わず公教要理（カテキズム）〔問答集の書〕の最高のレトリックや最低なトリックに頼って、ともかくエデンの園にのぼるための心の準備をする時間を死（モルト）がくれたのだから、先祖より幸運だと考えられると説得した。しかしながら、懺悔室（ざんげしつ）の臭い暗がりに閉じこめられた司祭のなかには、何がなんでも勇気をふるい起こさなければならない者たちもいた。というのも、まさにその朝、彼らも紫色の封筒を受け取っており、している話の治癒効果が疑われる理由を山のように持っていたからだ。

教会による心の癒（いや）しを真似して、厚生大臣がひどく絶望した人びとを援助するために大急ぎで派遣したセラピストにも同じことが起こった。心をさいなむ痛みを解放するには泣くのが一番の方法だと患者にカウンセリングをしながら、医者自身が翌日自分の郵便受けに同じような封筒がはいっているかもしれないと、いきなり激しくすすり泣くことが多々生じたのである。同じ不幸を受けいれた精神科医と患者は二人とも、泣き叫んでカウンセリングを終えたのだが、癒す側は、もし不運に見舞われても明日から七日間は生きていられる、つまりまだ百九十二時間あるのだと思った。彼も乱交、麻薬、酒をやり放題の小さな乱痴気騒ぎをやる場所があるという話は聞いていた。おかげであの世への通り道は楽になるだろうが、もちろんそうした過剰さのせいで、いざ天空の軽やかな玉座についたときに、この世への郷愁がいっそう強くなる危険をはらんでいた。

諸国の知恵と言われるように、どんな規則にも例外はある。普通は絶対に不可能だと思われるもの、たとえばどんなにバカバカしくて認められないような、例外のない死(モルト)の主権について実際にそれが生じたらしく、というのも、たまたま一通の紫色の手紙が差出人のもとへ戻ってきたのである。ありえない、と反論する人がいるだろう。死(モルト)は至るところにある存在だから、特定の場所にいるはずがないと。したがって、手紙の差出人の居場所、つまりわたしたちが興味を持つ手紙の発送場所を探して明確にすることは、物理的であれ形而上学的であれ不可能だと。また別の者は、そこまで推論的な言い方をせずに、異議をとなえるだろう。つまり千人もの捜査員が何週間もぶっつづけで、全国くまなく一軒一軒の家を、巧妙に逃げるシラミを細かい櫛の歯を使って探すように捜索しながら死(モルト)を見たことも匂いを嗅いだこともなく、これまで、どのように死の手紙が配達されたかについて何の説明もされない以上、返送された手紙が彼女の手に届くまでの謎のルートがどんなものかも、この先聞かされるはずがないのは明白ではないかと。わたしたちは謙虚にこの点も、さらにかなり多くのことが説明不足だったことを認める。そして読者の信じやすい気持ちを利用し、論理的な事実への敬意を踏みつぶしでもしなければ、説明を必要とする人を満足させる説明ができないことを告白する。この寓話の本来的な非現実性にさらなる非現実性をつけたせば、そうした欠陥がわたしたちの話の信頼性をひどく損なうことにも気づいているのだが、とはいえ、以上がどうであろうと、繰り返すと、何がどうあろうとも、件（くだん）の紫色の手紙が差出人に返ってこなかったことにはならないのだ。事実は事実である。つまりこの事実は、好むと好まざるとにかかわらず、避けられない種類のものだ。これを証明するのに、いまわたしたちの前にある死（モルト）のイメージ以上のものはあるまい。彼女は布に身を包んで椅子にすわっており、起伏のある骨張った顔には驚きの表情が浮かんでいる。紫色の封筒を疑わしげに眺め、こうした場合に郵便配達員が普通書くメモかなにかが封筒にないかと細かく観察する。たとえば、配達できません、宛名が不完全です、宛所に尋ねあたりません、転送先不明、返送日の日付、あるいは簡単に、死亡と。わたしはなんてばかなんだろう、と彼女はつぶやいた。どうして彼は死ぬことができるのか、彼を死なせるはずの手紙が開封されずに戻ってきたのに。彼女は最後の言葉をあまり気にせず考えていたが、すぐに思い出して、夢見るような声でそれを繰り返した。開封されずに戻ってきた。戻ってくることは、返送されることと同じではない、戻ってくるのは、ただ紫色の手紙が宛先に届かなかったという意味で、途中何かが偶然に起こり、元いた場所へ来た道を引き返しただけのこと、そんなことは郵便配達員に知らせる必要もない。手紙はただ運ばれるままどこかに行くのであって、足とか翼があるわけではない。おそらく手紙にはみずからの主導権が与えられていないのだ。もしそれがあれば、恐ろしい知らせが書かれているのはよくあることだが、手紙は運ばれるのを確実に拒絶するだろう。わたしのこの通知のように、と死（モルト）は公平に考えた。ある特定の日付に、あなたは死にます、と告げるのは最悪のニュースだ。それはまるで長年死刑囚監房で生きていた人のところに、看守がやってきて、手紙が来たよ、準備するんだ、と言うようなものだ。奇妙なことに、一緒に出した他の手紙はすべて無事にそれぞれの住所に届いている。そうならなかったのは、ラブレターで起こりがちな、その後どうなったかは神のみぞ知るとしても、わずか二ブロック、歩いて十五分足らずの距離に住んでいる相手に出した手紙が届くのに五年かかった、などというなんらかの偶然の出来事があったとしか考えられない。この手紙は、だれにも気づかれないでベルトコンベアーからベルトコンベアーへと移るあいだに、砂漠で迷った人が後ろに残してきた足跡しか歩き続ける手がかりを失ったように、出発点へと戻ってきたのかもしれない。もう一度発送すればいい、と死（モルト）は横にある大鎌（ガダーニャ）に告げた。大鎌は白い壁に立てかけられていた。人はまさか大鎌が返事をするとは思わないだろうが、これが例外ではないことが証明された。死（モルト）はつづけた。もしおまえを派遣すれば、迅速な方法を好むおまえのことだ、すでに問題は解消しているはずだが、最近はずいぶん時代が変化しているし、取るべき方法やシステムを現代に合わせて、新しい技術に追いついていかなければね、Eメールを使うとか、とても衛生的なやり方だと聞いているよ、インクの染みや指紋を残さずにすむんだ、それに速い、マイクロソフトのアウトルック・エクスプレスを開くだけで、ぱっと送れる、難しいのは二つの分かれたアーカイブと作業しなければならないこと、ひとつはコンピューターを使う人の、もうひとつは使わない人のね、ともかく、わたしたちが考える時間はたっぷりある、新しいデザインの新製品がひっきりなしに出てくるし、たぶん技術面でも改良されて、いずれわたしも使うことになるだろうけど、それまではペンと紙とインクで書いていくだろうね、伝統には魅力があるし、死ぬこととなると伝統はとても価値あるものだ。死（モルト）が険しい目で紫色の封筒を凝視し、右手をふると、手紙は消えた。ここでわたしたちは、多くの人びとの思いに反して、死（モルト）が手紙を郵便局に持っていかないことを知ったのだ。

　テーブルには二百九十八人の名前のリストがある。普段より少なめで、男が百五十二人、女が百四十六人だ。つぎの発送、もしくは郵便死亡通知にそなえて同数の紫色の封筒と便箋が用意されている。死（モルト）はそこに差出人に戻された手紙の宛名をつけ足し、下線を引いて、ペンをペン立てへ戻した。彼女にそもそも神経があるならば、ちょっと興奮をおぼえていると言ってもいいだろう。それもそのはずだ。手紙の返送がささいなことだと見なすには、あまりに長く生きてきた。カインのアベル殺し以降に創りだされた、神に全責任がある万物のなかで、なぜ死（モルト）の仕事場がたぶんもっとも退屈なのかを知るには、ほんのわずかな想像力があれば事足りるだろう、じつに簡単に。最初の嘆かわしいあの事件が、世界の始まりから今日に至るまで家族生活の難しさをはっきり示しており、その一連の経緯は何世紀も、何世紀も、何世紀がたっても変わらず、繰り返され、止むこともなく、連綿として、途切れず、ただ生命から死へと移るなかでのみ多くの形に変化しながら、しかし基本的にはいつも同じ結果となるだけに全然変わらなかったのだ。死ぬと運命づけられた者は、すべて死ぬ、それが事実である。そして、驚くべきことに、死(モルト)自身が書き、サインした手紙、ある人間の、取り消せない、延期できない終わりを警告する手紙が差出人のもとへと戻されており、その冷たい部屋では手紙の書き手であり署名者である彼女が、物悲しげに伝統的な制服の布に包まれ、頭巾をかぶってすわり、何があったのだろうと考えながら、指の骨で、骨の指で、机をこつこつこつと叩いている。彼女は自分にちょっと驚いた。あの手紙が、たとえば受取人の所在を不明とするメッセージを封筒につけて、舞い戻ってこないかと期待していたからだ。というのも、もしそんな子どもっぽい方法で人が彼女から逃れられると思うのは、いかなる隠れ場所であれ常に見つけてきた者にすれば絶対的な驚きだからである。とはいえ、彼女は想定される不在が封筒の裏に記載されるとは思わなかった。ここアーカイブにあるすべての情報は、自動的に最新のものに更新されている。わたしたちのあらゆる動き、しぐさ、すべての足どり、あらゆる家の変化、社会の立ち位置、職業、癖、あるいは習慣、タバコを吸うか吸わないか、大食か小食か食べないか、活動的か怠惰(たいだ)か、頭痛持ちか消化不良か、便秘か下痢(げり)か、抜け毛があるか癌(がん)があるか、イエスかノーかメイビーか。彼女はただアルファベット順に整理されたファイルを開け、該当するフォルダーを探せば、すべてが揃うのである。まさにこの瞬間、わたしたちが自分の個人ファイルを開いていて、ふと凍りつく突然の不安がすぐさま記録されるのを見ても、驚くには当たらない。死(モルト)は人のすべてを知っている。おそらく、だから彼女は悲しいのだ。彼女が笑みを浮かべないのが真実なら、それはただ唇がないからであり、この解剖学上の知識が語るのは、生きている者がたぶん信じていることと違い、笑顔は歯の問題ではないということだろう。不気味さよりセンスのなさに起因するユーモア感覚で、彼女は永遠に固定された笑いを浮かべていると言う人がいる。だが、それは真実ではない。彼女の表情は痛みにゆがんでいるのだ。なぜなら死(モルト)はずっと、口があったときの記憶に追われているのだから。舌のある口、唾(つば)のついた舌を持っていた頃の。彼女は短い吐息をもらし、一枚の便箋をとりあげて、その日最初の手紙を書きはじめた。親愛なる奥様、残念ですが、あと一週間で決定的に容赦なく命が終わることを通知します。残された時間をできるだけ上手にお使いください。敬具。死(モルト)。二百九十八枚の便箋、二百九十八枚の封筒、二百九十八名の名前がリストから消えた。これはそれほど大変な仕事ではないが、終えたときに死(モルト)は疲れきっていた。すでにわたしたちにはお馴染みの右手のしぐさによって二百九十八通の手紙を発送し、彼女は机上で骨張った腕を折りたたむと、そこに頭を乗せた。眠るためではなく、休むために。死(モルト)はけっして眠らない。半時間後に元気が回復して首をあげると、差出人に戻され、また送りだした手紙が、彼女のびっくりしたからっぽの眼窩の前にあった。

もしも死（モルト）が日常の退屈さから気をまぎらわす驚きを、楽しみに夢見ていたなら、それは十分かなえられた。これは驚きであり、しかも抜きんでていた。最初に手紙が戻ってきたのは、運ばれる途中のたんなる事故だと解釈できただろう。車輪が車軸からはずれた、潤滑油のトラブルがあった、速達の空色の手紙が押しのけて前へ出てきた、つまりはそういった予期せぬ事態が、機械の内部で、あるいは人体の内部で起こり、厳密な計算をも誤らせたのだと。だが、二度戻ってきたとなると、話がまるで違う。受取人の家にまっすぐ通じている経路のどこかに、障害があることははっきりしていた。手紙が、発送された場所に跳ね返ってくるような障害だ。最初のケースでは、送りだされた翌日に戻ってきたから、郵便配達員が受取人を見つけそこねて、郵便受けやドアの下へ手紙を入れられずに差出人へ戻した可能性がある。理由はさておくとしても。もちろんすべては純粋な類推にすぎないが、起こったことの説明にはなる。ところが、こんどは話が違っていた。手紙が行って戻ってくるのに、三十分もかかっていない。たぶん、もっと短い時間だろう。なぜなら死（モルト）が頭を横たえていた硬めの前腕の休息所から、まさにその目的で重ねていた腕尺の部分と橈骨（とうこつ）から、首を上げたときすでにそれは机にあったのだ。だれもがそうであるように、人は生まれた日には死亡日が決まっているのだが、奇妙で、謎めいた、理解できない力が、この人物の死に抵抗しているようだった。ありえない、と死（モルト）は物言わぬ大鎌に言った。この世にも、あの世にも、だれ一人わたしより力のあるものはいない。

わたしは死（モルト）であり、他のものはすべて取るに足らない。彼女は椅子から立ち、ファイル・キャビネットへ行くと、そこから容疑者ファイルを持ってきた。疑いの余地はなかった。封筒に書かれた名前も、住所も間違いない。職業はチェロ奏者となっており、婚姻関係は空欄だ。結婚はしておらず、妻に先立たれたのでもなく、離婚もしていない。なぜなら死（モルト）のファイルに独身という言葉はけっして記載されないからだ。そう、生まれた子どもの場合を考えれば、どんなにばかばかしいことか想像できるだろう。記入されたインデックス・カードに職業がないのは、何を天職とするかまだわからないからだが、生まれたての赤ん坊の婚姻関係は独身なのである。死（モルト）が手にしたカードにある年齢について言えば、チェロ奏者の歳が四十九であることがわかる。さて、もしも死（モルト）のアーカイブが非の打ちどころのない仕事をする証拠を必要とするなら、いまここで得られるだろう。十分の一秒のあいだに、いやもっとすばやく、わたしたちの懐疑的な目の前で、四十九が五十に置き換わる。今日はチェロ奏者の誕生日なのだ。カードには彼の名前があり、きっと一週間後に死ぬという警告ではなく花束を受けとっていることだろう。死（モルト）はまた立ちあがり、数回部屋を歩きまわり、大鎌の前で二度立ちどまると、話すか、意見を求めるか、命令を出すか、あるいはただ、困った、怒ったと、告げるかのように口をあけた。それは驚くことでもないと言っておきたい。これまで、どれだけ長いあいだ彼女が最高権力を持つ女羊飼いとして、人間の群れから一度も無礼を返されることなく仕事を続けてきたかを考えれば。そのとき死（モルト）は、もしかしたらこの出来事は最初に思ったより深刻かもしれないと、悪い予感がした。彼女は机の前にすわり、先週の死亡者リストをぱらぱらとめくり返した。予想と違い、昨日のリストの最初にチェロ奏者の名前はなかった。一枚、また一枚、さらに一枚、もう一枚、また一枚とページをめくりつづけ、八ページ目に彼の名前を見つけた。その名前が昨日のリストにあると思い違いをしていたのだ。いま彼女は自分が前代未聞の不祥事に直面していることに気づいた。二日前に死んでいるはずの人がまだ生きている。しかもそれが最悪ではなかった。この不幸なチェロ奏者は、生まれたときから、四十九歳という若さの盛りで死ぬ運命になっていたのに、厚かましく五十歳になることによって、こうして、立派であれ恥ずべきものであれ、あらゆる手段を駆使して生きたいという人間の欲望を妨害する宿命、運命、運勢、占星術といったものの評判をおとしめたのだ。それらすべてが信用を失った。死（モルト）は思った。こうした事件が前例のない場合、規則でも予期した項目が書かれていないのに、わたしはどうしたら起こるはずのない誤りを正せるのだろう。とくに現在の五十歳ではなく、四十九歳のどのタイミングで死ぬようにすればいいのか、と。哀れな死（モルト）は見るからに錯乱し、取り乱し、やがて純粋な苦悩から壁に頭を打ちつけはじめた。何千世紀にもわたり連綿と続けてきた活動のなかで、ただの一度も運用を誤ったことはなかった。それが今回、人間と一度きりの死因（カウザ・モルトス）の古典的な関係に新しいものを導入したら、これまで苦労して築いた名声に最大の打撃を受けたのだ。どうすればいいんだろう、と彼女は問いかけた。死ぬべきときに死ななかった、となると、その事実は彼女がわたしの権限の範囲外に置かれたということだ。いったいどうしたら、この苦境から抜けだせるのか。彼女は大鎌を見た。ともに何度となく冒険と殺戮(さつりく)を繰り返してきた相棒だが、大鎌は彼女を無視した。それが返事をしたことはなく、いまもすべてに無関心であり、まるで世界にうんざりしたように、使いこまれて錆(さ)びた刃を白い壁に立てかけていた。そのとき死(モルト)は妙案を思いついた。一度あることは二度ある、二度あることは三度あるという。そして、三は神が選んだ幸運の数字だ。それを試してみよう。彼女は右手をふり、二度戻ってきた手紙は消えた。二分後、それは戻ってきた。前と同じ場所だ。郵便配達員はドアの下に入れず、ベルも鳴らさず、いま手紙はそこにあった。

当然、わたしたちが死(モルト)を気の毒がるいわれはない。こちらは不満だらけだし、もっともすぎることだから、憐れみをかける気にもなれないのだ。あの頑固さを人間がどれだけ呪ってきたかを、死(モルト)はだれより知っていたのに、過去には憐れみを見せるデリカシーさえ持たず、どんな犠牲を払ってもつねに彼女は我を押しとおしてきたのだから。それでも、ごく一瞬わたしたちの前には、いっそう寂しく荒(すさ)んだ姿が見えたのである。あの死の床で横たわる少数の明察の者たちが見るという、手紙を発送するしぐさをするために臨終のベッドの足元に現れる不吉な姿よりも。そのしぐさの意味するものは、あっちへ行けではなく、こっちへ来いなのだが。現実か仮想現実かはともかく、奇妙な光学的現象のせいで、死(モルト)は小さくなったように思われた。まるで骨が縮んだように。それとも彼女はつねにそうなのであって、恐怖で見ひらいたわたしたちの目には彼女が巨人のように映っていたのかもしれない。哀れな死(モルト)よ。つい歩み寄って、硬い肩に片手をかけ、耳に、あるいはかつて耳があった場所へ、頭頂部の脇へ、なぐさめの言葉をささやきたくなる。心配ないです、死のマダム、そんなことはよくあります、たとえば、わたしたち人間は、落胆や失敗や挫折などを長年味わってきましたが、けっしてめげません、ほら、わたしたちが若い盛りだったとき、あなたが悲しみや同情のかけらもなく、ひっさらっていった昔を思い出せばいいのです、それから今日も、あなたは同じ硬い心で、命のために必要なあらゆるものが不足した人びとに同じことをし続けています、たぶんわたしたちは、あなたかこちらのどちらが先に疲れるか見ていたのです、あなたの苦しみはわかります、初めての敗北は一番こたえるものだから。そのうち、慣れてきますよ。ただ、これが最後ではないといいのにとわたしたちが言っても、誤解しないように、そんなことを言うのは、けっして復讐心からではありません、そう、だとすればひどく哀れな復讐です、そうでしょう、まるで、首を切り落とす死刑執行人に向かって舌を突きだすようなものです、正直に言えば、わたしたち人間は首を切り落とす死刑執行人に舌を突きだすくらいしかできません、ですから、手紙が行ったり来たりして、チェロ奏者が五十歳になってしまい四十九歳で死ねなくなった物語で、あなたがどうやってこの混乱から抜けだすのか非常に興味があるのです。死(モルト)はいらいらした身ぶりで、わたしたちが親しげに肩へ置いた手をふりはらうと、椅子から立ちあがった。彼女は先ほどより背が高く、大きくなったようだった。これこそ、一歩あるくごとに地面を揺らし、引きずった屍衣の裾から煙をたなびかせる、死のマダムにふさわしい姿だ。死(モルト)は怒っている。

いよいよ、わたしたちが彼女に舌を突きだすときがやってきた。

いくつかの稀な場合はさておき、先ほどふれた死の床にいる少数の明察の者たちがベッドの足元で見る、白い布をまとった古典的な幽霊の姿のように、あるいはプルーストに現れた黒衣の太った女性の姿のように、死(モルト)はとても慎重で、とくに状況によって街路に出ざるをえない場合は好んで目立たないようにする。死(モルト)は神とコインの裏表の関係だから、神のように本来的には人の目に見えないのだと広く信じられていて、一部の人びとは好んでそんなことを言いたがる。だが、かならずしもそうではない。わたしたちは死(モルト)が布にくるまった骸骨だという事実の信頼できる証人である。彼女は絶対に質問には答えない錆びた大鎌と冷たい部屋に住んでおり、クモの巣と、インデックス・カードの詰まった大きな引き出しのある数十棹のファイル・キャビネットに囲まれている。だから、なぜ死(モルト)がその姿で人前に立ちたがらないか、わけは理解できる。第一に、個人的なプライドがある。第二に、街角を曲がったとき、気の毒な行きずりの人と出くわして、相手が目のない大きな眼窩を二つ見たとたん死んでしまわないようにするためだ。公の場では、たしかに死（モルト）も見えなくなるが、プライベートではそうではない。重大な瞬間に作家マルセル・プルーストや死にゆく明察の者たちが証明したように。神の場合は話が違う。彼はどんなに頑張っても、人間の目に見えるようにはなれない。全能なのだから、できないはずはなく、神は自分が創造したといわれる存在と対面するとき、どういう顔で臨んだらよいかわからないのだ。神が人間を認識しないとか、さらに悪いことに、人間が神を認識しないことも大いにありうる。なかにはこんなことを言う人がいる。神がわたしたちの前に現れないのはとても幸運だ。なぜならそれが起きたときわたしたちが受けるショックに比べれば、死への恐怖は児戯に等しいものだから。ようするに、神と死はお話のなかでしか語られておらず、この物語もそのひとつにすぎない。

ともかく、死（モルト）は街に出ることにした。彼女はいつも着ている布を脱ぎ、丁寧にたたんで、すわっていた椅子の背に掛けた。椅子と机から、そしてファイル・キャビネットと大鎌から離れたところに、何もない部屋があり、どこへ通じているのかわからない狭いドアだけがあった。他に出口がない様子なので、死（モルト）が街に出るならそこを通りそうなものだが、そうはならなかった。布を取り去った死（モルト）は高さをなくしたようだった。人間の尺度なら、せいぜい一メートル六十六か六十七センチほどだろう、服のない裸のせいか、さらに小柄で小さな子どもの骸骨のように見える。わたしたちが見当はずれの憐れみをかけ、彼女の悲しみをなぐさめようと肩にかけた手をひどく乱暴にふりはらった死（モルト）と、これが同じとはだれも言わないだろう。世界には骸骨ほど裸のものはない。暮らしのなかで、骸骨は服を二倍に着て歩きまわっている。一枚目はそれを隠す肉体であり、二枚目はみずからを隠したがる肉体のための衣服であり、それを脱ぐとしたら、風呂にはいるときか、あるいはもっと楽しい活動にいそしむときである。とうに存在していない人の半ばばらばらになった桁組（けたぐみ）という現実の姿に還元された死（モルト）には、もう消えることしか残されていない。それがまさに彼女の頭からつま先まで起きつつあることだ。驚きの目をしたわたしたちの前で、その骨が実体と固体性をなくしていく。輪郭がぼやけ、希薄な霧のように広がりながら、固体だったものは気体となり、骨格は蒸発でもしたようで、いまや向こうにある無関心な大鎌が見えるほど薄いスケッチでしかなく、と突然、死（モルト）の姿はその場から消えていた。いまそこに存在したのに、もういない。あるいは、存在するのにわたしたちには見えないのか。そのどちらでもなく、単純に地下の天井からまっすぐに上へ、堆積した巨大な土砂を通り抜けて、紫色の手紙が三度目に戻ってきたときひそかに決心していた行動を開始したのか。彼女の行く先はわかっている。チェロ奏者を殺すことはできないが、彼を見てみたい、凝視する視線の先に彼を置き、気づかれないようにさわりたい。いずれ、規則をあまり破ることなく、彼を清算する方法を考えつく自信はある。だが、その一方で、死の通知が届かなかったこの男がどんな人間か彼女にもわかるだろう。持っているとしたら、どんな力を持っている人間なのか。あるいは、無邪気な愚か者のように、自分が死ぬなど考えもせずに生活を続けているのか。窓がなく、どこに通じているかわからない狭いドアしかない寒い部屋に閉じこめられていたので、わたしたちはどれだけ早く時間が過ぎたか気づかなかった。時刻は午前三時、すでに死（モルト）はチェロ奏者の家に到着しているに違いない。

そのとおり。死（モルト）にとって、同時にすべての場所ですべての物を見るのをやめようと努めるのは、ものすごく疲れることのひとつである。その点、死は神によく似ている。どういうことか。これは人間の感覚的経験の検証可能なデータには含まれない事実だが、わたしたちは子どもの頃から、神と死という至高の存在が、つねにどこにでもいる、と信じるように習慣づけられてきた。その遍在という言葉は、他の多くのもののように、空間と時間から造られたものである。とはいえ、おそらくそれを言葉にするととても簡単に口から出ていくことを考えると、わたしたちがどんな意味で言うのか、明快に理解しているとは限らないようなのである。神はどこにでもいるし、死もまたどこにでもいる、と口にするのは簡単だが、かりに神と死があらゆる場所に、避けようもなく尽きせぬ場所にいるのはわかっていても、彼らが至るところで見るべきものを見ていることに、わたしたちは気づいていないようだ。神は全宇宙のあらゆる場所に同時に存在する職務を持つ以上、つまりそうでなければ彼が宇宙を創造した意味がないからだが、人が神に地球という小さな惑星で起きたことに特別の興味を抱いてほしいと期待するのはばかげている。そして、たぶんだれも思いつかなかったことだろうが、神は地球を全然違う名前で知っているのかもしれないのだ。一方で死（モルト）は、人間という種だけに結びついたこの死（モルト）

は、数ページ前でふれたように一分たりともわたしたちから目を離さない。あまりにその視線が強いので死ぬ予定のない人までたえまなく追ってくるのを感じるほどだ。ここで想像されるのは、死（モルト）がめったにない状況では粉骨砕身の頑張りをしただろうということである。どういう理由にせよ死（モルト）とわたしたちが共有する歴史を通して、一度にひとつしか見ず、どんなときも一カ所にしか存在しないという人間の能力に合わせて、彼女は知覚力を減らさなければならなかったのだ。今日わたしたちが関係するこの特別なケースで、死（モルト）がチェロ奏者のアパートの玄関を通り抜けていない理由は、そうとしか説明できない。彼女は一歩ずつ進んでいく。一歩ずつという表現は読者の想像力を補うためであって、実際に足を伸ばして歩いているわけではない。死（モルト）はその体の持つ拡張する傾向を、抑えこむのに苦労しなければならない。もしも勝手気ままに動かしたら、すぐに、不安定な心もとない結合体がバラバラになってしまう。紫色の手紙を受け取りそこねたチェロ奏者は、心地よい住まいと分類されるアパートに住んでおり、それはエウテルペ〔ギリシャ神話。音楽と叙情詩の女神〕の弟子というより望みのない中産階級（プチブルジョア）に似合っていた。玄関から廊下にはいると、暗闇のなかで五つのドアがかろうじて見わけられる。突き当たりのドアは説明を繰り返さないように言っておくとバスルームのもので、廊下の両側には二つずつドアが並んでいる。左側の最初のドアは死（モルト）が真っ先に調べようとした部屋で、小さなダイニングルームになっており、使いかけの痕跡が少し残されていて、隣にはさらに小さな、基本的な設備しかないキッチンがある。廊下に戻ると、すぐ向かいにあるドアは、死(モルト)がさわらなくても使われていないことがわかる。開け閉めをしていないということだが、それは言いまわしのひとつで、たんに開けられないドア、あるいは使えなくしたドアにすぎない。もちろん、死(モルト)はドアの向こうに何があっても通り抜けられるが、それでもやはり、彼女が自分をおおむね人間の形に集めて特徴づけるには大変な努力が必要なのだ。その場合でも姿は普通の目には見えないままだが、ただし前にも書いたように脚部や足先を持つまでには至らないとしても、ドアの木やまぎれもなく反対側にある衣服で一杯のワードローブのなかでリラックスして散乱するような危険はまだ冒せなかった。そこで、廊下をさらに進み、右側の次のドアに近づいた。はいってみると、音楽室だった。というか、グランドピアノ、チェロ、ロベルト・シューマンの三つの小品からなる幻想小曲集作品七三が置かれた譜面台があるこの部屋を、ほかにどう呼べばよいのだろう。二つの窓から差しこむ街灯のオレンジ色を帯びた薄い光のなかで、死(モルト)は文字を読むことができた。それとともに、あちこちにある楽譜の山と、そしてもちろん、音楽と完璧なハーモニーを奏でる文学の並ぶ背の高い本棚が見えた。ハーモニーの語源の女神ハルモニアは軍神アレスとアプロディーテの娘だったが、いまは和音の調和を表している。死(モルト)はチェロの弦を撫(な)で、指をピアノの鍵盤に這わせた。が、聞こえるのはただ楽器の音だけで、それは短い鳥のさえずりのようなトリルをともなった、長く、厳粛なうなりだった。人間の耳にも聞こえるが、遠い昔、数あるため息の意味の解釈を学んだ者には明瞭な響きだったろう。隣の部屋は、きっとその男が眠る場所に違いない。ドアは開いており、なかは闇で、音楽室より暗いとはいえ、ベッドとそこに横たわる形を見ることができた。死（モルト）は前進して敷居をまたいだが、ふとためらって止まった。部屋に生き物が二ついるのを感じるのだ。当然ながら個人的経験からではなく、死（モルト）は人生のある事実に気づいて、たぶん男には連れがおり、まだ紫色の手紙が送られていない別の人が男の隣で眠っているのだと思った。だがこのアパートで、同じシーツの覆いと同じ毛布の温もりを共有するのはだれだろう。彼女はベッド脇のテーブルに、こんな表現が死（モルト）について言えるならだが、ほとんどふれそうなほど近づき、男が一人でいるのを目にした。けれども、ベッドの向こう側には毛の毬のようなものが丸まって寝ていた。たぶん黒だろうか、暗い色をした中型犬だ。死（モルト）は人間の死しか扱っていないので、思い出すかぎり初めてこの動物について考えていた。大鎌の手も届かないとか、どんなに軽くでもさわる力が彼女にはないとか、もしもこの眠る犬の死が、彼女ではないほかの死（モルト）が、あらゆる他の生き物たち、動物、植物を取り扱う死（モルト）が、彼女のようにひと休みすることにして、だれかに翌日どの犬も死なかったという一文で一冊の本を書きはじめる完璧な口実をもたらしたら、この犬もまたどれだけ長いかは不明だとしても不死身になるのだ、などと。男が動いて寝息が少し乱れた。たぶん夢を見ているのだ。たぶん彼はまだシューマンの幻想小曲集を演奏しており、音をはずしたのかもしれない。チェロはピアノと違う。ピアノはつねに同じ場所に同じ音があり、それぞれの鍵盤で音程が決まっている。しかし、チェロの場合は弦の全長に音階が散らばっており、弾き手はそれを探しにいき、狙いをつけ、正確な一点を決めなければならない。と同時に弓を正しい角度で、正しい圧力をかけて動かすのだ。だから、眠っていれば、一、二ヵ所音程がくるっても無理はない。死（モルト）がもっとよく男の顔を見ようと前かがみになったとき、絶対的に素晴らしい考えがひらめいた。彼女のアーカイブにあるインデックス・カードにはその人物の写真があるべきだ。それも普通の写真ではなく、科学技術の先端をいくもので、人の人生の細部が継続的、自動的にアップデートすると同時に、時の経過とともに顔が変わっていくものがいい。腕に抱かれた赤ん坊の赤いしわだらけの顔から、本当にこれが昔の自分と同一人物かと不思議に思う現在の顔まで。一時間ごとにランプの魔法使いが、わたしたちをだれか別の人と絶えず取り替えていなければの話だが。ふたたび男の寝息が少し乱れた。すぐに目覚めるかと思われたが、呼吸はまた一定のリズムに、一分間に十三回へと戻った。鼓動を聞いてでもいるように左手を心臓のあたりに乗せており、拡張すると強い音、収縮すると弱い音になった。右手は頭のほうに上げていて、別の手がつかむのを待っているかのように軽く丸めていた。男は五十歳のわりに老けて見えるが、もしかしたら年相応なのか、あるいはたんに疲れているのか、悲しいだけなのかもしれない。ただ実際のことは目を開けなければわからないだろう。髪がいくらか薄くなっていて、残った髪は白いほうが多い。どこまでも普通の人間だ。ぶさいくでも、いい男でもない。あおむけになり、シーツを半分下げて縦縞のパジャマの上衣を見せた寝姿から、いったいだれが、この市のオーケストラで首席チェロ奏者を務め、その人生が五芒星（ペンタグラム）の魔術的な線上を走りながら、音楽の心臓の、休止、音、収縮、拡張を探していることを想像できるだろうか。死（モルト）は、国営郵政事業のシステムの不具合にまだ頭を悩ませながらも、到着したときより苛立ちがおさまっていた。男の眠る顔を見て、ぼんやりとこの男は死ぬべきだ、最後の収縮で彼の左手によって守られた心臓は静止し、からっぽになり、永久に凍りつくべきだと思った。彼女はこの男を見にきて、いまそうしている。なぜ紫色の手紙が三回も戻ってきたのか、その理由を説明する特別なものは何もない。このあとは、せいぜいまた出発した冷たい地下室に戻り、チェロ弾き風情を生き残らせたこの運命の不愉快な突発事態をどう解決するか、その方法を見つけだすしかできることはないのだ。ここで死（モルト）は風情と不愉快という攻撃的な言葉を使ったが、それはだんだん弱まってきた苛立ちをかきたてるためだった。だが、試みは失敗に終わった。そこに眠る男が紫色の手紙に起こったことで責められる理由はなく、彼自身すでにないはずの人生を生きているなど考えてもいないのである。もしも本来の成りゆきが実現していたら、すでに彼は死んでおり、たっぷり一週間は埋められており、犬は主人を捜して錯乱したように街じゅうを駆けめぐるか、彼の帰りを待って、飲まず食わずで建物の前にすわりつづけているはずだ。一瞬、死（モルト）はみずからを解き放ち、壁に届くまで伸びて部屋中を充たすと、隣の部屋に流れこんだ。そこで彼女の一部がとどまり、椅子に置いてある開かれた楽譜に目をとめた。ヨハン・セバスティアン・バッハがケーテン時代に作曲した無伴奏チェロ組曲第６番ニ長調ＢＷＶ１０１２だ。ベートーヴェンの第九交響曲のように、歓喜と、人間の結束と、友情と、愛を基調として書かれたことを知るのに、彼女が音楽を読み解く能力はいらなかった。そのとき、これまでにないことが起こった。想像もつかないことが。死（モルト）がひざまずいたのだ。というのも、いま彼女には体があり、だから膝も、脚も、足先も、腕も、手も、そして顔も持っていた。彼女は顔を手で覆った。どういうわけか、肩を震わせていた。泣くことはできない。どこへ行っても、自分の涙を流さず、いつも背後に涙の跡を残してきた彼女のようなものに、そんなことが期待できるはずはない。彼女はかつてのように、見えようが見えまいが、骸骨や女でもなくとも、空気のように軽く跳ねて立ちあがった。そして寝室に戻った。男は動いていない。死（モルト）は考えた。ここではもう何もすることがない、行こう、一人の男と一匹の犬を見るだけなら、わざわざ来る価値はなかった、たぶん彼らはたがいの夢を見ている、男は犬のことを、犬は男のことを、犬の夢は、すでに朝になり、男の頭の隣に頭を横たえているところだ、男の夢は、すでに朝になり、やわらかい右腕でやわらかく温かい犬の体をつかみ、胸に抱き寄せているところだ。廊下に通じるドアをふさいだワードローブの横に小さなソファがあり、死（モルト）はそこへ行ってすわった。そんなつもりは全然なかったのだが、いずれにしても、おそらくその時刻だと地下にある彼女のアーカイブの部屋がどんなに冷たいかを思い出しながら、隅にすわったのだ。いま彼女の目の高さは男の頭と合っており、窓から流れこむぼんやりとしたオレンジ色の光を背にした横顔が、くっきりと影になっていた。ふたたび彼女はここにいる合理的な理由はないと思ったが、すぐに、あると自分に反論した。ひとつ理由がある、強いものが、なぜならこれはこの都市、この国、全世界にひとつしかない家だからだ、ここに住む人間は、人びとに生と死を課す、生きたいかどうかもたずねない、死にたいかどうかもたずねない、もっとも厳しい自然の法則を破ったのだ。この男は死んでいる、と彼女は思った。死ぬと運命づけられた人は、すでにみな死んでいる、わたしがするのは、ただ軽く親指で彼らを弾くだけ、あるいは拒めない紫色の手紙を彼らに送るだけ。この男は死んでいない、と死(モルト)は思った。二、三時間もすれば目が覚めるだろう、毎日するようにベッドから出て、裏口を開けて小便をさせるために犬を庭に出してやり、自分は朝食をとり、バスルームに行って、体を洗い、髭を剃り、こざっぱりとして現れ、街角の売店で朝刊の新聞を買おうと犬といっしょに街へ出ていくのだ、たぶん譜面台の前にすわって、シューマンの幻想小曲集を演奏する、そのあとすべての人間がするように、死について想いをめぐらせる、その瞬間の彼はまるで不死身のようだが、見ている死(モルト)がどうやって殺してよいかわからないからだとは気づかないだろう。男が寝返りをうち、ドアをふさいでいるワードローブに背中を向けると、右腕が犬の寝ている側にすべり落ちた。一分後、彼は目を覚ました。喉が渇いたのだ。ベッドサイドの明かりを点け、立ちあがり、いつも犬の枕に提供しているスリッパをはいてキッチンへ行った。死(モルト)はその後を追った。男はグラスに水をついで飲んだ。このとき犬がやってきて、裏口のそばにある水の皿で喉の渇きを止めると、主人を見あげた。外に行きたいんだな、とチェロ奏者が言った。彼はドアを開けてやり、動物が戻ってくるまで待った。グラスには水が少し残っていた。死(モルト)はそれを見て、喉の渇きをいやすのはどういう感覚だろうと想像に努めたが、うまくいかなかった。砂漠で水が飲めない人びとを死なせたときも、彼女は同様に想像できなかったが、そのときは想像しようともしなかった。犬がしっぽを振りながら戻ってきた。また寝ようか、と男が言った。彼らは寝室に戻り、犬は二回うろうろとまわって、また毬のように丸くなった。男はシーツを首まで掛け、二度咳をして、すぐにまた眠りこんだ。死（モルト）は隅にすわったまま見まもった。かなり時間が過ぎて、犬がカーペットから起きあがると、ソファへ跳び乗った。死（モルト）は生まれて初めて、膝に犬を乗せた感触を知った。

わたしたちはだれでも弱くなるときがあり、かりにそれが無いままどうにか生きていても、将来かならず弱くなるときがくると確信している。勇士アキレス〔ギリシャ神話「イーリアス」の主人公。この一節は同叙事詩の引用〕でさえ、銅の胴鎧の下に感傷的な心が鼓動しているように。総大将アガメムノンに愛する奴隷の娘ブリーセイスを奪い去られたあと、英雄が十年ものあいだ嫉妬したことを考えてもそうだし、友人パトロクロスをヘクトールに殺されたときも憤怒に駆られ、復讐を叫んでトロイア軍との戦いに復帰した。つまりは、かつて鍛造されたもっとも堅牢な、時の終わりまで貫通しないと保証された鎧の下にもそれがあったのである。もちろん、わたしたちがここで話しているのは、死の骸骨のことだ。つまり、ある日何かが死である恐ろしい骸に、その事態を望まぬ人のようにはいりこむ可能性はつねにある。たとえばチェロが奏でる静かな和音、ピアノの巧みなトリル、あるいは椅子の上で開かれたたんなる楽譜といったものが。それはおまえが考えるのを拒み、自分が生きていないことを、何をしても自分が生きられないことを思い出させるものだ、ほとんどの場合は。おまえはすわって、眠るチェロ奏者を冷静に眺めていた。手遅れになってから彼のもとにやってきたので、この男を殺すこともできなかった。おまえはカーペットで丸くうずくまる犬を見た。そして彼の死（モルト）ではないから、その生き物にもさわれなかった。薄暗い部屋の光のなかに、おまえがそこにいることも知らず、二つの生き物が眠りに身をゆだねており、ただ失敗の重さを意識のなかで増大させる役目を果たしていた。だれもが成しえないことを成しうる存在であることに慣れていたおまえが、自分の無能さに気づいていた。007ばりの殺しのライセンスは無価値で役立たずとなり、まるで手足を縛られ、死（モルト）になって以来一度も味わったことのない屈辱を感じていた。そして寝室から向かった音楽室は、おまえがヨハン・セバスティアン・バッハのチェロ組曲第6番の前でひざまずき、あのように両肩を小刻みに動かした場所だ。あれは、人間ならば普通激しいすすり泣きをともなう動作だった。硬い両膝を堅い床に食いこませたとき、突然おまえの憤激は、ときおり完全には透明に変化したくないときに出る重さのない霧のように消えうせた。おまえは寝室に戻り、チェロ奏者が水をひと口飲むためキッチンに行くと後を追った。彼が犬のために裏口を開けてやり、そのあと彼が眠りこむのを眺め、いまおまえは彼が起きて立ちあがり、おそらくパジャマの縦縞柄による視覚上の錯覚から自分よりも上背があるようだと思っている。だが、それはありえない。ただの見まちがいか、パースペクティブの歪みであって、事実の必然性が、死（モルト）であるおまえが一番大きいと、他の何よりも大きく、どんな人間よりも大きいのだと教えてくれる。あるいは、必ずしもつねにそうとも限らない。おそらく世界で起こることは、時と場合で説明できるかもしれない。たとえばこの音楽家が子どもの頃に見た月光は、かりに彼が眠っていたら、むなしく皓々（こうこう）と輝いていたはずだし、そう、それも時と場合だ。おまえは寝室に戻ったとき、ふたたび小さな死（モルト）になっていたから、ソファへすわった。そして犬がカーペットから起きあがり、おまえの少女のような膝にぴょんと跳び乗ると、さらに小さくなり、そこで素敵なことを考えた。いつかおまえではない死（モルト）が、別の死（モルト）がやってきて、この柔らかな動物の温もりの残り火を消すのはよくない、と。おまえはそう思ったのだ。だれがそんなことを想像しただろう。不吉な義務を課す声がおまえを呼び寄せた部屋の、北極と南極の寒さにあれほど慣れ親しんだおまえが。そして、その義務はといえば、本物の人間の連れあいとベッドを共にしたことのない、口を開けて苦しげな顔で眠る男を殺すというものだ。彼はこの犬と合意して、犬は男の、男は犬の、たがいにたがいの夢を見ることにし、夜中に縦縞のパジャマ姿で起きだすと、水を一杯飲むためにキッチンへやってくる。寝る前にグラスについだ水を寝室に持っていくほうが簡単なのに、そうはせず、夜中にふらふらと廊下を歩いてキッチンに行くのを好む。平和と静けさのただなかで、いつも彼についてくる犬とともに、犬はときおり庭に出してほしがるが、いつもとは限らない。この男は死ななければならない、とおまえは言う。

死（モルト）はまた布を巻いた骸骨になっていた。フードを目深（まぶか）にかぶったので、頭蓋骨の最悪の部分は隠されている。彼女が心配しているとしても、隠す手間をかけたとはあまり言えないが、ここには不気味な光景に震えあがる者はいない。それに、とくに見えているのは指先と爪先の、骨の先端くらいのものだ。後者は感じないまま氷のように冷たい敷石に乗っており、前者は死（モルト）の歴史的な規則書全一巻を、すべての規則の最初のページから、これは汝殺すべし（マタラス）という単純な言葉に行き着くものだが、さらに最近の補遺と付属書までを、やすりのようにめくっている。ここにはこれまでにリスト化された死に方のあらゆる種類、変化の形が記されており、その数は無尽蔵と言ってよかった。死（モルト）は調査が不調に終わっても驚かなかった。実際、それは場違いというか、それ以上に不適切というか、個々の人間、そして人類のあらゆる典型に、終止符を打つ、終わらせる、最後にする、死を与えることを決定する書のなかに、生命、生きるという言葉、わたしは生きている、生きるだろうといった文を探すようなものだ。死（モルト）のために書かれたその書物には、たったひとつだけ余地があるが、人が死をまぬがれたらどうするか、というばかばかしい仮説のためではない。それはこれまで知られていないことだ。たぶん、おまえがよく見れば、一度だけ見つかるかもしれない。不必要な脚注のなかに、わたしは生きたという言葉を一度だけ。だが、そうした捜索が真剣にされなかったことが、むしろなぜ死の書に、生きた、という事実が言及されるに値しないのかを示す立派な根拠となるといった結論に導くのだ。その根拠こそ、わたしたちが知っていて当然の、死の書に無の書という別名がある理由でもある。骸骨は規則書をかたわらへ押しやると、立ちあがった。問題の核心に至る必要があるときに習慣にしているのだが、彼女は歩いて部屋を二周し、ファイル・キャビネットの引き出しを開けて、チェロ奏者のカードを取りだした。その動作でわたしたちが思い当たるのは、語り手の非難すべき怠慢のせいで話さずにいた、これら興味深いアーカイブの機能の重要な面を明らかにするなら、いまを措いて他にないということだ。まず、一般に想像されるのとは違って、このキャビネットに収められた一千万枚にのぼるインデックス・カードは、死（モルト）が書きこんだものではない。それはそうだろう。死（モルト）は死（モルト）であり、普通の事務員ではないのだ。アルファベット順に並んだカードは、人が生まれるとその場所に出現し、死ぬと同時に消失する。紫色の手紙が創案される前は、死（モルト）がわざわざ引き出しを開けにいくまでもなかった。カードの出し入れはなんの手間もかけず混乱もなくおこなわれ、そこでは人が生まれてこなければよかったなどと言ったり、死にたくないんだと抗議するといった、みっともない場面が記憶されることもなかった。死ぬ人のカードはだれの手も借りずに、下の部屋に行く、というより、それらは地下の部屋のひとつに送られ、いくつもの部屋が深く深く続けて埋まっていき、すでに灼熱の地球の中心へと向かっており、そこですべての書類は燃えてしまうのだ。死（モルト）と大鎌が使うこの部屋では、生者も死者も一人残らず名前と書類をひとつのアーカイブに集めると決めた、ある記録係が採用したような基準を設けることは不可能だった。この記録係は彼が扱う生者と死者をひとつにまとめないと、時空から独立した、完全な統一体として理解されるべき人類は示せず、そのときまで分離しつづけたのは精神への攻撃だったと主張した。これがここにいる死（モルト）と、生死の書類を扱う思慮深い記録係の、とても大きな違いである。おまけに彼女は死者たちへの偉そうな蔑視をふりまいており、わたしたちはあまりによく繰り返される、過去は過ぎ去る、というあの残酷な言葉を思い出すべきだろう。一方、記録係は、最近使われる用語で言うと歴史意識にこだわり、生者は死者とけっして分けてはならない、もし分けたなら、死者は永遠に死んだままになり、生者は、たとえメトセラ〔旧約聖書の「創世記」より。ノアの祖父〕ほど長生きしたとしても、人生を半分しか生きたことにならない、と考えている。ところでメトセラが九百六十九歳で死んだかどうかについては異論があり、マソラ本文〔古代のヘブライ語の聖書テキスト〕、あるいはサマリア五書〔サマリア人の聖書〕には七百二十歳と書かれている。たしかに、これまでの名前もこれからの名前もすべて保存するという記録係によって提案された大胆なアーカイブ計画にだれもが同意するとは限らないが、将来役立つことが証明されたときのために、わたしたちはここに記録しておくことにしよう。

死（モルト）はカードを調べたが、以前見たもの以外には何も見つからなかった。それは音楽家の経歴だ。彼は一週間前に死んでいなければならず、にもかかわらず、モダンな芸術家の住まいで、彼女の膝に乗ってきた黒い犬とピアノとチェロと夜中の喉の渇きと縦縞のパジャマとともに、静かに暮らしつづけている。このジレンマを解決する方法があるに違いない、と死（モルト）は考えた。もちろん、あまり注意を引かずに問題を収拾するほうが望ましいが、もしも最高権威筋があらゆることに役立つなら、もしも彼らがたんに名誉と称賛を山積みするだけの存在ではないとしたら、下界で苦労している者たちに無関心ではないことを見せる絶好の機会となる。彼らに規則を変えさせ、特別な手段を使わせ、許可を与えさせれば、合法性が危ぶまれる行為は不祥事として二度と続かないだろう。この場合、興味深いのは、彼らが実際には何者なのか、死（モルト）がまるで知らないことだ。最高権威筋は、理屈のうえでは、このジレンマを解決すべき存在である。彼女が書いた手紙のひとつに、記憶違いでなければ新聞に掲載公表された二番目のもののなかで、それがいつ起こるかだれも知らないのだが、宇宙で最後の微生物に至るまですべての生命の兆しを排除する、普遍的な万物の死のことがほのめかされていた。しかし哲学的には平凡なことなのだが、これも、無も、死でさえも、長い時間をかけてさまざまな種類の死を訪ね歩いてきた常識的な結論から生まれた実際的な言葉で言えば、永遠には続かないのだ。もちろん、学術研究と経験に裏打ちされた知識によって確証を得られたことではないのだが。死（モルト）は思った。余分なものを実際に除去するのがわたしたち種類別の死であり、宇宙が消え失せたとして、それが数ある星雲とブラック・ホールに響きわたる、あの普遍的な死による厳粛な宣言の結果ではなく、たんに、わたしたちがひとつずつ責任を持つすべての私的で個人的な小さな死の集積だとしても驚かない。まるでことわざのニワトリがひと粒ひと粒収穫するかわりに、愚かしくもひと粒ひと粒減らして空っぽにするような、人生ではそんなふうに手を貸すわたしたちを待ちもせず、必要ともせず、忙しく自身の終わりを準備するといったことが起こりがちだから。死（モルト）の当惑は完全に理解できる。彼女ははるか大昔にこの世界へ配置されたので、課された仕事を遂行するのに必要な規則書をだれから受けとったのか憶えていない。彼らは規則書を彼女の手に置き、汝殺すべし（マタラス）という言葉をこれからの活動の単独のヘッドライトとするように指示し、たぶん不気味な皮肉に気づかず、これがおまえの命だと告げた。そして彼女は、疑念やありそうにないミスが生じた場合、いつも温かい背中があると思い、つねに助言や指導を乞えるだれかが、上役が、上位者が、精神的な師がいると思って仕事をしてきた。

この事態はありえない。とはいえ、ここでようやくわたしたちは、死（モルト）とチェロ奏者の状況が求めてきた冷徹で客観的な分析にはいることにしよう。つまり、この完璧な情報システムは何千年にもわたって、人が誕生し死亡するたびに出現し消失するインデックス・カードを絶えず作り、データを更新し、アーカイブを維持してきたにもかかわらず、繰り返すが、ありえないことに、そのシステムがあまりに原始的で単一方向性であるゆえに、地上での死（モルト）の日常的な活動から生じたデータを、情報源がどこにあろうと継続的に受け取らないのである。かりにデータを受け取りながら、人が死ぬべきときに死なないという異常な知らせに反応しないとしたら、わたしたちの論理的で自然な予想に反した話なのか、または次の二つのうちのひとつということになる。ひとつは、情報システムが何の関心も持たず、生じた処理の乱れを解消する義務を感じていない。もうひとつは、彼女の思いこみとは逆に、日々の仕事のなかで発生するあらゆる問題を解決する白紙委任状（カルト・ブランシュ）を死（モルト）が持っている。死（モルト）は記憶のベルが鳴る前に、疑いという言葉をここで一、二度口にしなければならなかった。それはたしかに規則書のなかにあり、研究者の注意も惹かず目にもとまらないほど細かい活字で書かれた脚注に出ているのだ。死（モルト）はチェロ奏者のインデックス・カードを置き、規則書をとりあげた。彼女の探しているものは、補遺や付属書にはない。あるとすれば規則書の最初のほうだ。基本的な歴史的テキストにありがちなことだが、もっとも古く、ほとんど閲覧されない部分で彼女は発見した。こんなふうに書いてある。疑問が生じた場合、死（モルト）はできるだけすばやく、経験から割りだして、いかなるときも自身の行動を導くため必要なものを満たせる方法であれば、どんなものでも用いなければならない。すなわち、人が生まれたときに設定された時間が尽きたときに命を終わりにするため、かりにその人間が運命の裁きに異常なレベルの抵抗をする場合、もしくは規則書が書かれたときには予見しえなかった特異な要素のある状況では、正統性のより低い方法に頼ってでも結果を達成しなければならない。これ以上明快なことはなかった。死（モルト）は彼女が一番だと思う行動をとれるのだ。この問題のくわしい検証が示すように、目新しいことはひとつもなかった。事実を見てみよう。死（モルト）は自己責任で、今年一月一日から活動を休止すると決めた。そのとき、彼女の空っぽの頭では、階層の上位者から奇妙な行動に納得のいく説明を求められるとは考えもしなかった。同様に、紫色の手紙という絵のような発明に、同じ上位者や、あるいはさらに高い位の者が眉をひそめる可能性が高いことなど、まったく考えなかった。これは自動操縦による仕事の、興味を失わせるルーティンの、同じ仕事を長くしすぎることの、危険性を示している。ある人、あるいは死（モルト）のどちらでもよいが、毎日上位者が定めたルールにしたがって、問題もなく疑うこともなく着々と仕事をこなしている。そして、しばらくして、だれも彼女がどういう方法で仕事をしたか調べる者が来なければ、ひとつ確かなのは、これは死（モルト）に起きたことなのだが、自分でも気づかずに、することすべてについてまるで女王か女主人のようにふるまい、いつ、どのようにするべきか、についても決めるようになる。これが唯一の合理的な説明だろう。死（モルト）はこうして階層の上位者のお墨付きを得ることなく、並はずれた決定をおこない、それをわたしたちが語り、そして良くも悪くもそれなくしてはこの物語も存在しなかったのである。彼女はそのことを考えもしなかった。で、いま、逆説的にだが、人間の命を処理する力が彼女一人のものだと、そして、今日だけでなく永遠に、だれにも弁明せずにすむのだと、気づいた喜びを抑えこめないまさにその瞬間、つまり栄光の香りにめまいを起こしそうなこのとき、見つかりそうになりながら最後のきわどい奇跡的なタイミングで逃れた人の恐ろしい思いを抑えることができないのだ。ああ、冷や汗ものだった、と。

　とは言いながら、このとき椅子から立ちあがった死（モルト）は女帝だった。彼女は、まるで生き埋めになったように、この凍える地下室で暮らすべきではない。世界の運命を統括する最高峰の頂きで、人間の群れを情け深く見下ろし、彼らが激しく右往左往するさまを見まもっているのだ。人間たちは同じ方へ向かっていることに気づいていない。一歩進んでも、一歩さがるときのように、死のほうへ連れていかれる。どちらにしても何かが違うわけではない。なぜならすべてのものが、ひとつの結末しか持たないのだから。それはおまえ自身の一部がつねに考えざるをえない結末であり、おまえの直せない人間性にある黒い刻印なのだ。死（モルト）は音楽家のインデックス・カードを手にとった。これをどうにかしないと、と意識したが、どうするべきか全然浮かばなかった。まず、落ち着かなければならない。そして、自分が以前とまったく同じ死（モルト）であって、それ以上でも、それ以下でもないことを思い出さなければならない。今日と昨日の違いは、以前より自分の存在に自信があることだ。つぎに、チェロ奏者へ最終的に借りを返すにしても、今日の手紙の送付を忘れる理由にはならない。彼女がそう考えると、一瞬にして二百八十四通のカードが机に現れた。男女半数ずつ、と同時に二百八十四枚の便箋と、二百八十四枚の封筒も。また死（モルト）はすわり、インデックス・カードを脇へ置いて、書きはじめた。二百八十四通目の手紙にサインをしおえたとき、四時間計の砂時計の最後の砂が落ちた。一時間後、手紙は封をされて郵送される準備がととのった。死（モルト）は三回送りだされ、三回戻ってきた手紙を取りにいき、紫色の手紙の山の上に置いた。最後のチャンスをやることにするよ、と彼女は言った。左手でいつものしぐさをすると、手紙の山は消えた。十秒もたたないうちに、ふたたび音もなく音楽家宛ての手紙が机に現れた。すると死（モルト）は言った。それなら、おまえが望んだようにしてやろう。彼女はインデックス・カードの誕生の日付の上に線を引いて消し、それを一年遅らせると、年齢の欄を修正して、五十歳から四十九歳に変えた。そんなことはできない、と大鎌が言った。もう、終わった。あとに続くぞ。一度きりだよ。何がだ。死さ、わたしの労力をばかにしてる忌まわしいチェロ奏者も、これで終わりだ。でも、あの哀れな男は自分が死ぬことを知っちゃいないじゃないか。わたしに言わせれば、知ってるようなものだね。いずれにしても、おまえはインデックス・カードを書き換える力も権限も持ってない。そこが誤解さ、わたしは必要な力も権限も持ってる、わたしは死（モルト）なんだよ、それにこの日以降は二度としない。おまえは自分が何に首をつっこんだか知らないんだな、と大鎌が警告した。この世には死（モルト）が首をつっこめない場所がひとつだけある。それはどこだ。人が棺桶と呼ぶものだよ、柩、墓、骨壺、地下墓所、墓室に、わたしは踏みこめない、生きてる者しか、もちろん彼らを殺してからの話だけど。ただひとつの悲しい原因に、たくさんの呼び名があるものだな。それが人間たちの習慣なんだよ、望むものを言い終えることは決してないのさ。

死（モルト）はプランを持っていた。音楽家の誕生年を変えるのは、作戦の手始めにすぎなかった。いまだから話せることだが、この作戦では、人類と、そのもっとも古い最大の不倶戴天の敵とが結んできた関係史において、これまで一度も使われていない、きわめて例外的な手法が展開されるだろう。チェスのゲームのように、死（モルト）は女王の駒を前進させた。チェックメイトにするには、まだ数手を要するが、対局は終わりを告げるだろう。人はなぜ死（モルト）が単純に、以前の状態（クオ・アンテ）に戻さないのかとたずねるかもしれない。人はただ死なざるをえないから死ぬのであって、郵便配達員が紫色の手紙を届けるのを待たなくてもよいのだ。その疑問は筋が通っているのだが、回答もやはり論理的である。まず、第一に名誉が関係する。決断力と職業的な誇り。かりに死（モルト）が以前の時代の無邪気さに戻ろうとしたら、だれの目にも、敗北を認めるのと同じように映る。現在、作業の過程では紫色の手紙を使っているので、これがチェロ奏者の死の手段にならなければならない。この論理が妥当であることを理解するには、わたしたちも死（モルト）の立場になる必要がある。これまでわたしたちが四度も体験したように、まずあのうんざりする手紙を宛先へ配達するという大事な問題が残っている。待望のゴールを達成するには、前述したように例外的な手法を導入するしかない。だが、いまはとりあえず何かが起こることを期待せず、死（モルト）が何をしているか見てみよう。この瞬間、死（モルト）は普段していること以外は何もしていない。俗な言い方をするなら、彼女はぶらぶらしているのだ。しかし、じつを言えば、死（モルト）はけっしてぶらぶらしているのではなく、ただ単純に存在しているのだ。同じ時間に、あらゆる場所に。人びとを追い、走って捕まえる必要もなく、つねに人のいるところにいるだけだ。いま、手紙による警告という手法がとられたことで、彼女は地下の居室で静かにすわり、郵便配達員が仕事をするのを待てばよくなったが、本来的にはもっと強い性質であり、重荷もなく自由を感じていなければならない。古い言いまわしにあるように、納屋のまわりに放されたニワトリは檻に入れられないものだ。比喩的に言うなら、死は納屋のまわりのニワトリである。彼女は、自分のなかにある一番の美点、つまり無限に拡張する性質を抑えこむほど、愚かでも、許しがたいほど弱くもない。したがって、前の晩に音楽家の家でそうしたように、壁の向こう側へ行かずに視界の縁に残ろうとエネルギーのすべてを集中して維持するという、つらい行為を繰り返しはしないだろう。あの時間はなんと大変だったことか。すでに千万言もついやしたことだが、彼女はどこにでも存在するから、そこにもいるのである。犬が庭で眠っている。日差しのなかで。主人が帰ってくるのを待ちながら。主人がどこに行ったのか、何をしに出かけたのか知らず、そのあとを追うという考えは、かつて試みたとしても、すでに思うことをやめている。なぜなら首都の芳香と悪臭はあまりに多く、あまりに方向感覚を奪うから。わたしたちは、犬たちが人について知っていることが見当もつかないとは、決して考えないものだ。死（モルト）はと言えば、そう、彼女はチェロ奏者が劇場のステージで指揮者の右側の、演奏する楽器の場所にすわっていることを知っており、彼が熟練した右腕で弓を動かしているのを見ている。同じく熟練した左手が弦を上下に動いているところも。ちょうど彼女自身が薄暗闇のなかでしていたように。とはいっても、音楽については、四分の三拍子といった音楽理論の基礎さえも、いっさい学んだことはないのだが。指揮者が感想をのべて指示を出すため、指揮棒で譜面台の端をこんこんとたたき、リハーサル演奏の途中で制止した。このパッセージでは、チェロの音が、チェロだけの音が聞こえないように音を出してほしいというのだが、これは演奏家が難なく解読する一種の響きの謎であり、芸術とはそうしたもので、俗人には不可能と思えるのだが結局そうではないのである。死（モルト）は、言うまでもなく、天井の寓意ある装飾画と点灯していない巨大なシャンデリアまで、劇場全体を充たしていた。だが、そのとき彼女が好む景色は、ステージのすぐ上に突きだしたボックス席からの眺めだ。少し斜めからだが、低い音を奏でる弦楽器がそろっているセクションであり、そこにはヴァイオリン・ファミリーの低音（コントラルト）を受け持つヴィオラ、ベースに相当するチェロ、一番低い声を持つコントラバスがある。死（モルト）は狭い深紅の布張り椅子にすわり、第一チェリストを見つめている。その男は彼女の目の前で縦縞柄のパジャマを着て眠り、いま日差しのふりそそぐ裏庭で主人の帰りを待っている犬の飼い主だ。あれが彼女の男、一人の音楽家であり、それ以上の者ではない。彼らの私的なまじない師（シャマ）である指揮者の周囲を、半円形に取り囲むほぼ百人の男女も同じことだ。全員がいつの日か、何週間後か、何カ月後か、何年後かに紫色の手紙を受け取り、その席を去って空っぽにし、他のヴァイオリン奏者が、フルート奏者が、トランペット奏者がやってきて同じ椅子にすわり、おそらく別のまじない師（シャマ）が箸（パウジニョ）を振って音を出す。人生はオーケストラだ。いつもハーモニーを奏でたり、調子をはずしたりしている。あるいは、つねに沈み、つねに水面に浮かびあがる定期船タイタニック号のようなものでもある。そのとき、死（モルト）は思った。もしも沈没したまま甲板から滝のように落ちる海水があの歌を歌いながら、二度と浮かんでこなければ、何もすることなく見捨てられるだろうと。その嫋嫋（じょうじょう）とした歌は、アンフィトリテ〔海の女神。海の女性的化身。ポセイドンの妻〕がいくつもの大海をまわったすえに名前の由来である海と名付けられ、女神として誕生したそのときに、波打つ体からつぶやくため息のようにぽたぽたと水を落としながら歌ったものだ。いまアンフィトリテはどこにいるのか、と死（モルト）は考えた。ネレウスとドリスの娘である彼女は、いまどこにいるのだろう。現実には存在しなかったが、人が創造するごく短い一時期、心のなかに宿っていたのだ。そしてまたごく短期間、ある独特の方法で世界に意味を与え、同じ現実を理解しようとしたのだ。でも、彼らは理解しなかった、と死（モルト）は思った。どう頑張ったところで、わからないだろう。なぜなら、彼らの人生のすべては暫定的で、不安定で、束の間で、神々、人びと、過去、すべてが過ぎていき、この先もつねにあるものはないのだから。そして、わたし、死（モルト）でさえも殺す者が一人もいなくなったときに、伝統的な方法か、それとも通信か、どちらかによって終わるときがくる。それが何かは知らないが、彼女にある考えがよぎったのが初めてではないことを、わたしたちは知っている。だが、それを考えたことで、職務を全うしてゆっくり背をあずけながら休む人のような、奥深い安堵の感情がやってきたのは初めてだった。突然オーケストラの音がやみ、チェロの音色だけが聞こえてきた。二分ほど続くソロと呼ばれるパートであり、まるでまじない師（シャマ）が呼び覚ました力からひとつの声が上がって、いま沈黙しているすべての人を代弁するかのようだった。指揮者その人も動かず、ヨハン・セバスティアン・バッハの無伴奏チェロ組曲第６番ニ長調ＢＷＶ１０１２の楽譜を椅子に開いたその演奏者を見ている。それは弾き手がこの劇場ではもう二度と演奏しない組曲だろう。というのも、彼はたんなるオーケストラの一チェロ奏者に過ぎず、チェロの部では首席だとはいえ、ソリストとして世界を旅して、インタビューを受けたり、花束を贈られたり、喝采や賛辞、表彰といったものに浴するような有名なコンサート・アーティストではないからだ。普通でないことがほとんど起こらない傾向にあるオーケストラの低音部を、たまたま思い出した寛大な作曲者のおかげで、ときに彼は短いながらソロのパートを演奏する幸運に恵まれる。リハーサルが終われば、彼はチェロをケースに入れ、大きなトランクのあるタクシーで家に帰るだろう。たぶん今夜、夕食のあとでバッハの組曲の楽譜を譜面台に置き、深呼吸をして弓で弦を弾く。最初の音が世界の救いようのない陳腐さから彼を慰め、二番目の音が、できるならば、そういうものを彼に忘れさせるように。ソロのパートが終わると、チェロの最後の響きにオーケストラ全体（トゥーティ）がかぶさり、まじない師（シャマ）は指揮棒を専制的にうねらせながら、音の魂の呼び出し人であり案内人に戻った。死（モルト）は彼女のチェロ奏者の上手な演奏を誇らしくなった。家族のように、母のように、姉妹のように、婚約者のように、妻のようにではなく。なぜなら、この男は結婚したことがなかったから。

それからの三日間、地下の部屋に走る時間と、急いで手紙を書き、送りだす時間は別として、死（モルト）は彼の影にとどまらず、彼の呼吸する息となった。影は光源がなくなった瞬間に消えるから、場所を失うという重大な欠点を持っている。死（モルト）は彼が帰宅するタクシーでは横について移動した。彼がアパートにはいると一緒にはいり、主人の到着に小躍りしてはしゃぐ犬を情け深く見まもった。それから、少し休んでいかないかと招かれた人のように、くつろいだ。動かずにすむ人にとっては、いとも簡単で、彼女は床にすわろうが、衣装箪笥（いしょうだんす）の上に腰かけようが、どちらでもかまわなかった。オーケストラのリハーサルが終わった時刻は遅く、もうすぐ夜の帳（とばり）が降りるところだ。チェロ奏者は犬に食事をやり、自分の夕食を用意すると、ナイフ、フォーク、ナプキンを置き、グラスにワインを注ぎ、急がずに、他のことを考えてでもいるように、フォークにたくさん取った最初のひと口を口元に運んだ。犬は隣にすわり、主人が何かを皿に食べ残し、それが手に乗せられてデザートとしてやってくるのを待っていた。死（モルト）はチェロ奏者を見ている。原則として、醜い人と美しい人の区別はわからない。なぜなら彼女は自分を頭蓋骨としか見ておらず、わたしたちのショーウィンドウとして機能している顔の、下にある頭蓋骨の輪郭線を、つい想像してしまうのだ。のべておくべき大本（おおもと）の真実を明かせば、死（モルト）の目に映るわたしたちは、美人コンテストで女王になるような年恰好の女でも、同様のハンサムな男でも、みな一様に醜いのである。彼女が感嘆するのはチェロ奏者の太い指だ。左手の指先はだんだん硬く、さらに硬くなっていったに違いない。おそらく、いくらか胼胝（タコ）になりかけているはずだが、人生にはこうした不公平さがあるものだ。左手は適切な事例だが、チェロの厳しい練習を重ねてきたせいだとしても、聴衆からの喝采は右手よりはるかに少ない。夕食が終わると、チェロ奏者は皿洗いをし、丁寧にテーブルクロスとナプキンをたたみ、食器戸棚の引き出しにしまって、キッチンを立ち去る前に何か片づいてないものはないかと周辺を見まわした。犬が音楽室についてきたが、そこでは死（モルト）が二人を待っていた。わたしたちが劇場でした予測と違って、チェロ奏者はバッハの組曲を演奏しなかった。ある日のこと彼は、オーケストラの仲間と雑談をしていて、絵画ではなく、音楽で肖像画を描くように作曲するのは可能だろうかと冗談まじりに話したことがある。たとえばムソルグスキーによるザムエル・ゴルデンベルクとシュムイル「「展覧会の絵」のなかのピアノ曲」のような。彼はこんなことを言ったのだ。そういうものが音楽にあるならば、人は彼の肖像画をチェロのための曲ではなく、ショパンのエチュード、Op.25－9番変ト長調〔「蝶々」として知られる小曲〕のなかに見つけるだろうと。なぜだと聞かれると、チェロ奏者は、ただ他の曲には自分が見えないだけで、それが一番の理由だと思える、と答えた。この五十八秒の長さの曲で、ショパンは、自分がけっして出会う可能性のなかった人について、言うべきことすべてを言っていた。数日のあいだ、優雅な仲間たちは、親しげな楽しみから彼を五十八秒と呼んだ。しかし、あだ名は長すぎて定着せず、そのうえ、投げられたどんな質問に答えるにも五十八秒かけると決めた人間とは会話が成立しなかった。結局、チェロ奏者はこの友好的な争いに勝利をおさめた。自宅に第三者がいるのを察知したかのように、説明できない理由から、チェロ奏者はその人に自分を語るべきだと感じ、ごく単純な人生だとしても必要になる長話をしなくてすむようにピアノの前にすわり、聴衆が落ち着くまでいったん間を置いたあと、曲を演奏しはじめた。犬は譜面台の隣でうたた寝をしながら、頭上で吹き荒れる音の嵐にもとくに感心していなかった。たぶん、以前も聴いたことがあって、主人について知っていることに何も付け足すものがないからだ。とはいえ、死（モルト）は職務中、膨大な数の楽曲を聴いてきた。とりわけ同じ作曲者であるショパンの葬送行進曲とベートーヴェンの交響曲第三番のアダージョ・アッサイ〔とても緩やかにの意。第二楽章、葬送行進曲とも〕を。長い長い人生のなかで初めて彼女は、言われている内容とその表現が完璧に一体化している感覚を抱いた。それがチェロ奏者の音楽的肖像画かどうかはあまり関心がなく、リアルにしろ空想にしろ彼が頭のなかで類似点を作っている可能性が高いような気がした。死(モルト)が心を動かされたのは五十八秒の音楽のなかに、普通であれ特別であれ、人間のすべての人生のリズミカルでメロディカルな移り変わりを聞いたように思えたからだ。そこには、悲劇的な短さがあり、死にものぐるいの激しさがあり、そして最後の和音が絶望的に空中のどこかで、まだ何かが語られていないかのように、浮かんでいた。チェロ奏者はもっとも赦されない人間の罪を犯していた。それは、だれもがそこに分身を見てとる肖像画に、自分の顔が、彼のみが見えると思う厚かましさの罪だが、考えてみると、物事の表面だけを見ないようにすれば、これはまた対極にあるものの表れとも解釈できるだろう。つまり謙虚さである。なぜなら、それがすべての人の肖像画なら、わたしもそこに含まれるに違いないから。死(モルト)は迷った。厚かましさと謙虚さ、どちらなのか決められないのだ。これを解消するため、きっぱり決めるため、彼女はチェロ奏者の顔の表情に知るべきことが浮かぶだろうかと、楽しみながら見まもった。あるいは、その手に。というのも両の掌(てのひら)は二冊の開いた本に似ているから。手相に現れる直接的根拠、あるいは想定される根拠のことではない。感情線といったものでも、生命線でもなく、そうだ、生命だ、みなさん、お聞きになったように、手は生命、手は話している、開いて閉じるとき、撫でたり打ったりするとき、ひと粒の涙をぬぐったり笑みを隠したり、肩に乗せたり振って別れを告げたり、働くとき、じっとしているとき、眠るとき、目覚めるときに。そのあと死(モルト)は観察を終え、厚かましさの反対語は謙虚さとは言えないと結論した。世界中の辞書が絶対的に疑いを抱かないとしても、かわいそうな辞書は、失われた言葉が山ほどあるにもかかわらず、いまだに存在する単語だけで規定せざるをえないのであり、わたしたちがチェロ奏者の表情や両手にはっきり書かれているのを見てとれる、たとえば厚かましさの対極であるべきこの、しおらしく頭を低く垂れるという意味を言いあらわす言葉はなく、なんと呼ばれるものかわたしたちには語れないのである。

翌日は、たまたま日曜日だった。今日のように天気がよいと、朝、チェロ奏者は街の一角にある公園で、犬と、一冊か二冊の本とともに過ごすのを習慣にしている。犬は本能的に仲間のおしっこの臭いを嗅ぐために木から木へと動いても、遠くに行きはしない。ときおり片肢をあげるが、排泄欲求を満たすために遠ざかることもない。もうひとつの補完行動、と言ってよければだが、犬は誠実に棲み処である家の庭でおこなうので、チェロ奏者は糞を拾いに追いかけたり、それ用に特別にデザインされたスコップを使ってビニール袋にいれたりもしない。これは犬が自発的に考えたことだという途方もない事実がなければ、たんなるしつけの良い犬の注目すべき一例にすぎないのかもしれない。犬の意見では、バッハの無伴奏チェロ組曲第6番ニ長調BWV1012を品位をもって演奏しようと精進する音楽家であり、チェロ奏者であり、芸術家である人は、自分の犬または他人の飼い犬の、湯気の立つウンコを拾うためにこの世に生まれてきたのではないのだ。単純にそれは正しくない。以前主人と会話を交わしたときに犬が言ったように、バッハは一度もそうする必要がなかった。音楽家は当時とは時代が大きく変わったんだ、と答えたが、バッハがそうする必要がなかったことは認めざるをえなかった。チェロ奏者はあきらかに広く文学好きだったが、その中くらいの書棚を一望すれば、天文学、自然科学、自然をとくに好んでおり、今日はそこから昆虫学のハンドブックを持参していた。予備知識は何もなく、そこから情報をたくさん得ることも期待していなかったが、地球上には百万種近い数の昆虫がおり、それは羽を持つ有翅亜綱（ゆうしあこう）と羽を持たない無翅亜綱（むしあこう）に二分されている〔かつての分類法。以下も古い名称が多い〕。羽のあるもので直翅目（ちょくしもく）に分類されるのが、一例としてはバッタ、網翅目（もうしもく）にはゴキブリ、蟷螂目（とうろうもく）にはカマキリ、脈翅目にはクサカゲロウ、蜻蛉目（せいれいもく）にはトンボ、蜉蝣目（かげろうもく）にはカゲロウ、毛翅目にはトビケラ、等翅目にはシロアリ、隠翅目にはノミ、裸尾目にはシラミ、食毛目には羽ジラミ、カメムシ目にはナンキンムシ、半翅目にはアブラムシ、双翅目にはハエ、膜翅目（まくしもく）にはスズメバチ、鱗翅目（りんしもく）にはドクロメンガタスズメ、鞘翅目（しょうしもく）にはカブトムシ、最後に総尾目にはシミがいる。本に載っている写真で見ると、夜行性の蛾であるドクロメンガタスズメは、ラテン語名をアケロンティア・アトロポスと言い、胸部の背側に人間の頭蓋骨に似た模様があるのがわかる。羽を広げたときの開長は十二センチメートルほどで、色は黒っぽく、羽の先端は黄色と黒である。わたしたちはアトロポスを、いわゆる死と呼んでいる。音楽家はそれを知らず、さらには自分にそんな可能性があるとは想像すらしていない。だが、死（モルト）は魅せられたように、蛾のカラー写真を彼の肩ごしに見つめていた。魅せられながら、混乱してもいる、というのは彼女でなく運命（パルカイ）の三女神の一人が、昆虫の命（ヴィーダ）から非生命（ナオヴィーダ）への経路を担当、すなわち昆虫を殺すことを担当していることを思い出していただければと思う。多くの場合、そのやり方（モーダス・オペランディ）は双方とも同じかもしれないが、例外は無数にあり、このように言っておけば十分だろう。昆虫は、たとえば、肺炎、結核、癌、エイズのほうが通りがよい免疫不全症候群、交通事故、循環器系疾患といったありふれた人間の病気では死なないのだと。これは多くの人が理解できることだ。一方でなかなか理解しにくい部分、チェロ奏者の肩ごしに眺める死（モルト）を混乱させているのは、かくも異様に正確に描かれた人間の頭蓋骨が、創造の過程のいつかわからないが、繊毛におおわれた蛾の背中に現れたことだ。もちろん人間の体にも小さな蛾や蝶が出現することは知られている。しかし、それはあくまでも素朴な策略としか言いようのないもの、たんなる刺青（タトゥ）であって、生まれたときにあるものではない。おそらく、と死（モルト）は思った。あらゆる生物が単一だったときがあり、それから徐々に分化が進んで、いつしか五つの界に分かれた〔五界説。生物の分類法として一九六九年に確立されたが現在の主流ではない〕。すなわちモネラ界、原生生物界、菌界、植物界、動物界である。これらの界は、いわば無限に続く大きな分化をはらんでおり、この無限のマクロ分化は長い年月にわたって起こってきた。けれども、あらゆる混乱、この生物学的混乱のなかで、いくつかの特殊性が他の界において繰り返されてきたのは驚くことでもない。これが、たとえばこの蛾、ドクロメンガタスズメ、アケロンティア・アトロポスの背中にある白い頭蓋骨という不安をかき立てる存在を説明する。この蛾の名前には興味深いことに死の別名アトロポスが、そして冥界（ハデス）を流れる川のひとつアケロン川も含まれる。人間の形に似ているマンドレイクの根〔幻覚作用を起こす物質があり魔術の儀式に用いられた〕が不安をかき立てるのも、それで説明できるのだが、こうした自然の驚異、荘厳な驚きに直面すると、どう考えてよいのかわからない。けれども、死はまだチェロ奏者の肩ごしに見つめており、囚われた思考はすでに別の道にはいりこんでいた。いま彼女は悲しく思っている。というのも、あのときは素晴らしいアイデアだと思ったのだが、愚かな紫色の手紙でなく、使者としてドクロメンガタスズメを使っていたらどうだったろうと比較したのである。こうした蛾の一匹は引き返そうなどと思わず、それが生まれた理由となる任務を背中に焼きつけて運ぶ。さらに視覚的効果がまったく違い、平凡な郵便配達員が手紙を配達するかわりに、開長十二センチメートルほどの蛾が人の頭上を、飛びまわるところが見られるだろう。闇の天使が黄色と黒の羽を見せびらかし、突然地面をかすめ、逃れられないわたしたちを一周したあと、すっと垂直に上昇して頭蓋骨を目の前に置くのだ。もちろん、人はその曲芸に惜しみない喝采を送る。知ってのとおり蛾は人間を担当する死の管轄下にない。他のすべての動物の種もそうだが、彼らも実際には無限ではない。彼女は動物部門にいる仲間、こうした自然の産物について責任を持つ仲間との協定を求め、数匹のアケロンティア・アトロポスを貸してくれと頼まなければならないが、残念なことに彼らの個々のテリトリーとそれに対応する個体数において、大きなずれが生じることを考えると、先ほどふれた仲間がお高くとまってそっけなく横柄に断ることは大いにありそうである。これで死の領土でも、団結の欠如には根拠がなくはないことがわかるはずだ。ただその昆虫学の入門書に書かれているのが百万種であることから想像してほしいのだが、それぞれの種に個体数があるならば、地球上には空の星の数よりも多く小さな生き物がいると思わないだろうか。あるいは、そのなかで、溶けかかっている小さな染みにすぎないわたしたちが存在する、全世界の痙攣（けいれん）する現実に詩的な名前を与えたいなら、空ではなく宇宙空間としてもよいが。現在五大陸に不均等に分布するただの七十億の男女を含む人類を担当している死（モルト）は、さして重要でもない下位の死であり、死神（タナトス）の階層のなかでどこに位置するかを彼女自身完全に気づいている。だからこそ、彼女は名前を大文字のMで印刷した新聞社に送った手紙で正直に認めたのだ。とはいえ、夢の扉はいとも簡単に開き、消費税を請求されない者でも自由に使えるので、すでにチェロ奏者の肩ごしにのぞくのをやめた死（モルト）は、彼女の点呼とともに机に勢ぞろいした蛾の大群へ、さあ、行きなさい、これこれの人を見つけて、おまえの背中にある死の頭蓋骨を見せて帰っておいで、と命じる空想を楽しんでいる。音楽家は彼のアケロンティア・アトロポスが開いた本のページからひらりと飛び立ち、それが彼の網膜に映る最後の映像だと思うことだろう。マルセル・プルーストが見たという死を宣告する太った黒衣の女ではなく、あるいは、明察の者たちが死の床から見たと主張する白いシーツをかぶった人食い鬼でもない。それは一匹の蛾。背中に頭蓋骨の白い印のある黒っぽい蛾が、ひらひらと絹の羽を踊らせているのだ。

　チェロ奏者は時計を見て、昼時をだいぶ過ぎたのを知った。すでに十分ほど前からわかっていた犬は、持ち主の隣にすわっており、主人の膝に頭を乗せながら彼がこの世界に戻ってくるのを待っていた。ほど近いところにサンドイッチと、その手の軽食を出す小さなレストランがあった。公園に来る日はよくそこへ行き、いつも同じものを注文した。ツナマヨ・サンドイッチをふた皿と一杯のワインは自分に、犬にはめずらしくミート・サンドイッチをひと皿。今日のように晴れていれば木陰の芝生にすわり、食べながら彼と犬は話をした。犬はいつもうまいところを最後に残した。まず薄切りパンの部分を手早く片づけ、それから肉の楽しみに没頭するのだ。あわてず急がず、入念に噛みつづけ、汁を味わう。チェロ奏者は何を食べているのかも考えていない様子で、ぼんやりと食べた。バッハのニ長調組曲〔無伴奏組曲第6番〕の、とくにプレリュードの悪魔のように難しいパッセージのことを、ときには手を止め、迷い、疑うという、音楽家の人生で最悪の事態が起こりうる部分について考えていた。彼と犬は食べおわると、並んで横になった。チェロ奏者がまどろみだし、一分後に犬も眠りこんだ。彼らは目覚めると家路につき、死（モルト）もそれに同行した。犬が腸を空っぽにするために庭へ駆けこみ、チェロ奏者は譜面台にバッハのチェロ組曲の楽譜を置き、荒々しいパッセージを開いて、じつに悪魔的なピアニッシモだと執念深いためらいが何度も繰り返された。死（モルト）は気の毒になった。かわいそうな人。最悪なのはやり遂げるには時間が足りないことだ。もちろん、そんな時間はありえず、近づいた者もつねにまだ遠かったのである。そのとき死（モルト）は初めて気づいた。このアパートには一枚も女の写真がないことに。父だったに違いない男と並んだ、チェロ奏者の母とはっきりわかる年配の女以外には。

おまえに大きな頼み事があるんだ、と死（モルト）が言った。いつものように大鎌は答えなかった。それが聞いていたとわかるのは、ほとんどわからぬほど身ぶるいしたからだ。これは狼狽（ろうばい）を物理的に伝える全身性の表現だった。というのも死（モルト）の口から、頼み事があるとか、それも大きなとか、そんな言葉を一度も聞いたことがなかったから。わたしは一週間ほど出かける、と死（モルト）は続けた。そのあいだ、手紙の発送を引き継いでもらう、もちろん書けとは言わないし、おまえはただ送ればいい、頭のなかで命令を発するだけだよ、手紙が確実に宛先へ向かって出発するまで、おまえの刃（やいば）を内側で振動させてね、感情とか、興奮とか、なんでもおまえが活動中だとわかるものを出すんだ。大鎌は依然として黙っていた。だが、この沈黙は質問に相当した。わたしはあの手紙のことで行き来を繰り返してはいられない、と死（モルト）は言った。この問題を解決するには、ひたすらチェロ奏者に集中して、あのだめな手紙を届ける方法を見つけないと。大鎌は待っていた。死（モルト）がさらに言った。これから一週間分の手紙を書く、いない間のだ、状況の例外的な性質を考えれば、わたしがこうするのは許されるし、言ったとおり、おまえがするのは発送だけだ、壁にもたれて、移動すらしなくてもかまわない、この件では感じよくやってるんだよ、おまえに友人として力添えを頼むという立場でね。もちろん上品でなく、単純に命令を出すこともできるだろうさ、最近はあまりおまえを多用していないけど、だからってもうわたしの支配下にいないわけじゃない。大鎌の観念した沈黙は、いまの話が本当であることを裏付けていた。では、合意だ、と死（モルト）は結論した。今日はこれからずっと手紙を書く、二千五十通ほどあるだろう。想像してごらん、それは手首がぐらぐらするまで働くってことだ。机の上に残しておくけど、左から右へ順番にグループ分けしておくよ、忘れないで、左から右へ、いいね、ここからここまで。人が時間切れで通知を受けとったりしたら、遅かれ早かれまたひどい事態に巻き込まれる。沈黙は同意のしるしとも言う。大鎌はやはり黙って、同意していた。布に身を包んだ死（モルト）は、視界をさまたげる頭巾を後ろへずらし、すわって仕事にとりかかった。書いて、書いて、何時間も過ぎたが、彼女はまだ書いていた。便箋があり、封筒があり、手紙を折りたたんで封筒にいれて封をしなければならなかった。彼女には舌もなく唾のわく器官もないのに、どうしたらそんなことができるのか、と聞く人がいるかもしれないが、いや、それはみなさん、まだ幸せな手作業時代の、かろうじて夜明けが始まるモダンな洞窟に人が住んでいたときのことで、いまの封筒はシール・タイプだから小さな細い紙をはがせばそれで終わりだ。舌の持っていた多くの用途のなかでも、舐（な）めて湿すのは過去のものと言えるだろう。死（モルト）は手首がぐらぐらするまで働いた。なぜなら、本当に彼女はすべて骨だったから。これは言語に定着する言いまわしの典型であり、人はそれがオリジナルの意味をはずれてから長い年月がたってもまだ使いつづける、たとえばもちろんここで働きつづける骸骨の死（モルト）の場合にも、X線映像で見ればわかるのだが、生まれつき手首が開いていることを忘れている。そっけない身ぶりで、本日の約二百八十通の封筒が超空間へと発送された。つい先ほど委託されたように、明日からは公式の発送実務は大鎌に引き継がれる。ひとつの言葉もなく、さよならとか、またあとで、の挨拶すらなく、死（モルト）は椅子から立ちあがると、部屋にある唯一のドアへ向かった。すでに何度かのべたように、幅の狭い小さな灰色のドアがどこに通じているのか全然想像がつかないのだが、彼女はそれを開け、向こう側へと通り抜けて背後でドアを閉めた。大鎌はぞくぞくする興奮で、刃の先端から柄の先まで全身をふるわせた。大鎌の記憶によれば、このドアは一度も使われなかったのだ。

　何時間か過ぎた。外では太陽が昇るまでに必要な時間だが、この冷たく白い部屋では、暗闇を恐がる死体の影を払いのけるために設置されたような電球が、つねにおぼろげに点灯していた。大鎌がこの部屋から二番目の封筒の山を消す命令を出すには、まだ時間が早すぎる。だから、もう少し眠っていられるだろう。不眠症患者の話によれば、ひと晩中眠れずにいると、気の毒なことにまだ一分の休息も許されていないから、もう少しだけ、ほんの少しだけでも、と頼みこんで眠りを欺こうとするそうだ。何時間も孤独に過ごした大鎌は、永遠に閉じたままの、少なくとも大鎌が来てからは封印されていたドアから死（モルト）が退場したという驚くべき事実を解明しようとしたものの、結局、いずれドアの向こうで起こったことはわかるのだと、理解するのをあきらめた。死（モルト）と大鎌のあいだに秘密はほぼ存在しえないのだ。鎌の刃とそれを振りかざす取っ手のあいだに秘密がないように。大鎌はそれほど長く待たなかった。時計で言えば三十分ほどたったとき、ドアが開いて一人の女が現れた。大鎌はそういうことが可能だと聞いてはいた、死（モルト）が人間そっくりに変身できるのだと。なるべく、彼女の平常の性別である女性が望ましいが、大鎌はいつもたんなるお話の上のこと、あるいは神話、伝説のたぐいだと思っていた。たとえば不死鳥はおのれの灰から生まれ変わるとか、安息日に働いていたから薪を背負った男が月にいるのだとか、ほら吹き男爵ミュンヒハウゼンが馬もろとも沼で溺れかかったとき自分の髪をひっつかんで持ちあげて助かったとか、何度殺されても死ぬことのできない、そして杭を心臓に突き立てられないかぎり、いやそれでも死なないと思う人もいるトランシルヴァニアのドラキュラ伯爵だとか、本物の王がふれると叫ぶ古代アイルランドの運命の石（リア・ファル）とか、水にひたすと松明の炎がつくエピルスの泉とか、撒かれた種の繁殖力を上げるため経血を畑にふりまいた女たちだとか、犬の大きさの蟻だとか、蟻の大きさの犬だとか、二日目に起こらなかったので三日目の復活がなされたとか。すごくきれいだ、と大鎌が言った。たしかにそのとおり、死（モルト）はとても美しく、しかも若かった。人類学者の計算によればだいたい三十六歳か三十七歳だろうか。おまえは口をきいたね、と死（モルト）は大声をあげた。それだけのわけがある、敵である人類という種に変身した死（モルト）を見るなんて毎日あることじゃない。じゃ、わたしが美しいから口をきいたわけじゃないのか。ああ、それもある、それもある、でも、ムッシュ・マルセル・プルーストのもとにやってきた豊満な黒衣の女のようだとしても口をきいただろう。そりゃ、わたしは太ってもいないし、黒衣をまとってもいないし、おまえはマルセル・プルーストがだれかなど知りもしないしね。おれたち大鎌は明白な理由から、人びとを刈るものも草を刈るものも、読み方を教わったことはないが記憶力はすぐれているんだ、彼らの場合は草の汁の記憶、おれの場合は血の記憶があり、プルーストの名前も何度か耳にしていて、事実をつき合わせると彼は偉大な作家だ、これまでもっとも偉大な作家の一人であり、彼のファイルはどこか古いアーカイブにあるはずだ。そうだね、でもわたしのところにはない、彼を殺したのはわたしじゃないから。だったら、このムッシュ・マルセル・プルーストはここではなかったのか、と大鎌がたずねた。ああ、彼は他の国だよ、フランスという名のね、と死（モルト）が答えた。その声はわずかに悲しみを帯びていた。気に病むことはない、彼を殺したのは今日のようなきれいなあんたじゃないという事実が心のなぐさめだ、と大鎌はとりなした。知ってのとおり、わたしはいつでもおまえを友人とみなしてきたよ、でも、悲しいのはプルーストを殺したのがわたしじゃなかったからではない。では、何が。さあ、それが説明できるかどうか。大鎌はとまどった視線を死（モルト）に投げ、話題を変える潮時だと思い、その服はどこで手に入れた、とたずねた。ドアの向こうに山ほどあってね、倉庫とか、広大な劇場の衣裳室のようだよ、実際、何百という衣裳簞笥に、何百というマネキン、何千というハンガーがある。そこへ連れてってくれ、と大鎌が訴えた。なんの意味があるんだい、おまえにはファッションやスタイルなど無関係だろう。でも、ひと目見たら、あんたの知識もおれと似たようなものだとわかったんだよ、その服はなんだか形がちぐはぐみたいだ。おまえはこの部屋から一歩も出たことがないから、最近の服装事情を知らないのさ。そのブラウスはおれが実生活を送ってた時代のものとそっくりだ、思い出せるほど。ファッションは繰り返すものよ、はやったり、すたれたり、すたれたり、はやったり、人が最近街で着ているものなど、おまえには見当もつかないだろう。言われたくないが、そのとおりだな。このブラウスは色がパンツと靴によく合ってると思わないか。そうだね、と大鎌がうなずいた。かぶってる帽子も。ああ、それもな。この毛皮のコートも。ああ。このショルダー・バッグだって。ああ、そのとおりだ。イヤリングも。もう勘弁してくれ。どうなの、ちゃんと答えてよ、魅力的だろ。それはあんたが誘惑したい男の種類によるんじゃないか。でも、おまえだって美しいと思ってる。それは最初の話だ。だったら、もうバイバイ、日曜日か、遅くとも月曜日には戻るからね、くれぐれも毎日の手紙の発送を忘れないで、壁に一日中もたれて過ごしてるものにとっては、たいした重労働じゃないはずだ。あの手紙は持ったのか、と大鎌が皮肉を利(き)かせまいと決めてたずねた。ああ、ここにある、と死(モルト)はきれいにマニキュアをした指でバッグをとんとんとたたいた。それを見たら、だれもがキスをしたくなる指だった。

両側に壁がある狭い路地に死が姿を現した。市のほぼはずれだ。そこには彼女が通ってきたとおぼしきドアも、門もなかった。それどころか、あの地下の部屋からここまでの経路を人に推測させる手がかりさえ、ひとつも見当たらなかった。太陽は空っぽの眼窩をわずらわせない。だから、考古学的発掘で幸せな人類学者が、発見した人骨はネアンデルタール人であることを示す特徴をふんだんに備えているると公表するとき、たとえ後の分析でただの品のない新人類だと発覚したところで、見つかった頭蓋骨は顔に突然まぶしい光を浴びても、まぶたを下ろさずにすむのである。しかしながら、死は、女になったこの死は、サングラスをバッグから取りだし、やっかいな結膜炎にかかる危険から人間の目を守るためにかけた。というか、まぶしく晴れた夏の朝に目を慣らさなければならない女と見せかけて。死は壁が終わって最初の建物が始まるところまで通りを歩いた。そこからは彼女にとって馴染みのある領域で、市の境界線を越えて全国の隅々に至るまで、ここにある家々も、それ以外の家々も、訪れなかった家は一軒もなく、この先二週間のうちには、注意散漫な鳶職人にうっかり足場を踏みはずさせて落下させるため、建築中のビルの現場にも行かなければならない。人はそういう事故があると、それが人生だなどと言うが、はるかに正確な言い方をするなら、それが死なのだ。いまタクシーに乗りこんだ黒いサングラスの女に、わたしたちはその名前を与えない。たぶん、人は彼女がまさに生命の象徴だと思い、彼女のあとを息せききって走り、もし別のタクシーがあればその運転手に、あのタクシーを追ってくれ、と告げるだろう。だが、そのときにはもう彼女のタクシーは角を曲がっていて、こんなふうに言えるタクシーは来ないのだ、頼む、あのタクシーを追ってくれ。そんなときも人は降参だと肩をすくめながら、これが人生だ、と口にする。いずれにせよ、死（モルト）がバッグに入れて持ち歩く手紙には別の受取人と別の宛先が書かれており、足場からの墜落案件がまだ先に起こることだというのを少なくとも心のなぐさめとしておこう。筋道から期待されるのに反して、死（モルト）はタクシーの運転手にチェロ奏者の住所ではなく、彼が演奏する劇場の名前を告げた。たしかに二度の失敗を経て安全策を選んだのだが、彼女が女に変身することから始めたのはたんなる偶然ではなく、いかにも文法好きの人が考えそうなことであり、前にもふれたように死と女はともに元来の性別が女性だからである。外界の経験が、とくに感情、食欲、誘惑などの点において、完全に欠けていたにもかかわらず、大鎌が死（モルト）との会話の途中で、それはあんたが誘惑したい男の種類によるんじゃないか、と問いかけたのは的を射ていた。キーワードは誘惑だ。死（モルト）が直接チェロ奏者の家に行き、ベルを鳴らして彼がドアを開けたら、黒い眼鏡をはずして魅惑の笑顔を投げる。たとえば、ひどく使い古されたものだが、いつも案外効き目のある手口であり、百科事典の訪問販売ですとかなんとか挨拶をすると、彼はお茶を飲みながら静かに話を聞くことにして招きいれるか、あるいは礼儀正しく断りながら興味はないと即座にドアを閉めにかかるかするだろう。音楽の百科事典であったとしても、ほしいとは思わないですね、と彼は内気そうな笑みとともに言う。どちらに転んでも、手紙を手渡すのは簡単だ、ほぼ、と言っておくが、とんでもなく簡単であり、それこそ死（モルト）の気に入らないところだった。男は彼女を知らないが、彼女のほうは知っている。彼女はそっくりひと晩を彼と同じ部屋で過ごし、演奏を聴いた。好むと好まざるとにかかわらず、そうしたものは絆を結ばせ、親密さを築き、関係の始まりとなる。だから、あなたはもうじき死ぬのよ、まだ一週間あるから、チェロを売り、犬に新しい飼い主を見つけてやれる、とあからさまに告げるのは、いまや美しい女となった彼女にふさわしくない残酷な行為なのだ。彼女のプランは別だった。

劇場の入口に貼られたポスターには、今週、国立管弦楽団によって二つのコンサートが催されるという市民への価値ある告知が載っていた。ひとつは木曜日、明後日であり、もうひとつは土曜日だ。このお話を入念に細かく注意して読んできた人ならだれもが、矛盾や、誤りや、見落としや、論理的欠陥がないかと目を光らせて、ATMや営業時間内の銀行が存在しない地下の部屋から現れて二時間しかたっていないのに、いったいどうやって死（モルト）がこのコンサートのチケット代を支払うつもりなのかと知りたくなるのは自然なことである。そして、聞きたいついでに、タクシー運転手というものが、黒いサングラスをかけ、素敵な笑顔を浮かべ、みごとな体つきをした女たちには料金を請求しないのか、も知りたいだろう。さて、悪意ある連想が根を張る前に急いで言っておくと、死（モルト）はメーターに表示された金額を支払っただけではなく、運転手にチップも渡した。金がどこから来たのかという疑問について、まだ読者が心配なら、サングラスと同じ場所からだと言っておきたい。つまり、ショルダー・バッグから出てきたのだと。なぜなら、原理的には、そしてわたしたちの知るかぎり、あるものが出てきた場所から別のものが出てくるのを止めることはできないのだ。彼女がタクシーに支払った金と、これから何日か宿泊するホテル代と、コンサートの二枚のチケットに支払った金が、いまは流通していない可能性も捨てきれない。わたしたちも、寝るときに持っていた金が、目覚めたら別の金になっていたことがある。したがって、死（モルト）の謎めかす才能を知るわたしたちとしては、タクシー運転手がだまされていることに気づかず、サングラスの女からこの世のものではない、あるいは少なくともこの時代のものではない、国王の立派で親しみ深い肖像ではなく共和国大統領が印刷された紙幣を受け取らないかぎり、それは良質で現行の法律下で有効なものだろうと推定するのである。劇場のチケット売り場は開いたばかりだ。死（モルト）は笑顔でやってきて、おはようございます、と言うと、最高のボックス席を二枚ほしいと申し込んだ。ひとつは木曜日の、もうひとつは土曜日の公演用の。彼女は販売員に二枚とも同じ場所が望ましく、さらに大事なのは、そのボックス席が右側で、できるだけステージに近いことだと告げた。死（モルト）はむぞうさにバッグに手を入れ、財布を取りだして、正しいと思われる金額を適当に手渡した。販売員はお釣りをよこし、はい、どうぞ、と言った。コンサートをお楽しみください、もしかしたら今回が初めてじゃないでしょうか、お見かけした記憶がありませんので、わたし、人の顔をよく憶えているんですよ、ほんとに一度見たら絶対に忘れないんです、眼鏡をされると印象が変わりますよね、とくにお客様がおかけのようなサングラスの場合は。死（モルト）はサングラスを取ると、これでどうかしら、とたずねた。いいえ、前にもお見かけしてません。たぶん、あなたの前に立つ人は、つまりわたしがその人だけど、コンサートのチケットを買う必要がなかったのね。つい二、三日前もオーケストラのリハーサルを見て楽しんで、だれにも気づかれなかったわ。お話がよくわかりません。いずれ、わたしに説明するように言ってちょうだい。いつでしょうか。ああ、いずれよ、かならずその日がやってくるから。お客様が怖くなりました。死（モルト）は美しくほほえみ、そしてたずねた。ざっくばらんに聞かせて、わたしの顔って怖いかしら。まさか、そんなこと思ってもいません。だったら、わたしみたいにして、笑顔になって、楽しいことを考えるの。コンサートの季節はまだ来月も続きます。それはいい知らせだわ、たぶん来週もあなたにお目にかかるわね。ええ、わたしはずっとここにいるんです、劇場の家具みたいなものですから。心配いらないわ、ここにいなくてもあなたのことを見つけるから。それではお待ちしてます。楽しみにしてる。死（モルト）は間をおいてから聞いた。ところで、あなたか、ご家族のなかに紫色の手紙を受け取った人はいないかしら。死（モルト）からの手紙ですか。そうよ、死（モルト）からの。いいえ、ありがたいことに、でも近所に明日で一週間が過ぎる方がいるんです、その方はものすごく取り乱していて。どうしようもないわね、それが人生だもの。ええ、そうですよね、と女はため息をついた。それが人生です。幸いにも、他の人たちがチケットを買いにきており、そうでなければこの会話がどこまで行ったか知れたものではない。

さて、音楽家の家から遠くない場所にあるホテルを見つけるのが問題だった。死（モルト）は街の中心部へとぶらぶら歩き、旅行代理店にやってきた。そこで市街図を見せてもらえないかと頼み、すばやく劇場の場所を探し当てると、そこから人差し指をチェロ奏者の住む地域へと動かした。少しはずれのほうだったが、近くにはホテルがいくつかあった。営業担当がそのうちの一軒を、豪華ではないが快適だと推薦した。彼が電話で予約を取ってあげましょうかと申し出て、死（モルト）がサービスの代価をたずねると、相手はほほえみながら、わたしのサービスにしておきます、と答えた。これは一種の習慣であり、人びとはなんとなく冒険的な言葉を口にして、そのあとがどうなるかを深く考えない。わたしのサービスにしておきます、と男はあきらかに男特有の救いがたい見栄で、近い将来に楽しい再会でもあるかと空想しながら言ったのだ。彼は死（モルト）から、気をつけな、だれと話してると思ってるんだ、という冷たい目の返事をもらいかねない危険を冒した。が、彼女はただ、ぼんやりとほほえみ、彼に礼を言って、電話番号、あるいは来客カードも残さずに代理店を立ち去った。あとには、バラとキクのまざりあった香水の香りが漂っていた。実際に、半分バラで半分キクみたいな匂いだ、と営業担当はつぶやき、市街図をゆっくり折りたたんだ。通りに出ると、死（モルト）はタクシーを呼びとめ、運転手にホテルの住所を教えた。彼女は全然自分に満足していなかった。チケット売り場の親切な女を怖がらせ、金を使うことを楽しんでいたが、それは許されない乱用だった。人は死を十分に恐れている。お馴染みの言葉がお好みならばあの不吉なラテン語の言葉、人よ、思い出しなさい、あなたは塵（メメントー・ホモー・クィア・プルウィス・エス・エト・）

だから、また塵に還るのです（イン・プルウェレム・レウェルテリス）の最新版で、なにも笑みを浮かべた彼女が、こんにちは、わたしよ、などと言わなくてもよいはずだ。なのに、それでは不足だとばかり、とても感じのよい親切な人に、まるでいわゆる上流階級が厚かましくも下流の人に、だれに向かって口をきいてるかご存じ、と告げるような愚かな質問をしかねないなんて。だめだ。死（モルト）は自分の行動がまったく気に入らなかった。骸骨の姿だったら、けっしてあんな行動はしなかったろう。たぶん、わたしが人間の姿をしているから、そういうものが付いてきたんだ、と思った。なにげなくタクシーの窓の外を眺めて、通り過ぎる街並みに気づいた。これはチェロ奏者の住む通り、あのアパートの一階に住んでいる。死（モルト）は突然みぞおちがきゅっと縮み、神経が興奮で震える感覚に襲われた。それはハンターが獲物の様子をうかがい、視界のうちに捉えたときに、体を駆けぬける武者ぶるいに似ており、彼女が自分自身を恐れはじめた、一種のおぼろげな恐怖感なのかもしれなかった。タクシーが停まり、ホテルです、と運転手が言った。死（モルト）は劇場で女からもらった釣銭の硬貨でタクシー代を支払った。余りは取っといて、と彼女は言ったが、その余りがメーター料金よりも多いことには気づかなかった。無理もない、今日から公共交通サービスを使いはじめたのだ。

　フロントへと向かいながら、旅行代理店の男が名前を聞かなかったことを思い出した。彼はただホテルに、お客様をご紹介します、ええ、これから向かいますので、と言っただけだ。そしていま彼女はそこにおり、名前を小文字の死（モルト）でお願いとは言えず、といって、ここで使う名前を知らなかった。ああ、バッグだ、肩から提げたバッグ、サングラスとお金が出てくるバッグ、ならばバッグから身分証明書か何かが出てくるはずだ。ご用件をお伺いいたします、とフロント係が声をかけた。十五分ほど前に旅行代理店から電話で予約を取ってもらった者ですけど。はい、奥様、電話を受けたのはわたくしでございます。それがわたしなのよ。では、こちらにご記入をお願いできますか。死（モルト）はすでに名前を知っていた。カウンターデスクに開いてある身分証明書から、サングラスのおかげでフロント係に気づかれずに、名前、生地、国籍、配偶者の有無、職業といった情報が書き写せるだろう。これでいいかしら、と彼女は言った。いつまで当ホテルにご滞在ですか。つぎの月曜日まで。クレジットカードのコピーを取らせていただいてよろしいでしょうか。ああ、カードは持ってこなかったわ、でも、よければ、いま前金でお支払いしておくけど。ああ、いいえ、それには及びません、とフロント係が言った。彼女は身分証明書を取り、宿泊者カードと照合して、いぶかしげに目をあげた。証明書の写真がもっと老けた顔をしていたからだ。死（モルト）はサングラスをはずして、ほほえんだ。フロント係は困惑して、また身分証明書に目を戻した。写真といま目の前にいる女は瓜二つだった。お荷物は、と彼女は額の汗を手でぬぐいながら聞いた。ないわ、ちょっとお買い物をしに街に来たのよ、と死（モルト）は答えた。

　彼女は一日中部屋で過ごし、昼食も夕食もホテルでとった。深夜までテレビを見た。それからベッドにはいり、明かりを消した。彼女は眠らなかった。死（モルト）は眠らないのだ。

ダウンタウンの店で買った新しい服を着て、死はコンサートに出かけた。ボックス席に一人ですわり、リハーサルのときのようにチェロ奏者を見ていた。照明が暗くなる直前、オーケストラが指揮者を待っているとき、彼が女に気づいた。そうした演奏家は彼だけではなかった。第一の理由は、彼女がボックス席に一人ですわっていたからだ。けっして稀ではないとしても、それほど頻繁にあることでもない。第二の理由は、美しいから。観客のなかで一番の美人というわけでもないが、翻訳者がどうしても摑みきれない究極の意味を含んだ詩の一行のような、言葉では表現できない、とりわけ目を惹く、いわく言いがたい美しさがあった。最後の理由は、孤独そうだったから。ボックス席の彼女のまわりは両隣も前後もからっぽで、まるで虚空に存在しているような、絶対的な孤独の表出とも思える姿だった。冷えきった地下の部屋から現れて以来、あまりに何度も、あまりに危険なほど笑顔を浮かべてきたが、いまは笑っていない。

観客席の男たちは彼女をあいまいな好奇心から観察し、女たちは敏感に不安をおぼえていたが、彼女は子羊をめがけて急降下する鷲のように、ただチェロ奏者だけに目を定めていた。けれども、ひとつ違う点があった。つねに獲物を捕らえるこの凝視のなかに、憐れみの薄いヴェールのようなものがあることだ。鷲というものは、ご存じのとおり、殺すことを義務づけられており、それが本来の性質だが、この場にいる鷲は、おそらく無防備の子羊に面と向かっても、また強力な翼を広げて大空へ、広大な冷たい空間へと、手出しのできない雲の群れのなかへ舞い戻りそうだった。オーケストラが沈黙した。チェリストがそれだけのために生まれたかのように、独奏を始めた。ボックス席にいる女が真新しいハンドバッグのなかに彼宛ての紫色の手紙を入れていることを、彼は知らずにいる。どうして知ることができるだろう。なのに、まるで世界に別れを告げるかのように弾いていた。ずっと秘めていたことを、ついにすべて吐きだすように。断ち切られた夢を、挫折した思慕を、つまりは生命を。ほかの演奏者たちは驚いたように彼を見つめ、指揮者も驚きと敬意をあらわし、聴衆はため息をつき、身ぶるいし、鷲の鋭い視線を曇らせていた憐れみのヴェールは涙となった。独奏が終わり、オーケストラがチェロの歌を、ゆったりとした巨大な海のように包みこんで、音楽が沈黙へと昇華する場所へその歌を導くように、そこへ沈め、吸収し、増幅していった。蝶がふれたティンパニの最後の聞きとれない余韻のように、皮膚をつたわる振動が影へと姿を変えるその場所へと。死(モルト)の記憶のなかにアケロンティア・アトロポスのなめらかで邪悪な飛翔がさっと浮かんだが、彼女は地下の部屋から手紙を発送するように手を振って消し去った。そのしぐさのせいでチェロ奏者は彼女のほうへ顔を向け、目で場内の温かな闇のなかを通る道を探した。死（モルト）がしぐさを繰り返した。すると、彼女の細い指が一瞬、まるで弓を動かす彼の手にとまったかのようだった。チェロ奏者は一音をミスするほどのことを心でしていたのに、弾き違えなかった。彼女の指は二度と彼にはさわらないだろう。彼女は芸術家が演じているあいだは気を散らしてはならないのだと気づいた。演奏が終わると聴衆はいっせいに拍手喝采を送り、照明がついて、指揮者がオーケストラのメンバーたちを立たせた。それからチェリストが一人で拍手をもらえるように手を差しのべた。死（モルト）はボックス席で立っており、ついに笑みを浮かべ、交差させた両手を胸に押しあてていた。人びとは拍手をし、ブラボーと歓声をあげ、指揮者を十回も呼びもどしたが、彼女は何も言わずにただ眺めていた。そのあと、ゆっくりと観客がなごり惜しそうに席を立ち、オーケストラのメンバーも楽器を片づけはじめた。チェロ奏者がボックス席に顔をめぐらせたとき、すでに彼女は、あの女はそこにいなかった。ああ、人生はそんなものだ、と彼はつぶやいた。

　それは間違っていた。人生は必ずしもそんなものではない。ボックス席の女が楽屋口で彼を待っているのだ。数人の演奏家が帰り際にわざと彼女を見つめたが、なぜか女が見えないフェンスに守られていることに気がついた。彼らをちっぽけな蛾のように燃やしてしまう高圧電流の囲いだ。そのときチェロ奏者が姿を現した。彼は彼女を見て驚き、一歩あとずさった。至近距離で見る彼女は、女のようでいて女ではない、まるで別の天体から、違う世界から、月の裏側から来た女であるかのようだ。彼はうつむいて、帰っていく仲間に加わろうとしたが、肩に引っかけたチェロのケースが逃げる妨げになった。女は彼の真ん前におり、逃げないで、と言っていた。ただ、あなたの演奏で興奮して楽しかったお礼を言いにきただけだから。それはどうもありがとう、でもぼくはただの楽団員です、ファンがさわったり、サインをほしがったりして何時間も待つような、ソロ活動をする有名な演奏家じゃありません。それが問題なら、わたしだって待つし、サインもいただきたいわ、サイン帳は持ってないけど、それにぴったりの封筒があるの。よくわからないな、おだてられるのは悪くないけど、ぼくはそんなに価値のある者ではないんです。聴衆は違う意見だったようだけど。そういう日もあります。そのとおりね、そういう日にわたしも偶然ここに来られたのね。あの、こんなことを言えば恩知らずで無作法かもしれませんが、たぶん明日になれば今夜の興奮も忘れてしまいますよ、あなたが突然現れ、また消えてしまうようにね。知らないでしょうけど、わたしは目的を確実に果たすのよ。それは何です。ひとつだけ、あなたに会うこと。では、これでぼくと会えたなら、そろそろ失礼しても。わたしを怖がってるの、と死（モルト）がたずねた。いえ、ただちょっと落ち着かないかなと。わたしがいて感じる不安なんて、とても小さなことよ。不安だとしても、べつに怖いわけじゃありませんよ、いわば慎重にしろという警告みたいなものです。慎重さは避けられないことを先延ばしにするだけで、いずれ捨てることになる。ぼくの場合は違うと思いたいですね。

いいえ、きっとそうなるわ。チェロ奏者はチェロのケースを反対の肩に引っかけなおした。お疲れなの、と女がたずねた。重いのはチェロではなく、ケースなんですよ、とくにこいつは旧式だから。あなたにお話があるんだけど。真夜中に近いのに、どうやって、もうみんな帰ってしまいましたよ。あそこにまだ人がいるわ。あの人たちは指揮者を待ってるんです。バーで話しましょう。チェロを背負って混んでるバーにはいるんですか、それはちょっと、とチェロ奏者がほほえみながら言った。仲間が全員そこにいて、楽器を持ってたらどうするんです。わたしたち、コンサートができるわね。わたしたち、と音楽家がたずねた。複数形に反応したのだ。ええ、わたし、ヴァイオリンを弾いてたことがあるの、弾いてる写真もあるわ。あなたは話すたびにぼくを驚かせると決めてるみたいですね。あなたがわたしにどれだけ驚くかは、あなた次第じゃないかしら。たしかにそう言えば明快です。違うわ、あなたが何を考えたかなんて話じゃないのよ。ぼくが何を考えてたというんです。ベッドと、ベッドにいるわたし。すみません。いいえ、悪いのはこっちよ、わたしが男で、ああいう言葉を聞いたら、わたしだって同じことを思ったはずだし、あいまいな態度をとればツケはまわってくる。率直に認めてくれてありがとう。女は少し近づいて言った。じゃ、行きましょうか。どこへ、とチェロ奏者がたずねた。わたしは泊まってるホテルへ、あなたは、想像だけど、あなたのアパートへ。もう会えないんですね。わたしのことをもう不安には思ってないのね。不安に思ってなどいません。ごまかさないで。そう、たしかにそうでしたけど、いまは違います。死(モルト)の顔に喜びの影のないほほえみが浮かんだ。こちらにもっと動機があればと思うわ、と彼女は言った。思いきって、もう一度同じことを聞きたいです。それは何かしら。もう会えないんですね。わたしは土曜日のコンサートにも来るし、また同じボックス席にいるわ。ご存じでしょうけど、演目が違うからぼくの独奏はありませんよ。わかってる。やっぱり全部考えてある。ええ。で、最後はどうなるんです。まだわたしたちは始まったばかり。タクシーが近づいてきた。女は手をあげて停め、チェロ奏者をふりむいた。あなたをお送りするわ。いや、ぼくがホテルへお送りします、途中で落として家に帰りますよ。言うとおりにするか、でなければ、わたしはもう一台タクシーを拾う。あなたはいつも自分のやり方を通すんですか。ええ、いつでも。失敗したことはあるんでしょう、神様だって、ほとんど失敗しかしませんから。いまだって絶対に失敗しないことを証明できるけど。見せてもらっていいですか。愚かなまねはしないで、と死(モルト)は急に告げた。その声はくぐもり、恐ろしく、裏には脅しが効いていた。チェロがタクシーのトランクに置かれた。二人の乗客は移動のあいだ、ひと言も口をきかなかった。タクシーが最初の目的地で停まると、チェロ奏者は降りる前に言った。あなたとぼくの関係がいったい何なのか、正直に言ってわかりません、これきりで会わないほうがいいんじゃないですか。もうだれにも止められないわ。つねに思いどおりにするあなたでも、とチェロ奏者が皮肉をこめてたずねた。そのわたしでも、と女は答えた。あなたは失敗するんですね。失敗しないのよ。運転手はすでにトランクを開けるために降りており、チェロ奏者がチェロのケースを取りだすのを待っていた。

男と女はさよならも言わず、土曜日に会おうとも言わず、さわりもせず、感傷的に決裂したように、劇的に、残酷に、まるで二人が二度と会わないと血と水に誓ったように別れた。音楽家はチェロを肩にかけ、アパートのある一角へと大股で歩み去った。彼はふりむかず、入口では一瞬も歩みをゆるめなかった。女はバッグをつかみながら彼を見まもった。タクシーが走りだした。

チェロ奏者は怒ってひとり言を口にしつつ、アパートにはいった。あの女はどうかしてる、どうかしてる、どうかしてる、ぼくの演奏が素晴らしかったと言うために人が待ってるなんて人生で初めてのことなのに、その女がとんでもない変人だったとは、しかも、ぼくはばかみたいに、もう会えないんですね、と言ったりして、自分で面倒の種を蒔いてしまった、ほんと、まあ、たぶんちょっとは敬意に値する欠陥のある人、ってものがいるんだよな、少なくとも人の関心を惹くような、でも、バカな行為はくだらんし、夢中になるのもくだらない、ぼくはくだらん男だ。玄関へ走ってきて出迎えた犬を、彼は気もそぞろに軽くたたき、ピアノの部屋にはいった。チェロのケースを開け、慎重に楽器を取りだした。短い時間だったが、タクシーで移動するのは楽器にとってよくないので、寝る前にチューニングをしておきたかった。彼はキッチンに行き、犬に食事を与え、自分にはサンドイッチを用意して、それをグラスに一杯だけついだワインで食べはじめた。苛立ちは前よりおさまっていたが、ちょっとずつ怒りが不安な気持ちに置き換わっていた。女が言ったこと、あいまいな態度をとればツケがまわる、というさりげない言いまわしを思い出した。彼女が口にした言葉はすべて、話の前後関係において完璧な意味を持っていたが、そこには別の意味も込められているようだった。その意味は、まるで飲もうとすると零れ落ちてしまう水のような、果物をもごうと手を伸ばすと遠ざかってしまう枝のような、彼を焦らし、つかむことのできないものだ。彼女の頭が変だとは言わないが、かなり変わっている、それは間違いないと思った。彼は食べおえて、音楽室あるいはピアノ室へと戻った。わたしたちはこの部屋をこれまで二つの名前で呼んできたが、音楽家が日々の糧を得てきた楽器だから、チェロ室と呼ぶほうが論理的だとしても、言葉としてふさわしくない、というより、ほんの少し格下で威厳に欠けるというか、たぶん順序としては音楽室、ピアノ室、チェロ室になるという感覚についてきてもらえれば、これまでの呼び方も容認されるだろう。想像してほしいのだが、もしここでクラリネット室、横笛室、バス・ドラム室、トライアングル室などと呼びはじめたらどうだろうか。言葉にはそれなりの階級があり、作法があり、貴族的な称号があり、平民の烙印があるということだ。犬が主人のもとに来て、一回、二回、三回とまわってから隣に寝そべった。これは犬がまだオオカミだった時代に獲得した習性の名残だった。音楽家は音叉のラの音でチェロを調弦した。なにしろ、この楽器はタクシーでがたがたと丸石舗装の道を運ばれるという、苛酷な扱いを受けていた。彼は愛情をこめて調弦してから音を出し、そのあいだ少しだけボックス席の女を忘れることができた。正確に言うなら、女ではなく、楽屋口でかわした厄介な会話を。ただし、タクシーでかわした最後の緊迫したやりとりも、ドラムのくぐもった一打の響きのように背景で絶え間なく聞こえていたのだが。彼はボックス席の女が忘れられず、ボックス席の女を忘れたくもなかった。彼女が交差させた両手を胸に押しあてて立つ姿が見えた。ダイヤモンドのように硬く強烈なまなざしと、彼女が笑顔になったとき、それがどんなふうに輝くかも感じとれた。土曜日にまた彼女に会うのだ、と彼は思った。そう、あの女を見るだろうが、もう彼女は立たないし、交差させた手を胸に押しあてもしない、遠くから彼女を見もしない。あの魔法の時間はすでに呑みこまれ、つづく一瞬で解けており、最後に彼女をふりむいたとき、そう想像したのだが、すでに彼女はいなかった。

音叉から音が消え、チェロをもう一度調弦したとき、電話のベルが鳴った。音楽家は驚いた。腕時計を見ると、午前一時半だ。こんな時刻に電話をかけてくるのはだれだろう。受話器を取って数秒待った。なんだかばかばかしかった。もちろん彼が声を出し、名前か番号を言うべきで、そうすると線の向こうから返事があるはずなのだ。すみません、かけ間違えましたと、なのに、聞こえた声はたずねていた。そちら、お出になったのは犬かしら、そうなら、吠えるくらいしていただける。チェロ奏者が答えた。ええ、こちらは犬です、でも吠えるのはずいぶん昔にやめました、咬む習慣もなくしましたよ、人生にむかついたときは別ですが。怒らないで、これは謝罪の電話よ、わたしたちのおしゃべりは危険な近道をとって、ほら、結果は悲惨なものだった。だれかがそっちへ持っていったね、ぼくじゃないが。全部わたしがいけなかったの、普段は冷静で穏やかなのに。ぼくにはどっちでもないように見えた。たぶん、わたしは二重人格的なのよ。それはお互いさまだ、ぼく自身、犬であり人でもあるし。皮肉はあなたに似合わないわ、でも音楽的な耳があるから自分でわかってるだろうけど。不協和音も音楽のうちですよ、奥さん。わたしを奥さんと呼ばないで。では、どう呼べば、あなたの名前も、してることも、どういう人かも知らないのに。最後にはわかるわ、せっかちは悪い相談相手、わたしたちは知り合ったばかりだし。でも、あなたは一歩先に行ってる、ぼくの電話番号を知っていた。それは番号案内のおかげね、フロント係が調べてくれて。古い受話器なのが残念だ。どうして。新しいものなら、あなたの電話番号が表示されるから。かけてるのはホテルの部屋からよ。大ニュースだ。あなたの電話は古いそうだけど、想像どおりだから全然驚かない。なぜ。あなたにまつわるすべてが旧式だから、とても五十歳には思えないのよ、五百歳くらいかしら。なぜぼくが五十歳だと知ってるんです。わたしは人の年齢を推測する名人なの、絶対に間違えない。あなたは失敗しないことを自慢しすぎてるようだ。たしかにね、今日は二度も失敗してる、そんなこと一度もなかったのに。話が見えないな。じつはあなたに渡す手紙があるんだけど、渡しそこねた、劇場の外でもタクシーの中でも、簡単にできたはずなのに。どういう手紙です。あなたのコンサートのリハーサルを見たあとで書いた、とだけ言っておくわ。あそこにいたのか。ええ、いたわよ。見なかった。当然よ、見えてなかったもの。どっちにしろ、あれはぼくのコンサートじゃない。いつも遠慮深いのね。とだけ言っておく、というのは実際にしたことだとは限らない、ってことだね。実際にしたことも含まれるわ。でも、この場合は違う。おめでとう、あなたは遠慮深いだけでなく、とても察しがいい。どういう手紙なのかな。いずれわかる。チャンスがあったのに、なぜ渡さなかった。二回のチャンスにね。ほんとに、どうして渡さなかったのか。わたしもそれを知りたいと思ってる、おそらく土曜日には渡すわ、コンサートが終われば月曜日に帰るから。ここに住んではいないんだ。住むという意味では、そうね。どうも話がわからなくなる、あなたと話してると出口のない迷路にいるみたいだ。それ、生命の定義としては優れてる。でも、あなたは生命ではないんだ。ええ、わたしはそれよりもっと単純よ。だれかが書いてたな、われわれはみな、さしあたりの生命なのだと。そう、さしあたりのね、ただ さしあたりなだけの。あさって、この雲が晴れることを期待しよう、手紙とか、なぜあなたが渡さなかったかとか、すべてがね、ぼくは謎に疲れてしまった。人はよく防御するときに、それを謎と呼ぶのよ、鎧を身に着ける人もいれば謎をまとう人もいる。防御かどうかはともかく、あなたの手紙が見てみたい。三度目の失敗がなければ、見ると思うけど。なぜ三度目も失敗すると。もし失敗するなら、前と同じ理由しかないわね。頼むからぼくを焦らさないでくれ、これじゃ猫とネズミのゲームみたいだ。あのゲームは、いつも猫がネズミを捕まえて終わるわ。ネズミが猫の首に鈴をつければ別だが。よくできました、でも、愚かな夢でもある、それは漫画の空想よ、猫は眠りこんでいても音で目覚める、そのあとネズミはさようなら。ぼくはあなたがさようならを告げるネズミなのかな。わたしたちがそのゲームをしてたら、どちらかが強くならなければ、あなたは外見からも、抜け目なさがないところも猫じゃなさそう。では、残りの人生、ぼくはずっとネズミってわけか。続くかぎり、そう、ずっとネズミのチェリストね。それも漫画のキャラクターだ。人類すべてが漫画のキャラクターだって思わない。あなたもそうだ。わたしがどんな見た目か知ってるでしょう。とても美しい。ありがとう。この会話を聞いてる人がいたら、みんなぼくたちは男と女の恋のゲームをしてると思うだろうな。ホテルの電話交換手が客の会話をおもしろがって盗聴してたら、とっくにそう思ってるかも。これがそうだとしても、深入りする恐れはないね、名前も知らないボックス席の女は月曜日にお帰りだ。二度と帰ってこないのよ。絶対にか。わたしがここに来た理由が、繰り返されることはなさそうだから。なさそうだ、というのは、ないことではないよね。ええ、でもこの旅を繰り返さずにすむように、必要なことはするつもりよ。でも、なんでもいいが、それだけの価値はあった。なんでもいいがって、どういうこと。すまない、ぞんざいな言い方をして悪かった、言いたかったのは……。わたしにはいつも優しくして、そういうのに慣れてないから、それに、言いたいことは察しがつく、でももっと完璧な説明をするべきだと感じるなら、たぶん土曜日に話の続きができるわ。では、それまでは会えないのか。ええ。電話は切れた。チェロ奏者は手にしたままの受話器をまだ見ていた。それは不安で汗ばんでいた。夢を見てるんだ、と彼はつぶやいた。こんなことが、自分の身に起こるとは。彼は受話器を下ろし、ピアノ、チェロ、棚をふりむきながら、こんどは声を張りあげて問いかけた。あの女はおれに何を望むんだ、いったい何者で、なぜおれの人生にやってきたんだ。物音に目覚めた犬が彼を見あげるとその目には答えがあったが、チェロ奏者は気づかず、いっそう苛立ちがつのるのを感じながら部屋を端から端へ歩いた。それはこんな答えだ。そう言えば、ぼくはある女の膝に乗って眠った記憶がおぼろげながらあるのだけど、それは彼女だったかもしれない。どの膝だ、どの女だ、とチェロ奏者はたずねるはずだ。だってあなたは眠ってたじゃないですか。どこで。自分のベッドで。彼女はどこにいた。あそこです。うまいぞ、犬君、女がアパートに来て、寝室にはいってからどれくらい時間が経っていた、さあ、教えてくれ。知ってると思うけど、犬の時間は人間の感覚と違ってる、でも、最後に女の人をベッドに入れたのはひと昔前のようですね、皮肉じゃないけど。じゃ、それはきみの夢なんだね。たぶん、ぼくたち犬は救いがたい夢想家なんです、目を開けてたって夢を見てるし、物陰にいるものを見なきゃならないから、ぼくらは女の膝だと想像したら、すぐに跳び乗ります。なんだ、犬の想像力か、とチェロ奏者は言うだろう。そうじゃないとしても、と犬は答える。ぼくたちは不満を口にしないな。ホテルの部屋では死（モルト）が裸で鏡の前に立っていた。彼女は自分がだれなのかわからなかった。

翌日、女は電話をしてこなかった。チェロ奏者はそのときに備えて家から出なかった。夜が更けても、ひと言もなかった。チェロ奏者の眠りは、昨夜よりも悪かった。土曜日の朝、リハーサルに出発する前に、とんでもないアイデアが浮かんだ。近くにあるホテルをしらみつぶしに訪ね、こんな外見をした、こんな髪の色で、目の色はこうで、口の形はこんなふう、こんな笑顔を浮かべ、こんなしぐさで手をふる女の客がいないかと聞いてまわるのだ。だが、すぐにばかげた計画をあきらめた。なぜなら、あからさまに疑った態度で冷たく、そういったお客様情報をお伝えするわけにはまいりませんと、はねつけられるに決まっているから。リハーサルは普通にうまくいき、彼は楽譜にあるパートを、なるべく正確な音を出そうと努めながら弾いた。終わると、大急ぎで家に帰った。不在のあいだに彼女が電話をしてきたら、伝言を残すろくでもない留守番電話もないのかと思われただろう。ぼくは五百年前の人間じゃなく、石器時代の穴居人だ、留守番電話を持ってないのはぼくぐらいのものだ、と彼はこぼした。彼女が電話をかけてこなかった証拠が必要なら、それから数時間が必要だ。原則として電話をかけた相手が不在でも、人はもう一度はかけてくるものだから。しかし、だめな電話は、前にもまして必死なチェロ奏者の視線にも無関心を決めこみ、夕方まで黙りこくった。がまんだな、これでもう連絡してこないだろう、たぶん何かでできなかったのだ、でもコンサートには来るだろうし、前回のように同じタクシーに乗り、ここに着いたら招きいれて冷静に話ができる、彼女は渡したがっていた手紙をよこし、彼が気づかなかったリハーサルの、芸術的な感興に圧倒されたあとで書いたという大げさな褒め言葉を二人で笑い合えるだろう。彼はロストロポーヴィチじゃないからねと言い、彼女は将来何が待っているかわからないわよと言い、二人が話すことがなくなるか、言葉が一方通行になり、それぞれ別々のことを考えはじめると、人が年寄りになったら思い出す価値のあることが起こるかどうか、わかるだろう。チェロ奏者は家を出たときにこんな心境でおり、その心境のまま劇場にやってきて、そうした心理状態で舞台に上がり、いつもの場所に腰をおろしたのである。ボックス席は無人だった。遅れてくるのだろうと、彼は胸のうちで言った。もう着くころに違いないし、まだ観客は劇場にはいってきている。そのとおりだった。遅めに到着した人びとが、すでに着席している人を立たせて、不便をかけてすみませんとあやまりながら座席についていた。だが、女は現れなかった。おそらく休憩時間だろう。依然として彼女は来なかった。ボックス席は演奏が終わるまで空っぽのままだった。それでもなお、当然ながらまだ希望は残っていた。コンサートに来られなくても、彼女には説明できる事情があるだろう。きっと外で待っているのだ、楽屋口で。彼女はいなかった。希望の宿命とは、つねにつぎの希望を生むことであり、だからどれだけ多くの失望が積み重なろうとも世界から消え失せないのである。彼女はきっとアパートの建物の前で、唇に笑みを浮かべ、手には手紙を持っているのだろう。ほら、約束どおりよ。彼女はやはりいなかった。チェロ奏者はまるで旧式の、第一世代のロボットのようにアパートへはいっていった。つまり足を出すためには、もう一方の足の許可をとらなければならない機械のように。迎えに出てきた犬を押しのけ、チェロをとりあえず置ける場所に置き、ベッドに行って横になった。教訓だ、と彼は思った、これでわかったろう、ばか者め、おまえのふるまいは間抜けそのものだ。結局おまえは自分の欲しい意味を、まったく違う言葉に与えたんだ。おまえが意味を知る知らないにかかわらず。おまえは意図的な筋肉の収縮にすぎないものを微笑だと信じた。おまえはせっかく思い出させてもらったのに、自分の背中に五百年の歳月が乗っていることを忘れた。そしていま、ボロ切れのように、ここで寝ている。彼女を迎えいれたいと期待していたベッドに。あっちはおまえの悲しい姿と、救いがたい愚かさを笑っているんだ。主人から肘鉄砲をくらったことを忘れた犬が、彼を慰めようとベッドにやってきた。犬は二本の前肢をマットレスに置き、だらりと役立たずに置かれた主人の左腕の高さまで体を持ちあげると、その上にやさしく首を横たえた。普通の犬がよくやるように、ぺろぺろと繰り返し舐めることもできたはずだが、今回にかぎり、自然は親切にも特別な感受性を犬のために用意してやり、つねに唯一の同じ感情を表現する違ったしぐさを犬に考案させたのだ。チェロ奏者は犬のほうへ寝返りを打ち、姿勢を直して、頭を犬の首のすぐそばに来るようにした。彼らは顔を見合わせながら、言葉をかわす必要もなく、そのままでいた。考えてみると、きみがだれなのかぼくにはさっぱりわからないが、それは重要なことじゃない、大事なのは、ぼくたちがたがいを思いやることだよ。チェロ奏者の心の痛みは、だんだんやわらいだ。実際、彼が待ち、彼女はすっぽかした、彼女が待ち、彼は来なかった、といった挿話は世界に掃いて捨てるほどあり、根っから疑い深い懐疑論者のわたしたちのあいだでは、ここだけの話、折れた足よりもましぐらいのものである。これを言うのは簡単だが、口にしないほうがよい。というのも、言葉が意図と違った影響をもたらすことが頻繁にあり、こうした男女は毒づいたり悪態をついたりするのが当たり前で、あの女は最低だ、あんな男は最低よ、と言ったあとで涙に暮れるものなのだ。チェロ奏者はベッドに起きあがり、犬の体を抱きかかえると、犬は連帯を見せる最後の身ぶりで両前肢を主人の膝に置き、自分を叱咤するかのように、少し威厳を持ってください、弱音を吐かずに、と言った。すると彼が犬に言った。きみは腹がへってるんだろう。しっぽを振りながら犬は答えた。はい、へってます、何時間も食べてないので。二人はキッチンにやってきた。チェロ奏者は食べなかった。そんな気分ではなく、喉にこみあげるものをこらえるので精一杯だった。三十分後にベッドに戻り、眠れるように錠剤をひとつ飲んだものの、薬はたいして効かなかった。まどろんでは覚め、まどろんでは覚め、そのたびに眠りに追いつくために走らなければ、ベッドの反対側を占領する不眠症を阻止しなければと、偏執的に思いつづけた。あの女の夢は見なかったが、目覚めたとき、交差させた両手を胸に押しあてて音楽室のまんなかに立っている彼女が見えた。

翌日は日曜日だった。日曜日は犬を散歩に連れていく日だ。愛は愛で報われる、動物はそう言うように、リードを口にくわえて出かける用意をしていた。彼らは公園にはいり、チェロ奏者がいつもすわるベンチに向かうと、一人の女がすわっているのが見えた。公園のベンチは自由で、私有物ではなく、無料であり、このベンチはわたしのものです、別の場所を探してください、などと先客に言うわけにはいかない。チェロ奏者のように育ちのよい男は、けっしてそんなことをしないし、それがボックス席にいた女だと認めたらなおさらだ。会いに来なかった女、音楽室のまんなかで交差させた両手を胸に押しあてているのを彼が見た女だ。知ってのとおり、五十歳の男なら、かならずしも自分の目を信じてはいけない。まずまばたきをし、西部開拓時代のヒーローや大航海時代の冒険家たちが、馬上で、あるいはカラヴェル船の船首でしたように、彼方の地平線や水平線を見ようと額に手をかざして目元を陰にするふりをしながら目を細くするのだ。女の装いは違っており、革のジャケットにパンツ姿だ。別人だろう、とチェロ奏者は胸の内でつぶやいたが、もっと視力のある心臓が目を開けろと言っていた。あれは彼女だ、さあ、礼儀正しくふるまうんだ。女が目をあげ、そのときにはチェロ奏者も彼女だと確信していた。おはようございます、と声をかけ、ベンチのそばで立ちどまると、まさかここで出会うとは意外ですね、と言った。おはよう、お別れと、昨日コンサートに行かなかったお詫びをしたくて来たのよ。チェロ奏者は腰をおろし、犬のリードをはずした。さあ、行ってこい。そして女を見ないで返事をした。なにもあやまることはないですよ、そんなことはよくあります、チケットを買っても、何かしら理由があって行けなくなる、ごく普通のことです。じゃ、別れることには、何か見方があるかしら、と女がたずねた。そう思ってくれるのは、とてもありがたいですよ、赤の他人にわざわざ別れを告げにきてくれるなんて、でも、ぼくが日曜日になるといつもこの公園に来ることを、どうしてあなたが知ってたのか想像がつきません。あなたについて知らないことは、あまりないのよ。ああ、お願いです、木曜日に劇場の入口で、そのあとは電話でかわしたばかげた会話を蒸し返すのはやめましょうよ、あなたはぼくのことをすべて知ってるわけじゃない、これまで会ったこともないんですから。忘れないで、わたしはリハーサルにいたのよ。どうしてそんなことができたのか、わかりませんね、指揮者(マエストロ)は見知らぬ人の立ち会いを絶対に認めませんから、まさか先生と知り合いだなんて言いださないでくださいよ。あなたのようには知らないけど、でもあなたは例外だわ。ぼくが例外でないほうがよかったですね。なぜ。それを言ってほしいですか、ほんとに言ってほしいのですか、とチェロ奏者は絶望と紙一重の激しさをこめて問いかけた。言ってほしいわ。なぜならぼくは、自分が何も知らない女に恋をしたんです、その人はぼくを笑いものにして楽しんでいて、明日は知らない場所へ去ってしまう、二度と会えるかどうかもわからない。実際、出発するのは今日だわ、明日でなく。でも、そう言ってましたよ。それに、あなたを笑いものにして楽しんでなんかいない。だとしたら、そういう真似が素晴らしく上手です。あなたがわたしに恋した点については、わたしから返事を期待しないほうがいいわね、この口から話してはならないことがあるから。また謎だ。それに、これで終わりじゃない。この別れですべてが解決するよ。別ののが出てくるかもしれないわよ。頼む、もう行ってくれ、これ以上ぼくを苦しめないでくれ。手紙を。もう手紙のことも知りたくないんだ。じつは渡したくても渡せないの、ホテルに置いてきたので、と女はほほえみながら言った。だったら、破り捨ててくれ。そうね、あれをどうするか考えなければ。考えることなどない、破ってしまえばそれで片づく。女は立ちあがった。もう行くのか、とチェロ奏者が聞いた。彼は立ち上がらず、うなだれたまま何かを言おうとしていた。彼女にさわりもしなかった、とつぶやいた。わたしがあなたにさわらせたくなかったから。どうしてそんなことができたんだ。それほど難しいことじゃない。いまも。いまも。握手ぐらいはできるだろう。わたしの手は冷たいわ。チェロ奏者は目をあげた。女はもうそこにいなかった。

　男と犬は早々に公園をあとにし、買ったサンドイッチは家へ持ち帰った。日光浴をしながらの昼寝は中止となった。午後は長く、悲しかった。音楽家は本を手にしてページの半分ほど読み、放りだした。ピアノに向かってすわり、少し演奏したが、両手は思いどおりに動かなかった。まるで死んだように冷たく、ぎくしゃくしていた。愛するチェロに戻ったが、楽器自体にはねつけられた。二度と覚めない、果てしない眠りに落ちたいと思いながら、椅子でうたた寝をした。犬はやってこない兆しを待ち、床に寝そべって彼を見ており、たぶん主人の落胆の理由は、公園で会った女なのだと思った。ということは、目が見ないものを心が感じることはない、ということわざは、正しくないのだ。ことわざはつねにぼくたちを欺く、と犬は結論した。ドアのベルが鳴ったのは午後十一時だった。隣人が苦情を言いにきたのか、とチェロ奏者は思い、ドアを開けに行った。こんばんは、とボックス席の女が戸口で言った。こんばんは、と音楽家は声門を締めつける痙攣をこらえながら答えた。入れてくださらないの。もちろん、どうぞ、はいってください。彼は脇へよけて彼女を通し、心臓が破裂しないようにとてもゆっくりと慎重な動作で、ドアを閉めた。震える足で音楽室へ案内し、彼女に椅子をすすめる手も、ぶるぶる震えていた。もう出発したと思ってました、と彼は言った。おわかりでしょうけど、まだいることにしたのよ、と女が言った。でも、明日は出発するんですよね。そういう話をしたわね。たぶん、手紙を持ってきたんですね、破らないと決めて。ええ、このバッグに入れてあるわ。では、それをぼくにくれると。まだ時間はある、言ったでしょう、せっかちは悪い相談相手だって。お好きなように、ぼくはあなたの思いのままです。あなた、まじめに言ってるの。それが一番の欠点で、ぼくは言うことすべてが真剣なんです、人を笑わせるときも、いや、とくに人を笑わせるときは。それなら、ひとつ頼みがあるわ。なんです。昨日のコンサートを見逃した埋め合わせをして。ぼくが何をすれば。あそこにピアノがある。ああ、だめですよ、ピアニストとしてはまるで平凡だから。では、チェロで。それなら別です、本気でしてほしいと言うのなら一、二曲は演奏できます。希望の曲を言っていい、と女がたずねた。どうぞ、でも演奏できる曲ですよ、レパートリーの範囲内で。女は楽譜のあるバッハの無伴奏組曲第6番を選んで言った。これを。それはとても長い、三十分ほどかかるし、夜も更けてます。言ったように時間はあるわ。プレリュードにいつもつまずきかけるパッセージがありましてね。それは問題ない、そこを飛ばしたってかまわない、と女が言った。でも、きっとそんな必要はないわ、あなたはロストロポーヴィチより上手に弾ける。チェロ奏者は笑顔になった。いいでしょう。彼は譜面台に楽譜をのせ、大きく息を吸って、左手をチェロのネックに添えると、右手の弓を弦のほうへかざして演奏を始めた。彼は自分がロストロポーヴィチには遠く及ばないことが十分わかっていた。せいぜい曲目によって必要なときにソロを担当するだけの、オーケストラのチェリストにすぎない。だが、ここで、女の真向かいにすわり、足元に飼い犬を寝そべらせ、夜も更けた時刻、本と、楽譜に囲まれていると、彼はケーテンで作曲したヨハン・セバスティアン・バッハその人だった。後世この曲は創作された多くの楽曲のように作品番号が与えられて、ＢＷＶ１０１２と名づけられた。難しいパッセージは凝った技巧を気づかせることなく通りすぎ、彼のご機嫌な両手はチェロをつぶやかせ、しゃべらせ、歌わせ、唸らせ、ここにはロストロポーヴィチには欠けている、この部屋と、この時刻と、この女があった。彼が演奏を終えたとき、彼女の手はもう冷たくなく、彼の手には火がついて、だから、手が手へと伸ばされたときも、二人の手は少しも驚かなかった。すでに午前一時を過ぎていた。チェロ奏者がたずねた。ホテルへ帰るタクシーを呼びましょうか。すると女は答えた。いいえ、あなたと一緒にここにいるわ。そして、彼に口を寄せた。二人は寝室にはいり、服を脱ぎ、こうなると書かれたことがついに起こり、それももう一度、もう一度と繰り返された。彼は眠りに落ちたが、彼女は違った。そのとき彼女、死（モルト）は立ちあがり、音楽室に置いてあったバッグを開けて、紫色の手紙を取りだした。彼女は残していく場所はないかと周囲を見まわした。ピアノの上、チェロの弦のあいだ、あるいは寝室自体のどこか、男が頭を横たえた枕の下。彼女はそうしなかった。キッチンに行って、マッチを擦った。質素な一本のマッチだ。ちらりと視線を投げるだけで紙を消し、感じとれないほど微細な塵に変えられる彼女、指でふれるだけでそれに火をつけられる彼女。なのに、ただのマッチ、ごく普通のマッチ、日常使いのマッチ、それが死の手紙に火をつけた。死（モルト）だけが破壊できる手紙を。灰は残らなかった。死（モルト）はベッドに戻り、男の体を両腕で抱いた。自分に何が起こったのかも理解せずに、けっして眠ったことのない彼女が、まぶたをそっと下ろして、眠りを感じた。翌日、人はだれも死ななかった。

訳者あとがき

本書は大胆な発想で知られるポルトガルの作家ジョゼ・サラマーゴが、その晩年、視野にはいった「死」をテーマに、持ち味の想像力と英知、機知、構想力を駆使して書きあげたスリリングな物語です。この「あとがき」では、作家の略歴から、作風、本書の特徴、そして作家自身の死生観について紹介し、最後に、読むうえでいくらか読者を惑わすと思われる数点について断り書きを付けることにします。

不遇とも言える半生のあと、高齢になって世界的な読者を得たジョゼ・サラマーゴは、一九二二年十一月、ポルトガルの寒村で貧農の家に生まれました。幼くして両親とリスボンに移住したものの苦しい生活が続き、小学校四年生までしか学校に行かなかったという紹介が散見されたほどです。十分な高等教育を受けていないのは事実ですが、そこまで無学だったわけではありません。二〇〇六年に刊行された『ちっちゃな回想録』（二〇一三年、彩流社）でみずからの教育事情を具体的に書いているように、中学校や工業学校でも学んでいますし、また根っこにある文学的もしくは国語的素養は、幼児のころ祖父にしてもらった寝物語や、教科書、少年時代に父が日々拾って持ち帰った日刊紙をすみずみまで読んだことが原点であり、のちの図書館通いや独学によって広範な知識を身につけたそうです。

社会に出ると自動車の整備工を皮切りに様々な職歴の一労働者として生計を立てながら、結婚して一女をもうけます。三十代後半からは家計の足しに、ヨーロッパ文学の翻訳を数多く手がけました。中年以降ジャーナリズムの世界に身を投じると、文学的な社会時評を書くかたわら詩集なども出しましたが、一九七五年、時の政権からの圧力で新聞社の職を追われて専業作家になる決意を固めました。

国内で人気作家となったのは一九八二年の『修道院回想録』からです。「バルタザルとブリムンダ」という副題を持つこの物語は、独特の味を持つ一大恋愛冒険活劇として大好評を博しました。それまでの作品は小説とエッセイのないまざったとも形容される個性的なものでしたが、以後も、歴史小説、空想社会小説と一応はくくってみるものの、独自の手法と発想で多彩なフィクションを生みだしていきました。八四年の『リカルド・レイスの死の年』が高い評価を得て文学賞を受け、続く『石の筏(いかだ)』『イエス・キリストによる福音書』では社会的に物議をかもし、母国を離れてスペインに移住するなど、一徹ぶりを発揮します。そして九五年の『白(しろ)の闇(やみ)』が世界的に読まれるに至って、九八年にポルトガル語圏初のノーベル文学賞を授与されました。作家として名をなしたのが六十歳、七十代で全盛期を迎えるという遅咲きの作家であり、死の前年まで二年に一作のペースで新作を発表するなど、八十七歳で永眠するまで着実に仕事を続けました。邦訳に関しては巻末に簡単な著作リストを付けましたが、それぞれの訳本の解説に、より詳しい案内がありますので関心を持たれた方はご参照ください。

作風について言えば、サラマーゴの選ぶ題材は歴史、社会問題が多く、社会批評を核として人間の悲喜劇までを描きだします。その視点は俯瞰的であると同時に、地に足の着いた庶民的な低さを持っています。とくに『白の闇』以降の作品では、ごく普通の生活者である男もしくは女が、突然違和感や敵意のある状況に置かれて、もがき闘うといったモチーフが増え、その過程を巧まざるユーモアで彩りながら人間や世界の悲しい真実の姿を暴いていきました。また、どんな物語でも偽善を厳しく皮肉な目でとがめ、一方素朴で善良な人間味については品位をもって賞賛しています。

もうひとつ、サラマーゴの作品では、かならず読みにくい一風変わった文体が話題になります。一冊でもお読みになった方はご存じのように、文法の規則を逸脱した独特の表現スタイルは一目瞭然、本書の途中でもみずからの文章を揶揄するユーモラスなくだりがあるほどです。まず、改行による段落と句点がとても少なく、文の多くは読点だけで連綿と言葉をつないでいきます。ページを改めるいわゆる「章」には数字やタイトルがないため、読みすすめる途中、前を振り返るのに苦労します。さらに「 」や( )、——、?!といった記号もまったく用いないため、会話の区切りがわかりにくく、その文がセリフかどうかは冒頭の大文字小文字で判断するしかありません。欧米の言語では固有名詞を表すのに大文字を用いますが、サラマーゴはここでも規則に反して小文字で通します。たとえばホメロスといった名前は通例Hで始まるのが普通ですが、サラマーゴはhを使うのです。さらに、登場人物はほとんどが固有名詞を持ちません。職名もしくは老人や叔母といった年齢、家族関係を表わす一般名詞で区別します。文意自体はそれほど難解ではなく、慣れると案外苦にならないのですが、普通の文体になじんだ目にはとても読みづらいものです。この表現スタイルは、いわば「無名」を重んじるサラマーゴの世界観の鏡でもあり、一九八〇年の作品 *Levantado do Chão*（大地より立ちて）で、話し言葉を生かす口承的手法として考えだされ、以降の作品はすべてそのようになりました。

余談ですが、サラマーゴ自身、個性的な文体について、自分は語り手であり、作曲するように書く、とも言っており、戯曲やオペラとの相性がよいことから、その作品は舞台化されて劇場で演じられることもしばしばあります。

この『だれも死なない日』は、サラマーゴが八十三歳となった二〇〇五年の作品です。作風のひとつに、「もしも何々したら、どうなる?」という仮想テーマがあり、『白の闇』で「もしも全員が盲目になったら?」という仮想世界を描いたように、ここでは「人がだれも死ななかったら?」という設定で物語が始まります。

人が死なないとしたら、いったいどんな事態が勃発するのか、奇想天外なエピソードの数々や、前代未聞の、しかし納得できる社会的混乱については本編で十分楽しんでもらえるでしょう。この発想自体がそもそも漫画のようで、寓意に満ちた一種のユーモア小説であることを予感させます。しかし、物語はそれだけでは終わりません。中盤になり、人が死ななくなった秘密が明かされます。西洋の神話的存在である擬人化された死が人間を試したのです。この死は伝統的に骸骨姿でローブをまとい、大鎌を持った女性として描かれてきました。途中から彼女が物語の主役となり、新たな死の規則を定めて実際の死も復活させるのですが、ある不可解な現象をきっかけに、もう一人の主人公であるオーケストラの中年チェロ奏者と出会うことになります。そこで彼女が感じるのは孤独でした。

　謎めいた物語は終盤になっても行き着く先がわかりません。そして最後の一行にたどりつき、深刻な「死」にまつわる壮大な一編の悲喜劇を読みおえたとき、読者はサラマーゴがたんなる寓意の物語を書いたのではなく、じつは「死」の概念を整理したかったのではないか、と気づきます。人間の死は社会的現象でもありますが、個人にとっては哲学的なものでもあります。「死」とは何なのか、わたしたちも折にふれて考えざるをえませんが、それを風刺とユーモアにくるんで物語とし、擬人化された死をやりこめるという茶目っ気まで見せてくれる、訳者はそんなふうに読み、手品のような作者の手腕に脱帽しました。でも、以上のような解釈は表面的な見方にすぎないのかもしれません。一見、全体がそう見えたとしても、より奥深い別の動機と試みが潜んでいるのかもしれないのです。

　海外の書評を拾うと、新聞、雑誌、ウェブなどで「才気ある老人の、繰り言による寓話」「深く、心に共鳴し、そのうえ楽しめる」「サラマーゴのなかでももっとも愛すべき一冊」「平凡な本棚を一掃できる万能薬」「愛に出口があることをまた教えてくれる」「どちらも名人芸で語られる二部制の物語」など、多様な種類の賛辞が贈られています。

いずれにしても、この物語には作者の思想と死生観が色濃く反映しており、それがまた読者を引きつけてやまないのも事実です。それはどういうものなのでしょうか。そして、作者自身はどう死を迎えたのでしょうか。

二〇二〇年はジョゼ・サラマーゴ没後十周年にあたり、六月に東京で開催された映画祭「EUフィルムデーズ2020」で、作家の晩年を記録したドキュメンタリー映画『ジョゼとピラール』（二〇一〇年）が日本にもやってきました。おりしも新型コロナウイルスが世界的に蔓延し、謎の感染症と社会の劇的変化を描いた『白の闇』があらためて世界中で再読される最中、サラマーゴに関心を持つ人びとには僥倖ともいえる巡り合わせとなりました。もっとも、コロナ禍によって劇場公開は中止となり、オンライン公開となったことは残念でしたが。

映画『ジョゼとピラール』は本書刊行の翌年に当たる二〇〇六年初めから二〇〇八年の末までの二年九カ月ほどを、サラマーゴと妻のピラールことマリア・デル・ピラール・デル・リオ・サンチェスの日常風景や公的な場での姿を断片的に切り取り、作家自身のモノローグを織りまぜて再構成した二時間弱のドキュメンタリーです。この時期、作者は『だれも死なない日』の次作にあたる『象の旅』を書きはじめ、執筆には二年かかると見ており、その合間に私立図書館の建設、国際作家会議への参加、『だれも死なない日』の舞台化への出演、サラマーゴ財団の設立、各国でのブックフェアとサイン会といった用事で各地を飛びまわるなど、多忙な日々を送っていました。ところが二〇〇七年十二月、過労とともに重い病を発症して入院、執筆は頓挫し、げっそりと痩せてやつれた作家は死を意識します。それでも翌年、無事に回復して、どうにか『象の旅』を完成させ、さらに次は「カイン」について書く、アイデアはある、とつぶやくのです。

映画は、サラマーゴが六十三歳で出会った再婚相手の愛妻ピラールに支えられながら送る晩年の姿をとらえ、なによりも寡黙な本人の肉声を多く伝えています。その語録はわたしたちにとって貴重な記録にほかなりません。主として死生観に関するものを少し選んでみます（字幕・木下眞穂訳。括弧内は訳者の但し書き）。

いつの時代も　いい時もあれば悪い時もある
だが人類だけは　いかなるときも　最悪の種族だ
だから昔はよかったと言いたくはない

（映画のプロローグとして）

恐怖？　それはない。いや、当然楽しみではない
だが、この年齢になると　見えるんだよ　出口がすぐそこに

（プロローグの続き）

私には「死」とは「先が読めない」ことだ

ある日　日が隠れ
それっきり終わる
宇宙は我々が存在したことすら
気づかない
ホメロスが『イリアス』を著したことも

天国などない　どこにもない
天国だと　ただの空間だ
一三〇億光年だ　考えてもみろ
宇宙の縁に着くまで　一三七億光年かかるんだ
光年だ

(移動中の車で)

神はどこに?
信じるのは自由だ
声を大にして言うが

わたしにはいない

生：実在すること　有機的な動き　活動　動作
死：生命機能の停止　人生の終わり　いなくなること

文章で世界救済をとは思わない
自らの救済さえ難しいのに
ただなすべきことをするのみだ

そして映画の最後にはこんな言葉が英文で現われます。（画面より拙訳）

サラマーゴは書いた――
わたしが死ぬとき、横たわる場所に墓石を立てるなら、
こんなことを書いてほしい。
「ここに腹を立てた某氏（ぼうし）が眠る」

腹を立てた理由は二つある。一つには、彼はもう生きていないからだ。
これは十分腹を立てるに足る理由である。

二つ目は、もっと真剣な理由。
彼が不正な世界に生まれ、不正な世界を去ったからだ。
それでも、わたしたちは生き続けなければならない、
前進しなければならない、生き続けなければならない。

本書から二年後にあたるこれらのモノローグには、ドキュメンタリー映画だけに、いっそう死に近づいた切実さがあります。無神論者である世界の賢者がどう死を見ていたのか。端的にそれがわかるとともに、本書を読むうえでも示唆に富んでいます。また、「いなくなること」が腹立たしい、と怒りをぶつける作家の頑固で激しい気性、闘う姿勢に改めて気づかされます。

ここからは注釈と断り書きを少し。
サラマーゴは今回、擬人化した死を登場させるにあたって、ギリシャ神話のエピソードをいくつか着想に盛りこみました。死の擬人化は人類の知恵のひとつです。そのなかで冒頭からその名が出てくるアトロポスについて、割注では説明が長くなり、また重要な名前ですので、ここで簡単に補っておきます。後半に登場する奇妙な蛾、ドクロメンガタスズメの学名アケロンティア・アトロポスにも含まれるこの名は、運命の三女神モイライ（単数形はモイラ）の一人で、ゼウスとテミスの長女にあたります。次女はクロト（紡ぐ者）、三女はラケシス（割り当てる者）といい、絵画などでは生産的な妹たちが美しく描かれるのに対して、長女アトロポスは運命の糸を切る大

鋏を持った老婆の姿をしています。また付随して、中ほど以降二ヵ所に出てくる「運命の女神（パルカイ）」とはローマ神話での呼び名です。

もう一点はときおり顔を出す「わたしたち」という人称について。サラマーゴは先述したように、フィクションのなかに作者の主張や考えを混ぜこむ手法を使う傾向があります。本書ではこの素朴なメタ・フィクション的手法をふんだんに採り入れているのですが、読みすすむにつれて、はて「わたしたち」とはだれのことか、と首をかしげたくなる場面に出くわします。わかりにくい場合、ひとつは「＝人類、人間、人びと」を、もうひとつは「＝物語の語り手」を指していますので、それを念頭に置いていただければと思います。いずれにしても作者は「神の視点」から眺めて、それを操っているのです。

また、後半チェロ奏者が登場してからの時間経過の矛盾について書いておきます。死（モルト）が死の予告として届ける紫色の手紙が返ってくるところで、一週間前に届くという規則をあてはめると、時間的経過のつじつまが合わない部分が出てきます。ほかにも首をかしげたくなる箇所については、いずれもポルトガル語原書どおりであることを確認して、そのまま残しました。作者にとって、こうした齟齬（そご）は大きな問題ではないのかもしれません。

最後に翻訳のテキストについて。主に使用したのはマーガレット・ジュル・コスタによる英訳のアメリカ版 *Death with Interruptions*（2008）（イギリス版の題名は Death at Intervals）ですが、同時にページごとにポルトガル語原書 *As Intermitências da Morte*（2005）を参照しました。重要な理路や筋に影響しない部分ではあるものの、英訳は英米の読者向けに変えてある箇所が相当数あり（とくに比喩（ひゆ）表現について）、そうした表現はポルトガル語原書に則して直してあります。ですから、英訳と違う箇所があればそうご理解いただければと思います。ただ、中ほどに出てくる英単語 background について話者が説明するくだりでは、ポルトガル語原書でも英単語であり、同国での語感が不明なため、英訳をもとに訳しました。必要なルビも原語をもとにして付けてあります。とは言いながら、未熟な理解不足から十数カ所についてはブラジル文学者の福嶋伸洋先生に教えを仰ぎ、明快な解釈をいただきました。本稿で映画字幕の引用を快諾された木下眞穂氏へのお礼とともに感謝の気持ちを申し添えます。

『だれも死なない日』は、わたしたちの避けられない運命について、賢者が寓意によって読者を楽しませながら、ユーモラスに社会的および哲学的真実をあぶりだし、さらに死（モルト）に反撃まで試みた一編として、そう、好みに合えば長く記憶に残る愛すべき作品ではないかと思います。サラマーゴはこのあと『象の旅』でふたたび人生と死に向き合い、『カイン』を遺作として二〇一〇年に逝去しました。

最後に、もうひとつ引用を。『ゲド戦記』などで知られるアメリカの作家アーシュラ・ル＝グウィンはサラマーゴのよき読者でしたが、彼女が好んで引用した彼の言葉をここに残しておきます。

神は宇宙の沈黙であり、人間はその沈黙に意味を与える叫び声だ。

二〇二一年七月

雨沢泰

＊

主要作品

『修道院回想録――バルタザルとブリムンダ』（一九八二年）
『リカルド・レイスの死の年』（一九八四年）
『石の筏』（一九八六年）＊
『リスボン包囲物語』（一九八九年）＊
『イエス・キリストによる福音書』（一九九一年）＊
『白の闇』（一九九五年）
『あらゆる名前』（一九九七年）
『見知らぬ島への扉』（一九九九年）
『洞窟』（二〇〇〇年）＊
『複製された男』（二〇〇二年）
『見えることの試み』（二〇〇四年）＊

『だれも死なない日』（二〇〇五年）本書
『ちっちゃな回想録』（二〇〇六年）
『象の旅』（二〇〇八年）
『カイン』（二〇〇九年）＊
（＊は未訳作品）

著者略歴

ジョゼ・サラマーゴ

José Saramago

1922年ポルトガル生まれ。現代ヨーロッパを代表する作家。一労働者からジャーナリズムの世界に身を投じ、社会時評や詩を執筆。75年、政権からの圧力で職を追われ、専業作家の道を選ぶ。長篇『修道院回想録』(82)と『リカルド・レイスの死の年』(84)がヨーロッパ各国で高い評価を得る。『石の筏』(86)と『イエス・キリストによる福音書』(91)で物議をかもしたあとスペインに移住。95年、突然の失明が人々を襲う衝撃的な長篇『白の闇』が世界的ベストセラーとなる。ほかに、『あらゆる名前』(97)、『複製された男』(2002)、『見えることの試み』(04)、『ちっちゃな回想録』(06)、『象の旅』(08)、『カイン』(09)など。98年にはポルトガル語圏で初めてノーベル文学賞を受賞。2010年没。

訳者略歴

雨沢泰(あめざわ・やすし)

1953年東京生まれ。早稲田大学文学部卒業。翻訳家。おもな訳書に、J・サラマーゴ『白の闇』、P・ハミル『マンハッタンを歩く』、N・スパークス『きみに読む物語』、H・G・ウェルズ『透明人間』『宇宙戦争』など。

だれも死なない日

2021年9月30日　初版発行
2022年3月30日　2刷発行

著　者　ジョゼ・サラマーゴ
訳　者　雨沢泰
装　画　イオクサツキ
装　丁　鈴木成一デザイン室
発行者　小野寺優
発行所　株式会社河出書房新社
〒151-0051 東京都渋谷区千駄ヶ谷2-32-2
電話　(03) 3404-1201〔営業〕(03) 3404-8611〔編集〕
https://www.kawade.co.jp/
組版　株式会社創都
印刷　モリモト印刷株式会社
製本　小泉製本株式会社

Printed in Japan
ISBN978-4-309-20838-1